동북아 내셔널리즘의 형성과 변화

이 저서는 2017년도 정부(교육부)의 재원으로 한국연구재단의 지원을 받아 수행된 연구임.
(NRF-2017S1A6A3A02079082)

NORTHEAST ASIA DIMENSION

동·북·아·다·이·멘·션
연구총서

7

동북아 내셔널리즘의 형성과 변화

원광대학교 한중관계연구원
동북아시아인문사회연구소 편

경인문화사

19세기 후반 서구라는 타자와 조우하면서 급격하게 확산된 동북아의 내셔널리즘은 그 때나 지금이나 변함없이 이 지역 사람들의 삶에 지대한 영향력을 미치고 있다. 동북아의 내셔널리즘은 지역마다 서로 다른 양상으로, 시기마다 다양한 모습으로 존재해 왔다. 이 책은 19세기 후반 이후 동북아시아 지역에서 자리 잡고 형성되며 변화해 온 내셔널리즘의 형성과 변화의 과정에 대한 고찰을 담고자하는 의도에서 기획되었다.

동북아에서 내셔널리즘은 제국을 만들어 간 지배자의 언어이기도 했고, 식민지인으로 제국에 저항하는 이들의 언어이기도 했다. 냉전의 전선 양편에서 서로 다른 이념을 추구하는 가운데도 내셔널리즘은 국민국가를 만들고 공고화하고자 한 이들에 의해서, 또 동시에 이를 변혁하고자 하는 이들에 의해서도 활용되어 왔다. 20세기 말부터 21세기 초까지 약 20년 간 지역공동체에 대한 높은 관심과 내셔널리즘에 대한 비판적 회고의 움직임이 등장했다. 하지만 최근 10년 사이 세계화의 한계가 노정되고 글로벌 패권을 둘러싼 대결 구도가 형성되면서 내셔널리즘은 또 다른 양상으로 우리에게 영향력을 행사하고 있다.

이 책은 원광대학교 한중관계연구원 HK+동북아시아인문사회연구소에서 수행하고 있는 "동북아 공동번영을 위한 동북아시아다이멘션 NEAD 토대 구축: 역사, 문화, 그리고 도시" 사업의 연구 성과를 담은 일곱 번째 연구총서다. 수록된 연구 성과들은 2021년 3월 4일에 개최된 학술회의에서 이루어진 논의와 토론의 결과물이다. 이 학술회의에서 연구총서 발간에 이르는 기간은 COVID-19 팬데믹이 우리의 삶을 뒤흔들어 놓은 시기이기도 했다. 바이러스의 확산은 국경을 넘어서는 사람과 물자의 이동을 현격하게 줄이며 세계화 시대가 끝나가는 것을 예감케 하였다.

이런 가운데 오랜 역사를 지닌 국제기구들은 충분한 역할을 하지 못했다. 국제협력을 향한 미사여구들은 적지 않지만 현실에 영향을 미치지 못한 채, 사람들은 다시 국민과 국가라는 이름으로 전염병과 맞서 싸우고 있다. 세계화의 또 다른 얼굴인 신자유주의와 자유무역이 초래한 여러 문제들에 전염병이 겹치자 다른 인종, 다른 민족을 향한 혐오와 차별이 다시 기승을 부리기도 했다. 그러나 다른 한편 포스트-코로나 시대는 지금까지와는 또 다른 차원의 세계 협력과 글로벌 시민의식을 요구하고 있다. 기후·환경·감염병 문제를 비롯해 인종혐오나 성차별, 백신 배분의 정의 문제 등 글로벌 공동체 의식으로 해결해야 하는 중요한 문제들이 부각되고 있다.

이와 같은 전 세계적 흐름에서 동북아시아 역시 예외가 아니다. 여기에 중국의 부상이 더해지면서 내셔널리즘은 이제 동북아의 갈등과 화해를 논의하는 데 빠질 수 없는 어휘가 되었다. 새로운 세계문명의 정신적 지형과 유동하는 신질서에서 내셔널리즘과 글로벌리즘, 자국 중심주의와 횡단적 문화주의는 동북아의 여러 문제를 살펴보는데도 매우 중요한 학문적 어휘를 제공하고 있다.

이런 문제의식을 공유하는 가운데, 이 책은 종교, 철학, 문학, 정치, 사회 등 다양한 학문분야를 배경으로 하는 연구자들의 다양하고 풍부한 연구 성과를 담았다. 박명규의 총론 「동북아시아 민족주의의 역사, 현재, 전망」은 근대, 탈냉전과 세계화의 국면, 그리고 21세기의 동북아

내셔널리즘 형성과 변동의 문제를 총론적으로 다루며, 이를 바탕으로 향후 동북아시아의 내셔널리즘 연구가 모색해야 할 새로운 질문들을 제안하였다.

제1부 〈동북아 내셔널리즘의 형성〉에 포함된 글들은 근대이행기 동북아시아 각 지역에서의 내셔널리즘을 둘러싼 정치적, 문화적 맥락들을 다룬다. 김태진의 「내셔널리즘으로서의 '국체': 메이지 천황의 '신성'함의 기원들」은 메이지시대 일본에서의 천황의 신성성에 대한 담론들을 정밀하게 추적하여 국체론과 내셔널리즘의 관계에 대한 참신한 시각을 드러내고 있다. 김현주의 「자유주의와 민족주의에 대한 후스胡適의 중첩적 인식」은 중국 근대의 대표적 자유주의자인 후스의 저술들을 통해 그의 자유주의가 가진 중국적, 민족주의적 성격을 규명하였다. 유불란의 「우리 비통한 '형제들': 방편으로서의 왜란의 기억」은 임진전쟁에 대한 기억을 통해 형성된 전근대의 배타적인 민족적 일체감과 근대적 민족 창출 사이의 관계에 대한 문제를 제기한다. 루싱盧興의 「중국 근대 민족주의와 문화보수주의의 관계에 대한 재고찰」은 현대 중국 문화 보수주의의 "민족 정체성"에 대한 독특한 이해를 그 사상적 토대들을 검토함으로써 밝히고 있다.

제2부 〈동북아 내셔널리즘의 변화〉는 현대 동북아 내셔널리즘의 다양한 변주와 지역적 차이들을 다룬다. 박해남의 「1990년대의 국제화·세계화와 대중 민족주의」는 대중매체 담론에 대한 검토를 통해 1990년대 이후에 일어난 새로운 형태의 대중 민족주의를 사회사적, 지식사회학적으로 분석하였다. 오준방의 「양안의 내셔널리즘과 진먼도金門島의 트랜스내셔널리즘, 그리고 평화관광」은 냉전 시기의 최전선이었던 진먼도 사람들이 양안 관계의 변화에 따라 어떤 정체성의 변동을 겪고 있는지를 다루었다. 이나미의 「근대 시기 한국인의 민족 의식과 민족주의: 안창호를 중심으로」는 안창호의 저술들에 대한 분석을

통해 국수주의를 넘어선 민족의식의 가능성을 타진한다. 한승훈의 「동이족과 기마민족: 동북아시아 맥락에서의 한국 범민족주의Pan-nationalism」은 서구 근대 아리안주의의 영향 속에서 형성된 동북아 범민족 담론이 근현대 한국 문화에서 어떤 방식으로 전개되어 왔는지를 다루었다.

이 책은 19세기 후반 동북아시아에서 형성된 내셔널리즘이 역사와 사회에 끼친 영향과 동시에 20세기 후반에까지 동북아 지역국가에서 다양하게 변주되며 전개된 내셔널리즘과 트랜스내셔널리즘의 중층적 영향에 대한 논의를 다루고 있다. 현재 미국과 중국의 패권전쟁으로, 그리고 동시에 코로나 방역으로 세계가 자국중심주의로 회귀하는 양상을 드러내고 있지만, 팬데믹과 백신 배분 문제가 보여주고 있듯이 현대문명의 문제에는 지역국가를 넘어 글로벌 세계가 함께 해결해야 하는 과제와 책무가 있다. 이 책은 우리가 사는 현대가 결코 시간의 진공 속에 있는 것이 아니라 역사 속에서 서로 영향을 주고받으며 형성된 수많은 힘과 의미들의 결집과 산종散種, 영향사적 새로운 힘들의 발아와 탈주 운동이 인간 사회에 지속되고 있음을 보여준다. 내셔널리즘은 지나가고 박제화된 이념이 아니라 오늘날에도 다양한 모습으로 변주되면서 우리의 실제적 삶의 공간에 들어와 영향을 미치고 있다고 할 때, 이 책의 작업은 그 이념의 다양한 모습과 파장을 살펴보는 작은 현미경 역할을 할 수 있을 것이다. 이 책이 내셔널리즘과 트랜스내셔널리즘이라는 어휘를 중심으로 동북아시아의 정치, 사회, 역사, 문화, 종교 등을 이해하는 작은 경통鏡筒(telescope mounting tube)이 되었으면 하는 바램을 가져본다.

2022년 2월
김정현
원광대학교 한중관계연구원 원장
HK+동북아시아인문사회연구소 소장

차
례

총론 ───────────────────────────

동북아시아 민족주의의 역사와 미래, 전망　　　　　　**박명규**

1부 ─────────────────동북아 내셔널리즘의 형성

내셔널리즘으로서 '국체'
: 메이지 천황의 '신성'함의 기원들　　　　　　　　**김태진**

동이족과 기마민족
: 동북아시아 맥락에서의 한국 범민족주의Pan-nationalism 한승훈

총론

동북아시아 민족주의의 역사와 미래, 전망

박명규
서울대학교 사회학과 명예교수

1. 머리말

탈냉전과 세계화와 더불어 한껏 강조되던 지구촌 논의가 무색하게 인류는 집단의 경계를 재설정하고 국경을 강화하고 있다. 민족국가의 위세가 약화되리라던 전망은 자국주의, 국가중시의 위세 앞에서 힘을 잃고 시민사회의 자율성과 국경을 넘는 연대는 위축되고 있다. 시장의 힘은 여전히 강력하지만 곳곳의 분쟁에서 드러나듯 국가주의의 벽은 높고 민족을 찾는 목소리도 여전하다[1]. 코로나 19의 충격이 이런 현상들을 가속화하는 것은 확실하다. 하지만 갑작스레 출현한 현상이라 보기도 어렵다. 유럽의 난민문제, 미국의 트럼프현상, 중국의 대국굴기 등은 코로나와는 무관하게 출현한 것이기 때문이다.

근대의 질서가 민족국가nation state와 시장경제를 두 축으로 형성되었다는 점을 고려하면 작금의 상황은 심대한 변화 속에서도 그 두 기제가 강력한 힘을 지니고 있음을 보여준다. 그런데 국가와 시장이 구

---

1) 1920년대, 1945년 이후, 그리고 1990년대에 민족에 대한 학문적, 정치적 관심이 다시금 높아지고 있다. 이를 두고 민족연구의 '제3의 물결'이라고 언급하기도 한다. Geoff Eley and Ronald G. Suny, "Introduction: From the Moment of Social History to the Work of Cultural Representation," *Becoming National*, Oxford, Oxford University Press, 1996, 4.

체적으로 적동하고 구현되는 양상은 지역과 문화에 따라 다양하게 나타난다2). 국민국가의 미래가 어떠할지를 전망하려할 때 동북아시아는 실천적으로나 이론적으로 중요성이 남다른 현장이다. 서구에서 중국인, 한국인, 일본인이 잘 구별되지 않고 동북아시아라는 지역이 동질적 문화범주로 인식되기도 하지만 실제로는 매우 복잡한 내부의 역동성과 문화적 이질성이 오랫동안 작동해온 곳이다. 제국의 유산, 식민지의 유산, 냉전의 유산 들이 어지러이 혼재하는 공간이면서 오랜 뿌리를 갖고 있는 민족정체성과 국가간 경계가 뚜렷하고 민족주의의 동학이 서로간의 불신과 적대감을 재생산하기도 하는 지역이다.

동북아시아는 근대 이후의 사회문화적 변화가 매우 빠른 지역이다. 도시화, 산업화, 정보화, 세계화, 민주화의 흐름이 매우 활발하고 동서의 갈등, 미중의 대립이 첨예하게 부딪치는 곳이다. 그래서 동북아가 21세기 세계경제의 중심축이 되리라는 전망들도 있는가 하면 지구상에서 가장 불안정한 지역이라 보는 견해도 있다3). 동북아시아가 어떤 지역으로 변모해갈지, 그것이 미래 지구공동체에 미치는 영향이 어떠할지는 예측이 쉽지 않다. 세계화의 속도, 정보화와 기술혁신의 충격, 기후변화 등의 환경문제, 저출산의 인구문제 등 여러 가지 변수들이 작용할 것이기 때문이다. 그 가운데서도 국가주의와 연동되는 민족주의의 향방과 영향력이 어떠할 것인지가 특히 주목된다. 탈민족주의로의 전환을 경험했던 유럽과는 달리 동북아시아에는 근대 이래의 민족

---

2) Liah Greenfeld, *Nationalism: Five Roads to Modernity*, Cambridge, MA: Harvard University Press, 1992 참조.

3) 사무엘 헌팅턴은 동아시아를 탈냉전 이후 가장 역동적인 국제정치의 경연장이 되리라고 전망한다. 그것은 이 지역이 복수의 문명을 가졌고 경제적, 정치적 차이가 큰데다 국가간 분쟁의 소지가 많기 때문이다. 그 가운데서도 특히 주목되는 곳이 한반도와 중국이다. 사무엘 헌팅턴,『문명의 충돌』, 이희재 옮김, 김영사, 1998, 362.

주의가 여전히 강력할 뿐 아니라 서로의 갈등과 긴장을 내장한 채 지속되고 있다. 자기집단의 정체성을 중시하는 민족주의의 특성과 역사적 전개를 검토하는 것이 동북아시아 지역의 미래를 전망하는 중요한 첫걸음이 될 수 있는 것도 이 때문이다. 이 글은 크게 세 부분으로 이 쟁점을 살펴보고자 하는데 첫째는 동북아시아에서 근대 민족주의가 형성되고 전개되어 나온 역사적 과정이 어떠한가, 둘째는 탈냉전과 세계화의 국면에서 탈민족주의 지향이 동북아시아에서 어떤 모습으로 등장하였는가 셋째로 21세기에 들어와 국가주의와 민족주의의 길항과 결합의 양상이 어떠한가의 세 질문으로 요약될 수 있다.

2. 동북아시아 민족주의의 형성과 전개

동북아시아에서 근대 민족주의가 형성되고 전개된 과정은 크게 세 시기로 나누어 볼 수 있다. 첫 시기는 서세동점으로 일컬어지는 서구 문명과의 조우를 계기로 오랜 지역질서의 근간이 해체되는 19세기 후반에서 20세기 초의 시기다. 중국의 청조, 일본의 막부, 조선의 왕조는 모두 근대국가로의 전환을 모색했다. 아편전쟁을 전후하여 서구 열강의 이권침탈과 영토할양으로 극심한 내우외환을 겪었던 중국은 변법자강, 무술개혁 등으로 체제를 혁신하려 시도함과 동시에 주변지역에 대한 지배력을 강화하려 했다. 일본은 막부체제를 무너뜨린 메이지유신으로 천황제를 부활시키면서 서구모델을 본뜬 근대국가로 전환했다. 독립국으로서의 새로운 전환을 모색하던 조선도 1894년 갑오개혁으로, 또 1897년 대한제국 수립을 선포하면서 근대체제로의 전환을 꾀했다.

이 시기 동북아시아 민족주의는 서구문명의 수용을 통해 자기체제를 변혁하려는 지향을 공통적으로 지녔다. 개혁의 내용과 속도를 둘러

싸고 내부 갈등의 양상과 정도가 서로 달랐지만 기본적인 역사전개의 방향은 근대적인 체제혁신을 통한 자강노선, 부국강병의 길이었다. 서구의 근대문물을 수용할 필요성을 인정하면서 근대국가로서의 독립을 유지하려는 공통의 지향이 세 나라 모두에게 공유되었고 그 맥락에서 근대 민족으로의 정체성이 형성되었다4). 따라서 일본의 메이지 유신의 근대화 방식이 일본주의적인 편향이 있었음에도 차용할만한 모델로 받아들여졌다. 실제로 이 시기 이 지역의 민족운동을 지도했던 사람들은 개인적으로나 사상적으로 깊은 교류와 협력의 관계를 유지할 수 있었다. 한마디로 한, 중, 일의 민족주의가 공통점과 상호성을 드러낸 때이기도 하다.

동북아시아 민족주의는 일본이 제국주의적 팽창정책을 추구하고 조선 및 중국을 침략하게 되면서 전혀 다른 국면을 맞이했다. 일본이 팽창주의 노선을 전개하는 것과 비례하여 한국과 중국의 민족주의는 반일의 저항성과 결합하였다. 근대화 모델로 받아들여졌던 일본이 항거해야 할 대상으로 변모하면서 동북아시아 민족주의는 전통적인 종족주의, 자문화주의의 요소들을 새롭게 강화시켰다. 언어, 문화, 역사, 인종, 종교, 풍속 등의 제반 요소들이 민족감정과 민족의식의 요체로 호명되었다. 1905년 러일전쟁과 을사조약을 거쳐 1910년 일본의 한국 강제병합은 이 시기의 성격을 틀지은 결정적인 계기가 되었고 1931년

---

4) 동북아시아 지역에서의 근대적 민족정체성의 출현과 관련한 몇가지 대표적 연구들을 들어보면 다음과 같다. 박명규, 『국민·인민·시민』, 소화, 2009; 박명규, 「네이션과 민족: 개념사로 본 의미의 간극」, 『동방학지』 147, 연세대학교 국학연구원, 2009; 박찬승, 「한국에서의 '민족'개념의 형성」, 『개념과 소통』 창간호, 2008; 윤건차, 『일본-그 국가, 국민, 신민』, 일월서각, 1997; 표세만, 「일본의 '네이션' 개념의 수용과 변용」, 『동아시아 근대 '네이션' 개념의 수용과 변용』, 고구려연구재단, 2005; 古厩忠夫, 「20世紀中國における人民, 國民, 公民」, 西村成雄 編, 『現代中國の 構造變動 3 ナショナリズム-歷史からの 接近』, 東京: 東京大學出版會, 2000.

만주사변은 동북아시아 민족주의의 내적 균열과 이질화를 가속화했다.

실제로 20세기 전반기 동북아시아의 민족주의는 '반일'과 '독립'이라는 정치적 지향을 매개로 하여 한국과 중국이 동질적인 모습을 보이는 특징을 보인다. 1911년 신해혁명으로 공화국이 된 중국도 일본의 경제적 수탈과 침략이 가속화되는 상황에서 반일항쟁이 민족주의의 핵심으로 자리 잡았다. 조선인 항일운동은 중국을 터전으로 하여 활발히 진행되었고 중국 국민당 정부는 물론 공산당 세력조차 조선인의 반일운동역량을 지원 또는 이용하고자 했다. 동북아시아 근대화의 흐름에서 선구적 모델로서 협력적 동반자가 될 수 있었던 기회를 스스로 벗어던진 일본의 제국화가 초래한 역사적 아이러니라 하겠다.

1945년 2차 세계대전의 종결은 이러한 과거를 극복할 좋은 기회였다. 실제로 일본제국의 패망은 한국의 독립과 중국의 주권회복 등 지역질서를 정상화 할 가능성을 열었다. 하지만 이 정상화도 불충분한 반쪽이 될 수밖에 없었다. 일본의 군국주의적 제국체제는 파괴되었지만 그것이 동북아시아의 건강한 지역협력체제로 이어지지 못했기 때문이다. 이데올로기를 둘러싼 갈등이 외부로는 전지구적 냉전으로 내부로는 좌우파의 정치 대립으로 격화되었다. 한반도에는 별개의 체제를 지닌 두 정부가 남과 북에 각각 수립되면서 분단이 시작되었고 중국 역시 국공내전의 격동 끝에 공산당 정부의 수립과 국민당 정부의 대만이전으로 이어졌다. 일제하에서 밀접한 연계와 상호신뢰를 구축했던 한국과 중국 사이에서도 그 이념적인 지향에 따라 큰 균열과 단절이 불가피했다. 1950년 한국전쟁의 발발은 이런 대립구도를 더욱 심화시켜서 한-미-일을 한 축으로 하고 북-중-소가 또 다른 축을 이루는 지역 내 냉전체제가 구축되었다. 이후 한반도의 분단이 동북아시아의 분단과 공고히 결합되는 독특한 지역분할구도가 장기간 지속되었다. 이런 세계사적 조건 하에서 동북아시아 근대화의 주요한 요소였던 민족주의의 역동성은 상대적으로 위축되었던 것으로 보인다.

3. 탈냉전과 지역공동체적 관심

1990년대는 세계사의 거대한 전환기였다. 미소가 냉전의 종식을 선언하고 독일이 통일되고 소련이 사라졌다. 그리고 마스트리히트 조약과 셍겐조약으로 서유럽이 하나의 공동체를 이루게 되었다. 동구권에서는 분리독립 움직임과 종족주의 갈등이 커졌지만 큰 흐름은 전지구적인 통합, 세계화의 확대였다. 동북아시아에서도 중국의 개혁개방이 본격화되면서 한국이 소련 및 중국과 수교하는 큰 변화가 이루어졌다. 오랫동안 이 지역을 분할해오던 이데올로기적 장벽이 사라졌고 대신 시장을 매개로 하는 상품과 정보, 사람과 물자의 유통이 급진전되었다. 북한과도 1991년 남북기본합의서와 비핵화합의를 체결하고 유엔에 동시가입함으로써 본격적인 탈냉전의 가능성을 보여주었다. 중국과 대만은 1992년 소위 '92공식'에 합의하면서 이데올로기적인 대립으로부터 시장의 통합, 교류와 소통의 진전을 꾀했다.

탈냉전과 함께 세계화가 급진전되면서 민족주의의 힘은 주목받지 못했다. 오히려 '글로벌 스탠다드'가 강조되면서 민족주의는 폐쇄적이고 낡은 이념이라고 비판되었다. 문화분석, 담론분석이 강조되면서 과거가 '현재의 기억'으로 치환되었고, 과거는 역사학의 영역이고 현재는 사회과학의 영역으로 나누는 도식이나, 실제는 사회과학의 영역이고 허구는 문학이나 미학으로 나누는 전통적 도식이 크게 흔들리게 되었다.5) '상상성'이라는 말이 90년대 이후 한국학 영역에서도 곧잘

---

5) 이 시기의 새로운 흐름을 분석한 Geoff Eley와 Ronald G.Suny는 문화연구와 민족연구가 결합한 것이 가장 주목할만한 특징이라고 지적한다. Geoff Eley and

사용되게 된 것은 이런 상황을 반영한다. 이런 지적 흐름은 탈민족의 지향을 강화시켰는데 민족주의는 정치공동체가 공유하는 문화적이고 지적인 상징체계로 해석되기 시작하였고 베네딕트 앤더슨Benedict Anderson 의 "민족은 상상의 공동체"라는 명제가 급속히 확산되었다6). 민족주의에 대한 비판적 분석에는 영국의 문화연구와 페미니즘의 이론적 영향, 인류학적 시각과 탈근대적 사고 등 다양한 요소들이 포함되어 있는데, 일상적인 관습, 귀속의식, 방언, 노래 등 인류학적이고 무의식적인 문화가 민족정체성의 형성에 미치는 영향이 강조되고 만들어지고 발명되는 '지적 구성물'로서의 성격이 강조되었다.

민족주의적 역사인식을 비판적으로 검토하는 시각은 일본에서 특히 부각되었다.7) 고모리 요이치小森陽一와 다카하시 데츠야高橋 哲哉 등이 저술한 『국가주의를 넘어서』는 1990년대 후반 역사해석의 우경화 현상 배후에 존재하는 일본의 내셔널리즘과 국가주의를 문제시한 저작으로, 1990년대 이후 일본 사회를 대표하는 지식인들의 목소리를 모은 것이었다. 이 책에서 강상중은 새로운역사교과서를만드는모임(새역모)의 우파적 역사해석의 중심 인물인 후지오카 노부카츠藤岡 信勝가 회복하고 싶어했던 것이 '국가관념'이라고 보았다. 그는 "세계적인 지정학적 혼란을 다시금 내셔널 히스토리라는 재영역화로 회수"하려는 경향을 경계하면서 '내셔널리티를 돌파'하는 길 외는 방법이 없다고 주장했다. 1990년대 이래 '내셔널한 것'을 대중적 문화상품으로 소비

Ronald G. Suny, "Introduction: From the Moment of Social History to the Work of Cultural Representation", 19-32.

6) 베네딕트 앤더슨, 『민족주의의 기원과 전파』, 윤형숙 옮김, 나남, 1991. 앤더슨의 영향력이 과도함을 문제시하는 연구도 있다. 신용하, 「민족의 사회학적 설명과 상상의 공동체론 비판」, 『한국사회학』 40-1, 한국사회학회, 2006.

7) 니시카와 나가오, 윤대석 옮김, 『국민이라는 괴물』, 소명출판, 2001; 고모리 요이치·다카하시 데쓰야 외, 이규수 역, 『국가주의를 넘어서』, 삼인, 1999.

시켜온 매체에 주목한 요시미 슌야吉見 俊哉 역시 이런 현상이 '국가적인 것의 미학화'를 의미한다고 보았다. 요네야마 리사米山 リサ 또한 망각이나 새로운 기억을 주장하는 과정에서나 언제나 '일본인'이 전제되는 방식의 문제점을 지적한다. 저자들은 우경화된 내셔널리즘을 비판하는 한편, 일상적 차원에서 내셔널한 언설을 재생산하는 구조와 국가의 행위가 '내셔널한 것'을 강화할 수 있음을 지적한 것이다. 그리고 국가를 초월한 범주, 트랜스 내셔널한 방식의 기억을 강화할 것을 대안으로 강조했다.

내셔널리즘에 대한 이와 같은 비판적 시각의 배후에 각종 포스트 담론의 영향력이 강하게 작용했지만 특히 일본의 경우 페미니즘의 영향력이 적지 않았다.[8] 페미니즘은 다양한 연구영역 가운데 하나로서가 아니라 기존의 이론적 시각을 근본적으로 재구성할 것을 요청하는 패러다임 전환의 성격을 갖는다. 페미니스트 연구자들은 가부장제가 더 이상 가족제도의 차원에 머무르는 것이 아니라 민족주의나 신분제도, 국가주의의 정신적 기반이 된다는 점을 지적함으로써 전혀 새로운 비판을 가능케 했다. 젠더의 차원에서 보면 국가나 민족이 단일한 주체로 간주될 수 없다는 인식도 페미니즘의 주요한 주장이다[9]. 일본군 위안부의 존재자체를 부정하던 일본정부의 태도가 소극적이나마 변하게 된 것도 이런 페미니즘의 세계적 확산과 무관치 않다. 다양한 증언자료, 역사적 자료, 공문서 등을 통해 역사적 실상을 확인하는 작업이 진행되고 위안부 문제를 둘러싼 우파의 논리를 남성주의적 자기변명의 일종으로 간주하는 비판이 강화되었던 것이다.

---

8) 다음을 들 수 있다. 우에노 치즈코, 『내셔널리즘과 젠더』, 이선이 옮김, 박종철출판사, 1999; 권혁범, 『민족과 발전주의의 환상』, 솔, 2000.

9) Shelia Muyoshi Jager, *Narratives of Nation Building in Korea*, New York: M.E.Sharpe, 2003은 담론분석과 페미니즘적 시각을 결합하여 한국민족주의 담론의 남성성을 비판적으로 검토하고 있다.

동아시아 공동체론이 강조된 것도 이런 맥락에서 이해될 수 있다. 1998년 일본 수상 오부치 게이조小渕 惠三는 일본을 방문한 한국의 김대중 대통령과 '21세기를 위한 한일 신파트너쉽 선언'을 발표했다. 한·일 양국이 21세기의 확고한 선린 우호협력관계를 구축해 나가기 위해서는 양국이 과거를 직시하고 상호 이해와 신뢰에 기초한 관계를 발전시켜 나가는 것이 중요하다는데 의견 일치를 보았다. 오부치 수상은 일본이 과거 한때 식민지 지배로 인하여 한국국민에게 다대한 손해와 고통을 안겨주었다는 역사적 사실을 겸허히 받아들이면서 '통절한 반성과 마음으로부터의 사죄'의사를 표명했다. 김대중 대통령은 이를 높이 평가하면서 "양국이 과거의 불행한 역사를 극복하고 화해와 선린우호협력에 입각한 미래지향적인 관계를 발전시키기 위해 서로 노력하는 것이 시대적 요청"이라는 뜻을 표명했다. 경제적으로도 EU, NAFTA 등 세계 전반적인 지역주의 추세에 발맞추어 동북아시아 지역통합이 모색되었다. 특히 1990년대 말 동아시아의 금융위기를 계기로 동아시아 자유무역지대 건설 추진, 동아시아 경제공동체 형성안 등이 적극 논의되었고, 1997년 아세안+3정상회의가 제도화되고, 2005년에는 동북아시아정상회의가 제도화되었다. 문화적으로는 민족적 혹은 국가적 정체성을 대신하는 지역적 정체성에 대한 주목이 이뤄졌다. 동아시아의 문화적 특수성과 '유교 문화권'에 대한 재조명이 인문학자들 사이에서 이뤄졌으며, '유교자본주의론'과 '아시아적 가치론' 같은 개념을 중심으로 동북아시아를 새롭게 정의하려는 시도 역시 존재했다. 한·중·일 지식인들의 교류 증대가 진전되면서 동아시아 역내 지식인들의 교류 및 연대(지식인 공동체 형성)가 강조되었고 동아시아 역내 시민사회 등에 의한 '아래로부터의 연대' 혹은 '동아시아 시민사회'에 기초한 대안적 공동체가 모색되기도 했다.

4. 다시 열리는 판도라의 상자?

하지만 위와 같은 1990년대 초 탈냉전 이후의 다양한 논의, 특히 탈국가주의, 탈민족 담론, 페미니즘과 지역공동체론 등이 불가역의 흐름을 형성하지는 못했다. 한편에서는 탈민족주의와 탈국가주의 담론이 확산되었지만, 다른 한편에서는 국가주의와 민족감정을 강조하고 새로운 변화에 저항하는 움직임도 커져 상호 대립이 정치, 문화, 지식 등 전방위로 심화되고 있던 것이 1990년대 이후 동북아시아의 모습이었다. 다르게 말하면 이 시기 동북아시아는 탈민족과 민족, 세계주의와 국가주의, 근대주의와 탈근대주의가 각축하던 시기였다고 말할 수 있다. 실제로 탈냉전 이후에 전개된 여러 갈등과 긴장은 과거와 미래 어느 쪽으로도 이어질 수 있는 복합적 성격을 내포했다. 일례로 홍콩반환은 서구 제국주의 유산을 넘어서는 계기이면서 아시아적인 것과 유럽적인 것의 혼용, 공존, 복합성을 구현할 새로운 기회일 수 있었다. 그런가 하면 중국의 민족감정을 강화함으로써 전통적인 민족주의나 국가주의를 강화할 계기로 작동할 수도 있었다. 한국의 올림픽 성공과 민주화의 진전도 마찬가지였는데 그것이 민족적 자부심과 세계로의 개방성을 독특하게 결합시키는 새 계기일수도 있었고 동시에 새로운 형태의 국가주의를 강조하는 근거로 작용할 수도 있었다. 90년대 세계적으로나 지역적으로 상대적인 지위의 하락을 겪으면서 정상국가화를 향해 변모하던 일본 역시 과거역사의 반성을 통해 새로운 미래를 추구할지 아니면 재무장이 가능한 헌법개정과 수정주의 역사인식을 통해 다시 우경화할지의 갈림길을 맞이한 것이다.

먼저 중국의 경우를 홍콩반환의 예를 통해 살펴보자. 중국은 탈냉전의 흐름 속에서 적극적인 개혁개방 정책을 추진했고 그 결과 세계적으로 주목을 받는 고도성장기를 경험했다. 홍콩의 중국반환은 19세기 중반 이래 서구의 힘 앞에서 온갖 굴욕을 경험해야 했던 중국이 근대사를 통해 입었던 상처로부터 벗어나는 상징적인 사건이었다. 탈냉전과 개혁개방의 과정에서 천안문 사태를 비롯한 내부의 불안정과 지역불균등을 겪었지만 올림픽을 개최하며 국제사회의 중요한 일원이 되었음을 알린 2000년대 당시에는 중국 역시 시민사회가 발전하고 다양성이 증진되며, 서구식 민주주의를 포함한 근대 정치 및 경제 규범을 수용해가는 것처럼 보였다. 하지만 중국은 이 급속한 변화과정에서도 중국중심의 국가주의와 중국공산당 중심의 통제체제를 강화하는 방향을 뚜렷이 했다. 강력해진 경제력을 바탕으로 정치군사 대국으로 발돋움하려는 의지도 점차 강화되었다. 시진핑 주석의 취임 이후 중국은 미국과 더불어 'G2'로서의 지위를 확보한 가운데 미국과의 '신형대국관계'를 구축하고자 하였고, '일대일로One Belt, One Road'와 '아시아인프라투자은행Asian Infrastructure Investment Bank'을 통해 국제 질서를 주도하려는 시도를 본격화했다. 국내적으로는 '중국몽'이라는 슬로건 하에 강력한 국가주의로의 움직임을 본격화하고 있다. 최근에는 아시아 문화의 힘을 강조하면서도 중화문명의 종주국으로서 주변 아시아 국가에 대하여 문화적인 헤게모니를 행사하고자 하는 모습도 나타나고 있다. 오랜 문명의 핵심국의 자부심에 그치지 않고 21세기 세계사를 주도하는 중심국의 위상을 지향하는 세계 최강대국에 대한 야심을 드러내고 있는 것이다.

한국의 경우는 중국과는 다른 모습을 보인다. 한국사회의 변화는 대외적 개방성과 대내적 민주화가 함께 가는 방향에서 가능해진 것인데 그 결과가 2000년대 전방위적 역동성으로 나타났다. 가장 냉전의 영향을 강하게 받았던 한국이지만 짧은 시기에 빠른 속도로 세계화, 정보화, 개방화가 이루어지고 외국인의 유입도 급증하여 사회구성원의 이질성도 크게 증가했다. 하지만 이런 다양화의 흐름 한편으로는 민족적 정체성과 국가적 자부심을 강화하려는 경향도 강화되었다. 지난 2007년부터 시작된 서울대 통일평화연구원의 『통일의식조사』는 한국인의 주변국가에 대한 인식을 지속적으로 조사해 왔는데, 조사 결과 미국에 대한 이미지와 신뢰도가 압도적으로 높은 반면, 중국, 일본에 대한 긍정적 이미지와 신뢰도는 매우 낮다. 역사적으로 중국과 일본과는 깊은 연결을 가졌고 이에 비해 서구와의 접촉 경험은 불과 일세기를 조금 넘었을 뿐이지만, 한국과 중국 및 일본과의 정서적 거리는 좀처럼 좁혀지지 않고 있다. 서구적인 행동·가치·생활 양식에 대한 지향, 기독교의 강한 영향 등도 한국이 지니는 특성의 하나다. 이미지로 구성되는 주변의 지리감각을 심상지리imagined geographies라고 할 때, 한국인의 심상지리는 매우 서구적이라 할 수 있다.

이에 더하여 한국의 민족주의를 독특하게 만드는 두 변수가 있는데, 북한과 일본이다. 북한은 한국과 체제와 이념, 제도와 생활양식 등 모든 면에서 대립적이고 이질적이다. 하지만 역사와 문화의 뿌리가 같고 오랫동안 동일민족으로 존재해온 집합적 자의식을 공유한다. 서울대 통일평화연구원의 조사 결과 한동안 남한 사람들은 중국 및 일본보다 북한에 대하여 보다 높은 신뢰를 보인 바가 있었다. 이런 특성은 대북정책과 맞물려 한국의 민족주의 지향을 가시적으로 보여주는 현상으로 평가되곤 한다. 이에 반해 일본은 정치체제나 경제제도 등 여러 면에서 한국과 동질적이고 근대 이래의 상호관계도 매우 밀접했지만 최근 모든 점에서 불신과 대립이 심화되고 있다. 북한의 핵개발에 대한 국제적 제재와 관련하여 한국의 진보정권이 지속적으로 남북협력을 강조하고 일본과의 협력에 소극적인 점도 한국의 민족주의가 갖는 독특한 특징의 하나로 인식된다.

1990년대 동아시아 공동체론을 가장 강력하게 주장했던 일본도 이 갈림길에서 결국은 국가주의와 민족주의를 강화하는 방향으로 이행하는 모양새다. 식민지배의 과거사를 반성하고 주변국가와 새로운 지역질서를 구축하는 전망이 약화되고 전통적인 탈아입구적 태도와 자국중심적 태도가 더 커졌다. 이런 일본 우경화의 바탕에는 종군위안부를 '성노예제'로 규정하고 일본 정부의 사과와 배상, 같은 사안과 관연하여 역사교육을 권고한 UN 인권소위의 『여성에 대한 폭력, 그 원인과 결과보고서』, 일명 '쿠마라스와미보고서'에 대한 정서적 반감이 존재한다. 1996년 역사학자 하타 이꾸히꼬秦 郁彥는 유엔 인권소위에서 채택한 『쿠마라스와미 보고서』를 '형편없는 허구'라고 규정했다. 이런 흐름을 대표하는 인물인 후지오카 노부카츠藤岡 信勝는 97년에 '이 문제(위안부 문제)야말로 일본국가를 정신적으로 해체시키는 결정타'이며 "이것은 국제적인 세력과 결탁한 장대한 일본 파멸의 음모"라고 주장하였다. 그리고 이러한 반작용은 일본 정부의 우경화로 이어졌다. 1999년 일본 정부는 미국의 '신 가이드라인'에 맞추어 '주변사태법'을 제정하였고, 이후 자위대는 유사시에 미군과의 협조 하에 당당히 분쟁지역에 개입할 수 있게 되었다. 또한 국가·국기법을 같은 해에 제정하여 2차 대전의 배후에 존재하는 군국주의와 내셔널리즘의 상징으로 여겨지며 부정되어 왔던 옛 국가상징물을 공식적 국가와 국기로 복원하기에 이르렀다. 오늘 벌어지고 있는 과거사 논란은 이런 흐름의 연장선상에 있다고 볼 수 있다.

이처럼 동북아시아는 급속한 세계화와 지역화의 흐름에도 불구하고 민족주의의 정서와 국가주의 담론이 여전히 강력한 힘을 얻고 있다. 일본의 사회학자 다카하라 모토아키高原 基彰는 21세기 들어 한중일의 젊은이들 사이에 확산되어 있는 민족주의를 '불안형 내셔널리즘'으로 칭한 바 있다.[10] 그에 의하면 일본에서 '혐한'과 '혐중'으로 일컬

---

10) 高原 基彰, 『不安型ナショナリズムの時代-日韓中のネット世代が憎みあう本当の理由』, 東京: 洋泉社, 2006.

어지는 정서가 출현하고 한국과 중국에서 반일 정서가 강하게 부각되는 것은 고도성장시대가 끝나고 경쟁과 불안이 보편화되는 시대적 상황의 반영이다. 정부의 강력한 개입과 주도로 고도성장이 이루어지던 시기 발전주의는 동북아시아 국가들이 공통으로 지닌 경험적 자산이었다. '아시아의 용'이라 지칭되던 대상에는 홍콩, 싱가포르, 대만, 한국 등이 꼽혔지만 한국전쟁 이후 고도성장을 경험했던 일본이나 개혁개방 이후 급격히 산업화에 성공한 중국도 이런 성격으로부터 크게 벗어나지 않는다. 다카하라는 고도성장단계와 그 이후의 사회유동화 단계를 구별하고, 21세기에 들어 한국과 중국, 일본은 공히 사회유동화 단계로 이행하고 있다고 말한다. 그 특징은 전국민의 중산층화라는 신화가 더 이상 작동되지 않고 계층화와 양극화가 가중되면서 생활형 불안이 확대되는 것이다. 그리고 이런 내부의 불안과 불만이 외부에 대한 혐오와 적대의 원천이라는 것이 그의 주장인데 숙고해볼 가치가 있다고 생각한다.

이와 함께 다시금 살펴볼 필요가 있다고 생각되는 두 권의 책이 있다. 하나는 19세기 말의 격동기에 황준헌이 저술하고 한국 개화파 지식인들에게 강한 영향을 미쳤던 『조선책략』이란 저술이다. 이 책은 중화체제가 해체된 이후의 근대적 지역질서 구축과정에서 조선이 '결일본 연미국 친중국'의 대전략을 취하는 것이 좋으리라는 주장을 담고 있다. 러시아의 남진정책을 공동의 위협으로 전제한 가운데 일본 조선, 중국, 미국의 연대와 협력을 강조한 것이다. 당시 중국의 입장을 일부 반영한 저술이었고, 러시아의 위협이라는 것이 현재의 상황과는 다르다는 점에서 책의 현재적 적실성에 한계가 존재하기는 한다. 하지만 동북아시아 주요 국가들의 협력이 한반도의 핵심이익과 부합할 뿐 아니라 이 지역의 평화에도 필수적이라는 이 책의 주장은 현 시점에도 일정한 영향력을 지닌다. 다만 미국과 중국의 대립, 한국과 일본의 불신, 중국의 국가주의, 북한의 존재 등을 고려할 때 이런 전망이 지속 가능할지는 불투명하다.

또 하나의 책은 사무엘 헌팅턴의『문명의 충돌』이다. 탈냉전 이후 세계화의 진전이 문명간의 갈등과 충돌로 이어질 것을 예상한 이 책은 기본적으로 서구문명과 이슬람 문명의 대립을 염려한 것이지만 동북아시아에서 중국의 부상도 매우 큰 도전이자 변수로 강조하고 있다. 그는 문명권을 구성하는 범위 속에 위치하는 국가들을 핵심국, 소속국, 고립국, 분열국 등으로 분류했다. 문명의 핵심국은 자국을 넘어서 주변에까지 공유되는 보편적인 정치, 경제, 문화, 종교의 힘을 지닌 국가다. 헌팅턴에 의하면 동북아시아는 여러 문명들이 공존하고 혼재하는 지역이지만 뚜렷한 문명적 중심성을 지닌 국가로는 중국을 들었고 일본 역시 고유의 단위를 구성한다고 본다. 특히 중국의 부상을 '대중국'으로 지칭하고 인종적 범주에 기반한 중국인 정체성이 이 지역을 중국주도 문명권으로 통합하려는 힘이 가속화되리라 전망한다. 이어서 헌팅턴은 세력관계가 빠르게 변하는 상황에서 모든 동아시아 국가들이 '앞으로 10년 뒤에는 누가 적이고 누가 친구가 될 수 있을 것인가?'라는 물음에 직면할 것이라고 지적한다.11)『지리의 힘』이란 책으로 지정학의 영향력을 강조한 팀 마샬Tim Marshall 역시 중국이 부상하는 동북아시아에서 한반도의 어려운 처지와 더불어 지역통합의 어려움을 지적하고 있다.12) 동북아시아 지역주의의 미래를 전망함에 있어서 우리가 고려해야 할 다층적인 변수들을 지적한 저작들이어서 보다 숙고하고 음미할 필요가 있다고 여겨진다.

---

11) 사무엘 헌팅턴,『문명의 충돌』, 364.
12) 팀 마샬,『지리의 힘』, 김미선 옮김, 사이, 2016.

5. 맺음말

　민족이란 주체의 존재양식은 앞으로 어떻게 변화할 것인가? 민족주의의 진로는 향후 어디를 향할 것인가? 영어로는 흔히 네이션nation으로 통칭되지만 민족이란 범주는 국민, 시민과 인민 등 다양한 집합적 주체들과 혼용되는 경향이 있다.13) 역사문화적 범주로서, 국가형성의 정치주체로서, 다문화사회의 정체성 개념으로서 민족이란 개념은 다양하게 사용되기 때문이다. 민족이 근대적인 것인가 원초적인 것인가, 민족형성의 주된 요인은 무엇인가, 국가와의 연관성은 어떻게 보아야 하는가, 민족주의의 정치적 기능은 어떠한가 등, 민족주의 연구의 다양한 주제들은 단지 이론적인 관심사에 그치지 않는다. 그것은 21세기 이 지역의 변화와 모순, 갈등과 전망을 틀지우는 프레임에 영향을 미치는 핵심적 변수라고 할 수 있다. 그러한 만큼 민족 이외의 주체들에 대한 관심, 즉 여성사, 가족사, 사회사 등에서 주목하는 다양한 주체들과 그들의 역사 감정을 세밀하게 포착하려는 노력이 한층 절실해지고 있다고 할 수 있을 것이다.

　한국을 포함한 동북아시아 지역은 급속한 산업화, 정보화, 세계화의 특성을 공유하면서도 인종과 문화의 경계가 뚜렷하고 역사적인 경험에서 유래하는 집합적 정체성이 매우 강한 곳이다. 전근대 시대의 오랜 교류와 갈등의 기억, 근대 이후의 식민과 지배, 저항과 불신의 역사, 냉전질서 하에서 새롭게 구축된 체제분할의 유산, 그리고 다시 뒤엉키는 21세기의 갈등과 신냉전 현상 등이 곳곳에 공존하면서 '비동시성의 동시성'을 드러내고 있다.14) 한반도는 이런 동북아시아의 역동

---

　13) 박명규, 「한국 내셔널 담론의 의미구조와 정치적 지향」, 『한국문화』 41, 서울대학교 규장각한국학연구원, 2008.
　14) 박명규, 「21세기 한국학의 새로운 시공간성: 동아시아적 맥락」, 『서울대학교

적 변화 가운데 늘 문제의 공간이자 갈등의 현장이 되곤 했다. 우리는 민족이 중요한지, 민족주의가 유효한지를 묻는 상투적인 질문으로부터 벗어날 필요가 있다. 민족은 소중한 공동체일 수도 있고 이질성을 수용하지 않는 폐쇄적인 종족집단일 수 있다. 민족주의는 건강한 주체성의 바탕일 수 있지만 타자를 가혹하게 배제하고 탄압하는 집단 이기심으로 연결되기도 한다.

21세기 동북아시아의 미래를 창의적으로 상상하기 위해서는 그동안 담론을 구성해온 시공간적 감각으로부터 벗어날 필요가 있다. 동시에 지정학적 조건, 문화와 역사적 경로의존성의 힘을 무시하지 않으면서 새로운 가능성을 확대해가는 현실감각도 필수적이다. 민족과 민족주의는 과거의 역사 속에 뿌리를 내리고 있어서 쉽사리 제거되지 않는 무엇이지만 향후 미래를 구축해 갈 우리의 상상력과 전망적 기획에 따라 재조정될 수도 있고 또 되어야 하는 무엇이다. 그런 의미에서 우선적으로 우리가 노력해야 할 것은 낡은 질문에 답하는 것보다 새로운 질문을 구성하는 것일지 모른다. 동북아시아와 민족과 민족주의를 탐구하고 연구하는 일의 일차적 과제는 미래를 내다보며 진지하게 숙고해야 할 새로운 질문, 미래형 화두를 찾는 일이다. 문화에 뿌리를 박은 민족주의의 힘을 무시하지 않되 21세기를 향한 열린 동력을 어떻게 창출, 공유, 재구축할 것인가에 더 많은 노력과 성찰이 주어져야 할 것이다.15)

규장각 창립 230주년 기념 국제학술회의 발표논문집: 21세기 한국학의 진로모색』, 2006 참조.

15) 물론 이런 특성이 한국의 '민족' 개념에만 특유한 것은 아니다. 모든 중요한 역사적 기본개념은 이런 속성을 지니고 있으며 이런 중첩성, 애매함을 분석하는 것이 개념사의 중요한 과제가 된다. Reinhart Koselleck, *Futures Past: On the Semantics of Historical Time*, Boston, MA: MIT Press, 1985, 89.

참고문헌

고모리 요이치·다카하시 데쓰야 외, 이규수 역, 『국가주의를 넘어서』, 삼인, 1999

권혁범, 『민족과 발전주의의 환상』, 솔, 2000

니시카와 나가오, 『국민이라는 괴물』, 윤대석 옮김, 소명출판, 2001

박명규, 「21세기 한국학의 새로운 시공간성: 동아시아적 맥락」, 『서울대학교 규장각 창립 230주년 기념 국제학술회의 발표논문집: 21세기 한국학 의 진로모색』, 2006

박명규, 『국민·인민·시민』, 소화, 2009

박명규, 「네이션과 민족: 개념사로 본 의미의 간극」, 『동방학지』 147, 연세대 학교 국학연구원, 2009

박명규, 「한국 내셔널 담론의 의미구조와 정치적 지향」, 『한국문화』 41, 서울 대학교 규장각한국학연구원, 2008

박찬승, 「한국에서의 '민족'개념의 형성」, 『개념과 소통』 창간호, 2008

베네딕트 앤더슨, 『민족주의의 기원과 전파』, 윤형숙 옮김, 나남, 1991

사무엘 헌팅턴, 『문명의 충돌』, 이희재 옮김, 김영사, 1998

신용하, 「민족의 사회학적 설명과 상상의 공동체론 비판」, 『한국사회학』 40-1, 한국사회학회, 2006

우에노 치츠코, 『내셔널리즘과 젠더』, 이선이 옮김, 박종철출판사, 1999

윤건차, 『일본-그 국가, 국민, 신민』, 일월서각, 1997

팀 마샬, 『지리의 힘』, 김미선 옮김, 사이, 2016

표세만, 「일본의 '네이션' 개념의 수용과 변용」, 『동아시아 근대 '네이션' 개 념의 수용과 변용』, 고구려연구재단, 2005

Geoff Eley and Ronald G. Suny, "Introduction: From the Moment of Social History to the Work of Cultural Representation," *Becoming National*, Oxford: Oxford University Press, 1996

Liah Greenfeld, Nationalism: *Five Roads to Modernity*, Cambridge, MA: Harvard University Press, 1992

Reinhart Koselleck, *Futures Past: On the Semantics of Historical Time*, Boston, MA: MIT Press, 1985

Shelia Muyoshi Jager, *Narratives of Nation Building in Korea*, New York: M.E.Sharpe, 2003

高原 基彰, 『不安型ナショナリズムの時代-日韓中のネット世代が憎みあう本当の理由』, 東京: 洋泉社, 2006

古厩忠夫, 「20世紀中國における人民, 國民, 公民」, 西村成雄 編, 『現代中國の 構造變動 3 ナショナリズム-歷史からの 接近』, 東京: 東京大學出版會, 2000

1부

동북아
내셔널리즘의 형성

내셔널리즘으로서 '국체'

: 메이지 천황의 '신성'함의 기원들*

김태진
동국대학교 일본학과 조교수

1. 머리말

내셔널리즘에 대한 이론적 논의를 여기서 자세히 거론하는 것은 적당치 않을 것이다. 이는 내셔널리즘에 대한 이론적 논의 자체가 방대할뿐더러, 내셔널리즘 이론을 아무리 정교하게 주관주의 내지 객관주의, 혹은 이 둘의 복합으로 나누어도 이러한 이론적 접근은 많은 내셔널리즘 연구자들이 이야기하듯이 내셔널리즘의 실상에 대해 이야기할 수 있는 바가 적기 때문이다.[1] 따라서 내셔널리즘론 자체보다 '내셔널리즘의 신비'라는 관점에서 논하는 것이 좀 더 생산적일지 모른다. 일찍이 베네딕트 앤더슨은 내셔널리즘의 세 가지 역설을 제시했다. 첫째 역사가의 객관적인 눈에 국민(네이션)은 근대적인 현상으로 보이지만, 민족주의자의 주관적인 눈에 네이션은 확연하게 오래된 존재로 보인다는 점, 둘째 내셔널리티라는 사회문화적 개념은 형식적으로는 보편적임에도 불구하고 구체적으로는 항상 어찌할 수 없을 정도

---

* 이 글은 김태진, 「메이지 천황의 '신성'함의 기원들: 메이지헌법 신성불가침 조항의 의미에 대하여」, 『일본학보』 129, 2021에 수록된 내용을 보완한 것임.
1) 대표적인 내셔널리즘론들을 개괄하고 있는 다음의 책을 참고. 오사와 마사치 엮음, 김영작·이이범 외 옮김, 『내셔널리즘론의 명저50』, 일조각, 2010.

의 특이성을 지니고 출현한다는 점, 셋째 내셔널리즘은 근대의 어떠한 '이즘'보다도 거대한 영향력을 지니고 있음에도 불구하고 철학적으로는 매우 빈곤하다는 점이다. 그런 점에서 내셔널리즘은 이데올로기가 아니라 일종의 종교적 현상으로 취급해야 한다는 앤더슨의 지적은 타당하다.2)

일본의 사회학자 오사와 마사치 역시 '내셔널리즘의 역설'을 논하며, 근대 내셔널리즘으로의 이행을 원초적인 공동체(에스니)의 전인격적이고 유기적인 관계로부터 개인을 해방시키고, 시민권과 같은 보편적이고 추상적(매개적)인 규정에 의해 내부의 개인들을 연결하는 공동체를 성립시키는 과정으로 설명한다. 여기서 결정적으로 중요한 것은 이 보편적이고 추상적인 결합은 그 자체로서는 전혀 기능하지 못한다는 점이다. 그것이 기능하기 위해서는 보편적이고 추상적인 결합이 민족적이고(특수하고) 구체적인 모습을 띠어야 한다. 바꿔 말하면, 민족적이고 구체적인 결합이 시민 공동체의 보편적이고 추상적인 관계를 표시하고 구현하는 것으로 의미가 부여될 때, 비로소 보편적이고 추상적인 관계가 실효적인 것으로 사람들을 끌어들이게 된다는 것이다.3)

그런 점에서 국체란 이러한 추상적 결합의 특수, 구체적인 공동체 개념으로서 자신을 재현하는 개념이었다고도 할 수 있다. 물론 이러한 국체가 의미하는 바가 무엇이었는지는 끊임없는 논쟁거리였지만 오히려 이 설명 불가능한 점이야말로 국체론이 갖고 있는 의미 자체였을지 모른다. 그런 점에서 일본의 내셔널리즘의 수수께끼는 일본 국체론의 수수께끼로 바꿔 부를 수 있을 것이다.

흔히 일본의 내셔널리즘이라고 하면 초국가주의라는 ultra-nationalism

---

2) 이에 대해서는 베네딕트 앤더슨, 서지원 옮김, 『상상된 공동체-민족주의의 기원과 보급에 대한 고찰』, 길, 2018. 서론 참조.
3) 오사와 마사치, 김선화 옮김, 『내셔널리즘의 역설: 상상의 공동체에서 오타쿠까지』, 어문학사, 2014, 59.

과 관련되어 이야기되는 경향이 있다. 지금은 다소 희석되었지만, 이는 일본의 내셔널리즘을 천황이라는 존재와 연결하여 전쟁 시기까지 이어져온 국체론의 논의 속에서 일본 내셔널리즘의 특이성을 보아왔던 연구 경향에서 비롯된다. 그리고 이는 과거의 일본에서 내셔널리즘이 일종의 종교와 정치 영역의 미분화 속에서 생겨난 특수한 현상으로 보는 관점과도 이어진다. 이때 일본 특유의 국체론은 이 이상한 내셔널리즘의 원인으로 지목된다.

국체론과 내셔널리즘의 관계에 대해서는 기존의 연구에서도 많이 지적되어 온 바다.[4] 하지만 이들 연구에서 국체론으로서 내셔널리즘이 만들어지는 과정은 국체란 무엇인가라는 수수께끼에 대한 답이 되지 못하는 것처럼 보인다. 그것은 기존 연구들의 관점이 대개 다음과 같은 명제들-가령 국체를 어떤 종교적인 관념에 기반한 일본만의 특수한 현상으로서 파악하는 관점에서 비롯하기 때문이다. 그리고 이는 근대국가란 종교와 정치의 분리를 하나의 당연한 테제로 삼으며, 이 분리에 기반한 세속화가 모든 근대국가, 더 나아가 민주주의 사회에 적합하다는 주장과 이어진다. 근대 일본의 내셔널리즘을 이해하는 데도 이러한 관점은 지배적이다. 즉 종교를 정치에서 분리하지 못한, 나아가 천황을 종교적으로 활용한 근대 일본은 이후 전체주의 사회로 필연적으로 빠질 수밖에 없었으며 이것이 아직도 일본 사회의 보수성 내지 비근대성을 보여주는 근거로 여겨지는 것이 그렇다.[5]

---

4) 대표적으로 하시카와 분조橋川文三는 일본에서 내셔널리즘이 만들어지는 과정을 현세를 초월한 위치에서 전통적인 모든 권위를 총괄하는 상징, 국민을 초월한 예배신앙의 대상으로서 천황상이 등장과 연결짓는데, 이 때 국체론=내셔널리즘이 상정된다. 橋川文三, 『ナショナリズム-その神話と論理-』, 紀伊国屋書店, 2005(1968).

5) 주지하듯이 이러한 세속화 테제secularization thesis는 이미 낡은 것이 되었다. 다양한 사회에서, 특히 서구 유럽과는 달리 후발적으로 근대화가 일어난 사회에서는, 근대화가 진행되는 과정에서도 종교적 이슈들은 분리될 수 없이 근대화와 연결되어 더 중요성이 부각되었으며 종교와 정치의 연결 논리를 서구 유럽

이 글에서는 일본 내셔널리즘의 수수께끼, 국체의 수수께끼를 보기 위해 정치와 종교의 상관관계 속에서 국체론을 다시 살펴보고자 한다.[6] 이때 국체론을 이해하기 위해서 국체론에서 핵심적으로 다루어지는 천황의 신성성에 대한 질문을 던질 필요가 있다. 물론 국체론에 대해서는 이미 많은 연구들이 이뤄져 왔음은 주지의 사실이다. 하지만 국체론에서 국과 체의 연결고리로서 '체'란 무엇인가, 그리고 이 체의 핵심으로서 천황의 '신성성'은 어떻게 규정되는가? 라는 질문에 대한 답은 충분히 제시되지 못했다. 이 글은 이를 밝히기 위해 메이지 헌법 제정 과정에서 '신성성'이 어떻게 만들어지는가를 살펴봄으로써 일본 내셔널리즘의 하나의 특징으로서 천황에 대한 관념이 구성되는 과정을 되짚어 보고자 한다.

물론 메이지헌법의 3조 신성불가침 조항의 의미에 대해서는 일찍부터 그 조항의 성립배경과 의미에 대해 많은 연구가 이뤄져 왔다. 그러나 기존연구에서는 이 조항이 삽입된 배경이나 어떤 내용들을 참고했는지를 밝히는데 주목할 뿐 그것의 사상적인 내용에 대해서는 불충

에서와 동일한 하나의 방식으로만 이해되어서는 안 된다는 것이다. Kevin M. Doak, "A Naked Public Square? Religion and Politics in Imperial Japan," Roy Starrs ed, *Politics and Religion in Modern Japan-Red Sun*, White Lotus, Palgrave Macmillan UK, 2011. 그렇다면 종교와 정치, 신학과 정치학은 내셔널리즘의 바탕을 이루는 근대 국가이론 나아가 현대 국가이론에서도 분리될 수 있는 것이 아니라, 오히려 그 근저를 이루고 있는 것이다

6) 기존의 국체론의 논의가 맴돌고 있는 이유는 국체론이란 무엇이다라고 정의 내리기 힘든 점에서 비롯되는 것이기도, 혹은 국체라는 용어를 각각 다른 방식으로 사용하고 있다는 점에서도 있지만, 강상규의 지적처럼 그것은 "'국체'란 한 번 정해지면 자신의 모습을 고정시켜 놓고 변하지 않는 그런 성격의 존재태being라기보다는 이데올로그들의 '필요'에 따라 끊임없이 만들어져가고 변화해 가는 생성태becoming로서의 성격을 지니고 있었던 까닭에 정의될 수 있는 하나의 개념concept이라기보다는 포괄적인 담론체계discourse에 보다 가까운 것"이라는 지적을 참고할 필요가 있다. 강상규, 『19세기 동아시아의 패러다임 변환과 제국 일본』, 논형, 2007, 117.

분하게 다루어진 면이 있다.[7] 이 글은 근대 일본에서 천황의 신성함이 어떻게 규정되었는지를 일종의 개념사적 접근 속에서 신성함의 주체와 성격에 대한 논의를 다시 검토하고자 한다.

2. 국체론과 신성성-종교의 대용으로서 천황

'국체'라는 말은 근대 일본의 정치와 사회를 속박한 말이었다. 기타 잇키北一輝의 말을 빌리자면 "'국체론'이라는 로마 법왕의 금기에 접촉하는 순간 이미 그 자체로서 그 사상에 교수형이 언도"될 수 밖에 없는 것이었다. 국체라는 말은 워낙 다양한 방식으로 규정되어 정의하기 쉽지 않지만, 요네하라 겐은 국체라는 말을 "(1) 국가의 체면 또는 국위, (2) 국가의 기풍, (3) 전통적인 국가 체제, (4) 만세일계의 황통을 중심으로 하는 정교일치 체제, 라는 네 가지 용례가 있다"[8]고 지적한다. 주로 국체가 의미있는 정치적 용어로서 사용되기 시작한 것은 네 번째의 경우라 할 수 있을 것이다.[9] 그리고 이때 국체란 만세일계의 천황이 갖는 신성성이 국체론 내지 국체 내셔널리즘의 핵심적인 근거

---

7) 佐藤功, 「天皇の神聖性と象徴性」, 『法学新報』 59-9, 1952; 森三十郎, 「天皇の神聖性に就て」, 『福岡大學法學論叢』 12-1, 1967; 大原康男, 「「神聖不可侵」考-帝国憲法の起草プロセスを中心にして」, 『神道宗教』, 通号 90·91, 1978; 港道隆, 「否認された神聖-哲学者の象徴天皇論」, 『甲南大學紀要』 132, 2003; 吉馴明子, 「「神聖」天皇の非宗教化と現代」, 『明治学院大学キリスト教研究所紀要』 46, 2014; John S. Brownlee, *Japanese Historians and the National Myths, 1600-1945: The Age of the Gods and Emperor Jinmu*, UBC Press, 1999.

8) 米原謙, 『國體論はなぜ生まれたか』, ミネルヴァ書房, 2015, 39.

9) 그 전제에는 '국체'라는 말이 만세일계의 천황과 불가분하게 결부되어 있다는 점, 천황이 정치적·종교적 대립을 초월한 '공평한 제3자'로 간주되는 점, 정체와 국체라는 이원적인 개념 틀이 가능하다는 점을 들 수 있다. 米原謙, 『國體論はなぜ生まれたか』, 9-10.

가 되었다. 그렇다면 여기서 신성성은 어떤 의미를 갖고 있었을까? 지금까지 신성성은 만세일계의 일본적 특수성을 강조하는 맥락 속에서만 읽혀왔다. 하지만 실제로 메이지 체제에서의 신성성은 어떤 과정을 통해 도입된 것일까?

우선 신성성의 문제가 전후에 어떻게 귀착되었는지 살펴보는 것으로 시작해 보자. 왜냐하면 천황의 이른바 '인간선언'은 전후 천황의 신성성의 변화를 단적으로 보여주는 자료이자, 이를 통해 거꾸로 전전의 체제의 신성함의 핵심을 파악할 수 있게 해주는 자료이기 때문이다. 1946년 1월 1일 관보에 발표된 조서로 '인간선언'이라 불리는 이 선언[10]에서 천황은 신격을 부정한다.

> 짐과 너희들 국민과의 유대는 시종 상호 신뢰와 경애에 의해 맺어진 것으로, 단순히 신화와 전설에 의해 생기는 것이 아니다. 천황을 현어신現御神, アキツミカミ으로 하고, 일본 국민을 다른 민족에 비해 우월한 민족이라 하며, 나아가 세계를 지배해야 할 운명을 가진다는 가공의 관념에 기초를 두고 있는 것도 아니다.

이때 '인간선언'에서 주목된 것은 신과 인간의 대립이다.[11] 이는 전후 미국 GHQ의 지배하에서 초국가주의의 포기와 새로운 내셔널리즘을 구축하려는 시도였다. 전전의 일본 사회에서 국체론의 핵심이 되는 신성한 천황에 대한 '특수성'에 기반한 논의였다면, 전후에는 '보편성'에 기반한 새로운 내셔널리즘이 요청되었던 것이다. 이는 '상징' 천

---

10) 조서의 공식명칭은 『신년에 기해 새롭게 국운을 열고자 국민과 짐의 마음을 하나로 해 이 대업을 성취하고자 하기를 바란다新年二當リ誓ヲ新ニシテ國運ヲ開カント欲ス國民ハ朕ト心ヲ一ニシテ此ノ大業ヲ成就センコトヲ庶幾フ』

11) 그러나 '인간선언'에서 신격의 부정이 중요한 것은 아니었다. 쇼와 천황이 31년 후 회견에서 기자의 질문에 답하면서 "오개조 서문을 인용한 것이 실은 이 조서의 가장 첫 번째 목적이었고 신격이라던가 그런 것은 두 번째 문제"였다고 밝힌 바 있듯이 신격의 부정은 인간선언의 가장 중요한 목적이라기보다 부차적인 목적에 불과했다.

황으로서의 자리매김과 '국체'의 포기를 동일시하는 작업이었다. 그런데 이 때 현어신이라는 것은 영어로 'divine'이라는 말로 번역된다. 이 조서의 영문 공식번역은 다음과 같다.

The ties between Us and Our people have always stood upon mutual trust and affection. They do not depend upon mere legends and myths. They are not predicated on the false conception that the Emperor is divine, and that the Japanese people are superior to other races and fated to rule the world.

여기서 "천황을 현어신天皇ヲ以テ現御神"이라 여기는 '가공의 관념'架空ナル観念이라는 대목은 영문으로 '천황은 신성하다Emperor is divine'라는 '잘못된 관념false conception'으로 번역됨을 볼 수 있다. 그런데 이는 선언이 구상되었던 초안과는 조금은 다른 내용이었다. 원래 이 대목은 일본인 내지 천황이 '신의 후예神の裔'이라는 것이 가공의 관념이라는 표현이었다. 그러던 것이 기노시타 미치오木下道雄 당시 시종차장侍従次長이 천황에 관해서 '현어신'인 점을 부정하는 것으로 문구를 수정했다. 그의 일기에 따르면 이는 부정의 범위를 한정하고자 하는 시도였고, 천황의 동의하에 행해졌다. 즉 천황이 신의 후예라는 것이 부정되는 것을 막기 위해 차라리 천황이 현어신임을 부정하는 쪽으로 문구를 수정한 것이었다. 그 후에 일본인이 '신의 후예' 운운하는 부분은 수정되어 사라졌고, 결과적으로는 천황이 '현어신'인 점에 대한 부정만이 남게 되었다. 그러나 복잡한 것은 '신의 자손'의 신도, '현어신'도 영문에서는 둘 다 'divine'이라는 점이었다.12)

---

12) 小倉慈司・山口輝臣 共著, 『天皇と宗教』, 講談社, 2011, 342. 다카마쓰노미야 노부히토 친왕高松宮宣仁親王은 인간선언에 대한 감상을 일기에서 "정말로 훌륭한 것이지만, '현어신'이라는 세 글자는 다른 '신'이라는 글자라던가, 무언가로 바꾸고 싶다"고 기록하고 있다. 이 조서가 막연한 신격부정, 인간선언으로 해석되어 온 것도 기노시타의 저항의 의도가 관철된 것이었다. 小倉慈司・山口輝臣

그렇다면 이때 부정되어야 했던 천황의 신적 속성이란 무엇이었는가? 국체의 변화는 전후 민주주의의 핵심이었고, 천황의 신성성은 부정되어야 했다. 하지만 이때 부정되어야 할 신성함의 성격과 주체는 무엇인가, 어디까지 바꿔야 하는 것인지는 문제적일 수밖에 없었다. '만방무비萬邦無比한 만세일계萬世一系의 천황'에서 신성성을 제외하고 상징천황으로만 한정한 것은 전후 헌법의 국체의 호지를 대신해 천황제의 옹호라는 방식으로 낙착되었지만,13) 이것만으로 국체가 변혁된 것인가 변하지 않은 것인가는 줄곧 논쟁거리가 될 수밖에 없었던 이유였다.14)

그렇다면 이때 왜 천황은 신성하다는 관념이 포기되어야 하는가? 이는 국체론을 부정하기 위해서 당연한 과정으로 볼 수도 있다. 하지만 여기서 '천황이 신성하다'는 '가공의 관념'이 왜 전후에 부정되어야만 할 중요한 명제가 되었는가? 이를 보기 위해서 전전의 신성성은 어떠한 과정을 통해 구성되었고, 변화했는가를 살펴볼 필요가 있다.

잘 알려져 있듯이 일본의 메이지 시기 근대국가를 만드는 과정에서 서양과 같은 '종교'의 필요성이 제기되었다. 메이지 지식인들은 천황이라는 존재를 '기축'으로 삼아 천황을 '신성한' 존재로서 만들어 나가며 이러한 종교성을 부여해 나갔다. 이토가 유럽을 돌아보고 느꼈던 점은 기독교야말로 유럽 발전의 근본이었다는 점이었다.

共著, 『天皇と宗教』, 342.

13) 그런데 고모리 요이치가 지적하듯이 이 때 천황의 '신의 후예'가 아니라는 것은 '국체' 개념을 정면으로 부정하는 것이지만, 천황이 '현어신'이 아니라는 점은 '국체' 개념과 모순되는 것까지는 아니었다. 당시의 인간선언 초안이 만들어지는 과정에 대해서는 고모리 요이치, 송태욱 옮김, 『1945년 8월 15일 천황 히로히토는 이렇게 말하였다』, 뿌리와이파리, 2004, 160-182.

14) 이 문제를 중심으로 전후 헌법학자인 사사키 소이치佐々木惣一와 와쓰지 데쓰로和辻哲郎의 논쟁에서 전후 헌법을 통해 국체가 변했는가에 대한 논쟁이 일어났다.

지금 헌법을 제정함에 먼저 우리나라의 기축機軸을 찾아 '우리나라의 기축'이
란 무엇인가를 확정해야만 한다. 기축도 없이 정치를 인민의 허망한 논의妄議에
맡길 경우 정치政는 기강統紀을 상실하고 국가 또한 폐망한다. 적어도 국가가 국
가로서 생존하고 인민을 통치하고자 한다면 깊이 사려하여 통치의 효용을 잃지
않도록 힘써야 한다. 구주에서는 헌법정치의 맹아가 싹튼 지 천 여년이 되어,
인민이 이 제도에 익숙할 뿐 아니라 종교라는 것이 기축을 이루어 인심人心에
깊이 침윤하여 인심이 여기에 귀일歸一된다. 그런데 우리나라에서는 종교라는
것이 그 힘이 미약하여 한 국가의 기축이 될 만한 것이라고는 하나도 없다. 불
교는 한때 융성한 기세를 떨쳐 상하의 인심을 한데 묶어냈지만, 오늘에 와서는
이미 쇠퇴하는 경향을 보이고 있다. 신도神道는 조종祖宗의 유훈을 받들어 이를
조술祖述했다 하지만 종교로서 인심을 귀향歸向시키기에는 힘이 부족하다. 우리
나라에서 기축이 될 수 있는 것은 오로지 황실뿐이다.[15]

메이지 시기의 정치와 종교의 관계를 이야기할 때 많이 인용되는
글로서 여기서 이토가 천황을 기축으로 삼아야 한다고 했을 때, 이는
분명 서양의 기독교를 상정하고 있는 것이었다. 그러나 이를 좀 더 주
의 깊게 볼 필요가 있다. 이토는 여기서 분명히 천황을 '종교'로서 그
대로 삼을 수 없음을 인식하고 있기 때문이다. 인심이 귀일되는 것이
서구의 기독교에서의 효용이라면, 일본에는 종교는 없지만 황실이 일
종의 대리보충물이 될 수 있다는 것이다. 즉 정확히 구별해보자면 천
황은 종교의 '대상'이라기보다 종교의 '대리'로서의 '기축'의 역할을
담당한다. 이는 메이지 지식인들이 천황의 종교로서의 성격을 인정하
면서도, 동시에 이를 종교적 성격으로부터 분리하려 했던 것이었다.[16]

---

15) 『樞密院議會議事錄』第1卷 東京大學出版會, 1984, 156-157. 이토가 이와 같은
발언을 한 배경으로서 당시 그나이스트의 권고가 하나의 이유일 것이라 지적된
다. 이를 포함해 메이지 시기 '교教'의 의미에 대해서는 와타나베 히로시,「'교'
教와 음모-국체國體의 한 기원」, 와타나베 히로시, 박충석 공편,『한국·일본·'서
양'』, 아연출판부, 2008 참고.

16) 당시 메이지 지식인들의 종교에 대한 관점은 와타나베 히로시,「'교教'와 음모-
국체國體의 한 기원」; 齊藤智朗,『井上毅と宗教-明治国家形成と世俗主義』, 弘文
堂, 2006 참조.

메이지 체제를 만들었던 이들이 천황을 서양의 기독교에서와 같은 신과 같은 존재로서 파악하고, 종교=정치의 일원화라는 관점에서 천황을 생각한 것은 아니었다.

3. 헌법초안에서 등장하는 신성성의 기원들

그렇다면 대일본제국헌법에서 신성성의 개념이 어떻게 만들어졌는 지를 살펴볼 필요가 있다. 이는 메이지 천황을 신성한 존재로 만들어 내고자 했던 메이지 이데올로그들의 생각들에서 나타난다. 천황 통치의 근거를 만세일계의 황통신화에서 가지고 오는 것은 당시 우에키에모리植木枝盛의 시안을 제외하고는 모든 헌법초안에서 발견할 수 있다. 주지하듯이 이노우에 코와시井上毅가 1886-1887년 사이에 작성한 헌법초안에서는 "제국헌법은 만세일계의 천황을 다스리는 바이다"라고 규정하고 있으며, 이를 받아 1887년 8월 이토 히로부미伊藤博文가 중심이 되어 작성한 실질적인 제1차 초안인 나츠시마夏島 초안은 "일본제국은 만세일계의 천황이 이를 통치한다"로 규정한다.[17]

하지만 이러한 만세일계의 신화에서 천황에게 통치의 근거를 부여하는 방식은 신God을 대신한 자리로서 군주에게 신성성을 부여하는 서구적 관념보다는 전통적인 일본의 신Kami 관념과 관련된다. 신국神國, 신주神州라는 발상 자체는 새로운 것이 아니라 일본의 자기인식 속에서 이미 오래전부터 존재해 왔던 것이었다. 일본 사회의 독특하고

---

17) 이에 대해 외국인 고문이었던 뢰슬러Hermann Roesler는 이러한 만세일계의 신성성에 대해 비판한다. 이는 일종의 신화적 장치로서, 그것이 헌법에 들어가서 논리를 오염시킨다는 이유였다. 그러한 '막연한 문자'는 법률상이나 정치상의 도리가 아닐 뿐 아니라, 역사상으로도 적합하지 않다는 것이었다. 堅田剛, 『独逸学協会と明治法制』, 木鐸社, 1999, 73-74.

고유한 본질로서 국체를 파악하고, 이 국체를 구성하는 가장 본질적 요소로서 천황을 규정하는 방식은 이미 『고사기』나 『일본서기』에서 등장한다. 이에 의하면 일본은 고대에 이미 인간의 이상사회가 실현되어 있었으며 그 사회를 지배한 정신이 신도다. 신도는 아마테라스 오미카미가 하늘에서부터 받아 백성을 다스린 원리로서 그의 후예인 천황은 신의 아들이며 살아있는 신現人神이고, 그가 다스리는 일본은 신주라고 여겨진다.

그러나 이때 신이라는 의미는 모토오리 노리나가가 『고사기전』에서 밝히고 있듯이 농경사회의 자연적인 성스러운 관념에 기초한다.[18] 그런 점에서 천황을 신과 연결시키는 사유방식 내지 일본을 신과 연결해 생각하는 방식과 근대 만들어진 신성한 존재로서 천황이라는 논리는 구별되어 볼 필요가 있다. 이때의 '성스러움'이란 근대 신도神道 식의 절대주의적인 천황의 '신성함'이라는 논리와는 다른 근원을 갖는 것이었다.[19] 즉 성스러움이란 것이 어느 사회에나 있었던, 원래 농경사회에서 샤먼적 역할을 담당했던 천황에 대한 초자연적인 성스러운 관념에 기반한다면, 기독교적 논리에 바탕을 둔 절대적이고 유일신으로서의 신성함과는 다른 것이었다. 그런 점에서 보자면 성스러움이

---

18) 그는 신도의 가미를 "고전에 나오는 천지의 제신들을 비롯하여 그 신들을 모시는 신사의 어령御靈, 인간, 조류, 짐승, 초목, 바다, 산 등 범상치 않으며 은덕 있고 두려운 모든 존재를 일컫는 말이다. 가미에는 이렇게 여러 종류가 있다. 가령 귀한 가미, 천한 가미, 강한 가미, 약한 가미, 좋은 가미, 나쁜 가미 등이 있으며, 그 마음도 행함도 여러 가지라서 어떤 하나로 규정하기 어렵다"고 정의한다.

19) 천황의 신적 속성의 변화에 대해서는 Emiko Ohnuki-Tierney, "The Emperor of Japan as Deity (Kami)", *Ethnology*, 30-3, 1991. 동아시아에서 God의 번역과정에 대해서는 柳父章, 『ゴッドは神か上帝か』, 岩波書店, 2001. 근대 일본에서 종교학의 도입과 관련된 논의는 호시노 세이지, 이한정·이예안 역, 『만들어진 종교-메이지 초기를 관통한 종교라는 물음』, 글항아리, 2020.

라는 관념 자체가 없었던 것은 아니지만, 이와 관련하여 신성함의 개념 자체가 변화된 것이다.

이는 메이지 헌법의 초안에 담겨있는 천황의 신성성에 대한 규정에서 볼 수 있다. 이는 천황을 '현인신現人神'처럼 신성시하고 숭배하는 인식의 유제와 유럽의 군주의 신성성이라는 모델을 타협시킨 것이었다. 그렇다면 이처럼 두 가지 서로 다른 천황상에 의해 결합된 종교와 정치의 관계가 어떻게 착종되는지 이를 나누어 살펴볼 필요가 있다.[20]

신성이란 말은 sacred 개념의 번역어로서 만들어진 말로,[21] 헌법초안들에서는 다양한 방식으로 천황의 신성성에 대한 규정이 들어가 있다.[22] 1876년 원로원의 국헌안國憲安 제1차안에서 1장 황제를 다루며, 1조로 "일본제국은 만세일계의 황통으로 이를 다스린다"와 2조로 "황제의 신체는 신성해서 침범할 수 없는 것이다. 또 어떠한 책임도 지지 않는다"고 규정하고 있다. 1878년의 국헌안 제2차안에서도 1조 "일본

---

20) 이노우에 및 메이지 정치가들이 만들고자 했던 천황의 이중적 이미지에 대해서는 Yoshimitsu Khan, "Inoue Kowashi and the Dual Images of the Emperor of Japan," *Pacific Affairs*, 71-2, 1998, 215-230.

21) 우선 신성이란 개념어 자체가 메이지 시기 일본에서 만들어진 번역어였다는 점, 만들어진 감각이라는 점에 주목할 필요가 있다. sacred의 번역어로서 '신성'은 일찍이 등장한다. 『영화대역수진사서英和対訳袖珍辞書』(1869)나 『부음삽도 영화자휘附音挿図英和字彙』(1873) 등에서 sacred를 일본어로 '신성의神聖ノ'로 번역되고 있다. 그리고 이때 '파멸되지 않는'이나 '더럽혀지지 않는' 이란 뜻이 같이 쓰여 있는 것이 특이하다.(http://dl.ndl.go.jp/info:ndljp/pid/870101;http://dl.ndl.go.jp/info:ndljp/pid/2938261) 물론 원래 신성이란 말이 없었던 것은 아니다. 《장자》에서 존귀한 것을 의미하는 용례로서 "재지才智있고 신성神聖한 사람을 나는 스스로 벗어났다"는 용법과 같이 쓰인 바가 없지 않지만, 지금의 sacred의 번역어로서의 신성과는 의미가 다르게 사용되었다. 물론 제왕의 존칭으로서 일부 문헌의 각주에서 설명되는 바가 있지만 일반적인 용례는 아니었다.

22) 헌법초안들에서 신성성의 개념이 어떻게 규정되고 있는지 다룬 연구로서는 John S. Brownlee, *Japanese Historians and the National Myths*, 1600-1945: *The Age of the Gods and Emperor Jinmu*, UBC Press, 1999. 참조.

제국은 만세일계의 황통으로 이를 다스린다", 2조 "황제의 신체는 신성해 침범불가능하다"고 규정하고, 1880년 3차안에서는 1조 "만세일계의 황통은 일본국에 군림한다". 2조 "황제는 신성해 침범불가능하고 따라서 어떠한 것도 그 책임을 지지 않는다"고 규정한다.[23]

여기서 주어가 황제의 신체인가(1차안, 2차안) 아니면 그냥 황제인가(3차안)라거나, 책임을 지지 않는다는 말이 붙어있는가(1차안, 3차안) 아닌가(2차안)라는 차이가 있지만 황제의 신성함은 정치적 책임으로부터의 면제의 근거가 되고 있음을 알 수 있다.

이는 천황의 지위를 강조하는 정부측의 의견뿐만 아니라 이른바 민권파라 불리는 인민의 권리를 강조하는 지식인들에게서도 마찬가지로 나타난다. 오우메이샤嚶鳴社 헌법초안(1879)에서도 황제의 권리를 다루고 있는 15조에서 "황제는 신성해서 책임이 없다"고 규정한다. 또한 원로원 국헌 제3차 초안에 평론을 더하는 형식인 『헌법초고평림』(1880)에서도 제2조에 대한 설명으로 천황폐하라 해도 스스로 책임을 지는 법칙을 세워, 후에 무도無道의 군이 나오지 않도록 해야 함을 강조하면서도 이는 통상적인 법률이 천황에게까지 적용되지 않음에 주의해야 한다고 말하고 있다. 여기서도 "신성해서 범할 수 없다"는 조항에 밑줄을 그어 이 문장은 앞으로의 법문으로 삼기에 족하다고 평가한다.

이외에도 자유민권운동가인 사와베 세이슈의 경우 2조 "천황은 신종神種하기 때문에 범할 수 없다. 정형政刑의 책임은 대신 제성諸省의 경들에게 맡기는 바이다"라고 하거나, 「오일시헌법초안」(1881) 18조에서는 "국제의 신체는 신성해서 침할 수 없다. 또 책임으로 하는 바 없

---

23) 小林宏, 島善高 共編著, 『日本立法資料全集 16 明治皇室典範(上)』, 信山社, 1996 이에 대해 Brownlee는 1878년 안에서 신성함과 책임성의 문제를 분리함으로써 황제의 신성함을 더 절대적인 것으로 본 것으로 평가한다.

다. 만기의 정사에 관해 국제가 만약 국민에 대해 과실이 있다면, 집정 대신이 홀로 책임진다."고 했으며, 「사의헌법안주해」(1881) 2조에서는 "천황은 성신聖神해서 범할 수 없는 것이다. 정무의 책은 모두 재상이 이를 담당한다."고 규정하고 있다.[24] '신종神種'이나 '성신聖神'과 같이 지금의 신성이라는 번역어와는 다른 말로 사용하고 있기는 하지만 천황이 신성하기 때문에 정치적 책임을 부가하지 않는다는 논리는 공통적으로 나타나고 있다.

이는 당시 이노우에 및 메이지 지식인들이 참고한 유럽의 여러 헌법들에서 이른바 주권 면제sovereignty immunity or crown immunity라는 일반적인 조항을 참조한 것이었다. 즉 "왕의 인격은 불가침이며, 신성하다The person of the king is inviolable and sacred"라는 조항은 이른바 '군주무답책君主無答責'의 논리에 기반한다. 입헌주의 국가에서 국왕의 권력은 형식적인 것이므로, 국정의 책임은 이를 실제적으로 입안하고 실행하는 대신에게 물어야 한다는 것이었다. 그런 점에서 서양에서의 왕의 신성함은 신성해서 법 위에 설 수 있다는 논리라기보다는 국왕은 실제 통치와 무관하기 때문에 책임을 지지 않는다는 입헌주의와 결부되어 논의되어 왔다.

그렇다면 대일본제국헌법에서 신성불가침 조항은 어떻게 들어가게 되었을까? 원래 협법초안의 작성에 기초자였던 이노우에 코와시의 초안에서는 신성성이란 말이 등장하지 않는다. 이 조항을 집어넣은 것은 당시 독일인 고문이었던 뢰슬러Hermann Roesler였다. 뢰슬러가 1887년 작성한 헌법초안에서는 "천황은 신성하고 불가침이며 제국의 주권자이다. 천황은 모든 국권을 총람하고 이 헌법에서 흠정欽定한 규정에 따라 이를 시행한다."(제2조)고 규정하고 있다.[25]

---

24) 각각의 헌법초안들은 江村榮一 校注, 『日本近代思想大系9 憲法構想』, 岩波書店, 1989.
25) 國學院大學日本文化研究所 編, 『近代日本法制史料集』 第六 ロエスレル答議六, 1983,

이는 뢰슬러가 당대의 서양 헌법에서 참조한 것이었다. 당시 프랑스 헌법(1814)에서 "국왕의 인격은 침범할 수 없고 신성하다La personne du Roi est inviolable et sacreé"와 같이 국왕의 신성성과 불가침성을 적시하고 있었다.26) 1814년 루이18세의 헌법에서 대표적으로 보이듯이 이러한 신성불가침 조항은 18세기의 절대주의를 뒷받침했던 군주신권설이 프랑스 혁명으로 일소되었다가 다시 왕조의 부활을 통해 나타난 신권설의 재생처럼 보이지만, 그 논리는 국민주권 내지 국민대표 원리와의 타협의 산물이었다. 이 1814년 헌법은 이후 유럽의 군주국의 여러 헌법의 모범이 되었고, 신성불가침 조항은 당시 바이에른 헌법(1818)이나 바덴 헌법(1818), 뷔르템베르크 헌법(1819), 작센 헌법(1830), 프랑스 7월 왕정헌법(1930), 이탈리아 헌법(1848) 등에서도 포함된다.27) 바이에른 출신이었던 뢰슬러는 주로 바이에른 헌법을 참고해 헌법초안을 작성했고, "국왕의 인격은 신성해서 침범할 수 없다Seine(des Königs) Person ist heilig und unverletzlich"는 조항을 참고했을 것으로 보인다.

그렇다면 뢰슬러의 초안을 좀 더 자세히 살펴볼 필요가 있다. 뢰슬러의 초안이 1조에서 "일본제국은 만세토록 분할되지 않는 세습군주국으로 한다. 제위는 가실가헌의 규정에 따라 제실에서 이를 세습한다"고

---

16. 第二条: 天皇ハ神聖ニシテ侵スヘカラサル帝国ノ主権者ナリ 天皇ハ一切ノ国権ヲ総攬シ此憲法ニ於テ欽定シタル規定ニ従ヒ之ヲ施行ス. 뢰슬러안의 독일어 원문은 "Art.2. Der Kaiser ist heilige u. unverletzliche Souverain des Reichs. Alle Rechte der Staatsgewalt bleiben in seiner Person vereinight und er übt dieselben nach den von ihm in dieser Verfassung gegebenen Bestimmungen aus."

26) 大原康男, 「「神聖不可侵」考-帝国憲法の起草プロセスを中心にして」, 1978, 62.

27) 다만 당시 이들이 가장 많이 참고했던 1850년 프로이센 헌법에서는 43조에서는 국왕의 인격은 침범불가능하다(Die Person des Königs ist unverletzlich)라고만 규정하고 있다. 이 조항에서는 따로 신성함에 대한 규정은 보이지 않는다. 강광문, 일본 명치헌법의 제정에 관한 연구-명치헌법 제4조의 계보를 중심으로, 『공법연구』 제40집 제3호, 2012.

규정한 후 2조에서 "천황은 신성하고 침해할 수 없는 제국의 주권자이다. 천황은 일체의 국권을 총람해 이 헌법에서 흠정欽定한 규정에 따라이를 시행한다"라고 되어 있음을 고려하면 이것이 천황의 무제한적 권력을 강화하기 위한 것은 아니었다. 즉 뢰슬러의 헌법초안은 일본제국에서 시작하는 것으로, 이후 대일본제국헌법이 천황에서 출발하는 것과 다르다. 뢰슬러의 논리가 국가가 있어야 천황이 있는 것이라면, 대일본제국헌법은 천황이 있어야 국가가 있다는 전제하에 서 있다. 대일본제국헌법에서 천황이 국가 이전에 이미 신성한 존재로서 읽히게 되는 이유였다.[28]

그런데 이 조항이 들어간 과정에 대해서 이노우에 코와시와 뢰슬러 사이의 질의응답에서 시사하고 있는 바가 있다. 1887년 1월 29일이이노우에가 국왕의 특권royal prerogative에 관해서 묻자, 뢰슬러는 2월 8일에 이에 대한 답변에서 이를 설명하면서 헌법에 추가되어야 할 20개의 조항을 제시한다. 그 때 첫 번째 항목이 천황의 신성성에 대한 내용이었다. "제1조 천황은 신성해서 침범할 수 없다. 황제에 대해서 민사상의 청구는 황제의 경비를 관리하는 자에 대해서 이를 행해야한다"고 제시하고 있는 것이다.[29] 뢰슬러가 군주의 신성성 문제를 법적 책임의 문제로 접근하고 있음을 알 수 있다. 이노우에는 이뿐만이아니라 뢰슬러에게 천황의 책임 문제에 대해 여러 차례 묻고 있음을볼 수 있는데, 당시에 천황의 법적 책임 문제를 어떻게 처리해야 하는가가 중요한 문제였음을 엿볼 수 있다.[30]

---

28) 堅田剛, 『独逸学協会と明治法制』, 73.
29) 國學院大學日本文化研究所 編, 『近代日本法制史料集』第一 ロエスレル答議一, 國學院大學, 1979, 35. 2조는 "황제는 제국의 수장이다. 일체의 국권은 황제의 일신一身에 집합해, 황제는 이 헌법에서 친히 정한 규정에 따라 이를 집행한다"
30) 國學院大學日本文化研究所 編, 『近代日本法制史料集』第一, 44. 이는 『헌법의해』에서 국무대신의 책임을 규정하는 55조에 대해서 이례적으로 다른 조항들보다

하지만 이노우에가 뢰슬러에게만 물어본 것은 아니었다. 헌법제정 과정에서 또 다른 외국인 조력자였던 모세Albert Mosse에게도 이와 유사한 질문을 하는데, 모세는 이에 대해서 다음과 같이 대답하고 있다.

> 어떠한 헌법에서도 **국왕은 침범할 수 없다**고 명문화한 것은 모두 마찬가지입니다. 어떤 헌법에서는 이에 더해서 '**신성하다神聖ナル**'라는 말을 더합니다. 그러나 이 말은 법률상의 효력을 갖지 않고, 황제의 지존함은 종교라는 주의主義와 함께 일본 국민의 사상에 각인되어 있기 때문에, 황제와 국민 사이에 순연한 덕의德義상의 관계를 헌법에 내걸 정사政事상 필요가 없을 뿐 아니라, 이를 내건다면 오히려 폐해를 낳을 것입니다. 왜냐하면 이 때문에 국민이 고래古來의 주의를 깨뜨리고, 또 국왕의 지존은 헌법에 의해 비로소 생겨난다는 생각을 일으키지 않을까 우려가 됩니다. 이와 반대로 황제의 신체身軆는 침범할 수 없다는 문장을 헌법에 싣는 것은 괜찮습니다. 이 조항의 효력은 세인世人이 널리 알듯이 국왕의 신체를 특별히 보호해야 한다는 뜻에서 생겨난 것으로, 형법에서 지존에 대한 범죄를 처형하는 것은 이 때문입니다. 또 하나로는 국왕의 위에 있는 권력이 없기 때문에 국왕에게 책임을 물을 수 없다는 뜻에서 생겨난 것으로, 무책임하다는 것은 국왕의 정무에 관해서 일개인의 행위에 관한 것을 묻지 않는 것입니다. 그래서 정무상의 무책임은 대신大臣책임에 관한 규정으로 필요한 보충을 하는 것입니다.[31]

여기서 모세는 천황의 신성함이라는 것이 덕의의 문제이지, 법률상의 효력이 없는 말임을 지적하며 굳이 집어넣을 필요가 없이, 프러시아 헌법과 동일하게 불가침에 관한 내용만 집어넣어야 한다고 지적한

훨씬 긴 주석이 붙어있는 것에서도 살펴볼 수 있다. 물론 여기에서 천황의 신성성에 대한 설명은 없지만 "구주의 학자에게 대신의 책임을 논함에 그 설명은 하나가 아니며 각국의 제도도 또한 각각 취지를 달리한다. 혹은 정사의 책임을 위해 특별히 규탄의 법을 두어, 하원이 고소해서 상원이 판단한다던가 하는 것이 있다.(영국)"고 설명하며 벨기에, 독일, 오스트리아, 미국등의 법에서 정치적 책임의 문제를 자세히 소개한다.

31) 國學院大學日本文化研究所 編, 『近代日本法制史料集』第一, 44-45. 메이지 20년 2월 22일 답변.

다. 오히려 국왕의 지존이 헌법에 의해 비로소 생겨난다는 오해를 일으킨다는 것이다. 당시 일부에서는 천황의 신성함을 입에 담는 것 자체가 금기시되고 있던 상황이었다.

결국 뢰슬러의 제안대로 기존의 정부 헌법초안에는 없었던 신성불가침 조항은 뢰슬러의 의도대로 삽입되는 것으로 낙착된다.[32] 하지만 이는 유럽에서의 군주의 신성불가침성을 그대로 가져온 것일까? 다시 한 번 '신성'이란 말이 사용되고 있는 사례를 살펴보자. 이 말은 헌법 발포칙어에서도 등장한다.

> 짐은 국가의 융창隆昌과 신민의 경복慶福을 중심의 흔영欣榮으로 삼으며, 짐이 조종에게 받은 대권에 의해 현재와 장래의 신민에 대하여 이 불마不磨의 대전을 선포한다. 살피건데 우리 조종祖宗께서는 신민의 조선祖先의 협력과 보익輔翼에 의해 우리 제국을 조조肇造하여 무궁히 드리웠다. 우리 신성한 조종의 위덕威德과 함께 신민이 충실히 용무勇武하여 나라를 사랑하고 순공殉公하였으므로 광휘光輝로운 국사의 성적成跡을 남긴 것이다. 짐은 우리 신민이 곧 조종의 충량忠良한 신민의 자손임을 회상回想하고, 그 짐의 뜻을 봉체奉體하고, 짐의 일을 장순獎順하고, 더불어 화충협동和衷協同하여 더욱 우리 제국의 광영을 중외에 선양하고 조종의 유업을 영구히 공고하게 하려는 희망을 함께 하여 이 부담을 나누기를 마다하지 않을 것임을 의심하지 않는다.

---

32) 가타다 다케시에 의하면 뢰슬러의 천황에 대한 입장은 사회적 모순을 조정하는 정치적 천황이었다. 이는 헤겔의 군주론을 원류로 이후 슈타인과도 공유하는 지점으로 사회적 군주로서 최종적으로 결재를 내리는 군주의 모습이었다. 가타다는 뢰슬러가 추구한 천황이 최종적으로 결재하는 '점'이었다면, 같은 법률고문이면서 그와 대척점에 있었던 모세가 추구한 천황은 인형에 불과한 '0'에 가까운 것이었다고 구별한다. 堅田剛, 『独逸学協会と明治法制』, 110-113.; 사카이 유키치는 일종의 군주주권자라 할 수 있는 이토 히로부미와 뢰슬러의 입장이 서로 유사하며, 반면 국가주권자라 할 수 있는 이노우에 코와시와 모세의 입장이 서로 유사한 점을 지적한다. 이를 통해 앞선 두 사람에게 보이는 일종의 정치가적 태도와 뒤의 두 사람에게 보이는 일종의 학자적 태도를 대립적으로 읽어낸다. 坂井雄吉, 『井上毅と明治国家』, 東京大学出版会, 1983, 201-203.

물론 이때 "우리 신성한 조종의 위덕威德과 함께"에서 보이는 '신성'은 공식 영문본에서 sacred로 번역되기는 하지만, 법적인 의미에서 신성불가침의 요소와는 다른 것이었다.[33] 주지하듯이 1889년 제정된 대일본제국헌법은 1조에서 "대일본제국은 만세일계의 천황이 이를 통치한다"고 규정하며 만세일계의 황통이 통치의 근거가 됨을 강조한다. 그리고 제3조에서 "천황은 신성해서, 침범할 수 없다天皇ハ神聖ニシテ侵スヘカラス"로 규정된다. 이는 서양의 입헌군주제에서와 같이 신성성과 군주무답책이라는 논리의 연결 속에서 읽을 수도 있지만 만세일계의 천황에 기반한 천황의 신성성이라는 논리로 읽힐 수 있는 것이었다.

그렇다면 이러한 신성불가침 조항에 대해서 당시의 주석서에서는 어떻게 묘사하고 있었는지, 즉 당시 이 조항의 의미는 어떻게 해석되고 있었는지를 볼 필요가 있다. 대일본제국헌법 발포와 함께 같은 해 많은 주석서가 발간되었는데, 이는 당시 신성불가침 조항에 대한 이해를 보여준다. 츠보야 젠시로坪谷善四郎의『대일본제국헌법주석大日本帝国憲法註釈』(博文館, 1889)에서 그는 천황은 황조천조대신 이래 일계一系도 변한 바 없이 신종神種의 묘예苗裔로, 만세의 후에도 이 나라에 군림할 인물로 묘사된다. 이 때 천황의 '신분御身分'은 원래 신성해서 침해할 수 없다는 논리를 설명하며, 과실이 있다해도 이는 보필을 제대로 하지 않았기 때문으로 그 대신에게 책임이 있지, 결코 천황에게 돌아가지 않는다고 말한다. 또한 천황이 신성해서 침해할 수 없다는 것은 우리나라 신민이 조상 이래 뇌리에 각인되어 내려오는 것으로 이는 외국의 불충한 인민들과는 다른 것이라 설명한다.[34]

---

33) 이 부분의 공식 영어 번역은 "That this brilliant achievement embellishes the annals of Our country, is due to the glorious virtues of Our Sacred Imperial Ancestors, and to the loyalty and bravery of Our subjects, their love of their country and their public spirit."

34) https://dl.ndl.go.jp/info:ndljp/pid/2385911

또 다른 주석서인 도노키 사부로殿木三郎의 『대일본제국헌법주석大日本帝国憲法註釈』(鈴木金次郎, 1889)에서는 3조의 신성불가침 조항을 오해해서는 안 되는 점을 강조하며, 천황이 어떠한 것을 해도 책임지지 않는다는 것을 이 조항이 규정하는 것은 아니라고 말한다. 즉 주권자와 최상권을 가진 자에게 그 아래 백성은 복종할 의무가 있는데, 이는 얼핏 자유를 방해하는 것 같아도, 그 나라를 지키고 다수의 행복을 도모하는 점에서 볼 때 필요하다는 것이다. 이 때 천황은 백성의 부모로서, 부모는 결코 그 자식을 위해 나쁜 일을 하지 않는다는 것이 이 조항이 말하는 바의 핵심이라는 것이다.[35]

이소베 시로磯部四郎의 『대일본제국헌법주석大日本帝国憲法註釈』(阪上半七, 1889)는 3조에 대해 천황의 '옥체'는 일국 사직의 안위를 일신에 부담해 억조신민의 행복을 만세에 보존하는 지대한 책임을 지고 있는 것으로 신성하지 않을 수 없다고 말한다. 따라서 천황의 옥체는 원래 신성하여 신민을 통치해 지존의 천작을 향유하는 것으로, 신민의 본분으로 하등의 경우에도 대권위를 침해할 수 없다고 설명한다. 그는 또한 이것이 당시의 서양 입헌제국에서 행해지고 있음을 설명한다. 스페인 헌법, 포르투갈 헌법, 네덜란드 헌법, 덴마크 헌법, 이탈리아 헌법과 같이 기타 여러 왕국들도 모두 이러한 법문을 갖고 있지 않음이 없다는 것이다. 그런 점에서 일본의 헌법상 본 조항의 규정이 있는 것은 동일한 원인에서 나온 것이라고 설명을 덧붙이고 있다.[36]

---

35) https://dl.ndl.go.jp/info:ndljp/pid/789117

36) 그가 소개하는 서양 헌법에서의 신성불가침 조항은 "스페인 헌법 42조에서 말하는 국왕의 '신체'는 신성해 침범할 수 없다, 포르투갈 헌법 72조에서 말하는 국왕의 '신체'는 신성해서 침해할 수 없다. 네덜란드 헌법 제53조에서 말하는 국왕은 침해할 수 없다. 덴마크 헌법 제12조에서 말하는 국왕의 신체는 신성해서 침해할 수 없다. 이탈리아 헌법 제4조에서 말하는 국왕의 신체는 신성해서 침해할 수 없다. 오스트리아 헌법 제4편 제1조에서 말하는 황제는 신성해서 침해할 수 없다."는 것이다. https://dl.ndl.go.jp/info:ndljp/pid/2385897

다카나 사나에高田早苗의 『통속대일본제국헌법주석通俗大日本帝国憲法註釈』(梅原忠蔵, 1889)은 이 조항이 정치상이라기보다 일반적인 것常事에 관한 것으로 천황의 '신체御身體'는 신성神聖하여 성스러운神神 신체로서 어떠한 자도 침해할 수 없는 것으로 해석한다. 정치의 선악에 관한 책임과 부담은 국무대신 즉 내각의 대신大臣들이 져야할 것으로, 이는 영국에서 발명된 대신책임의 논리에 기반한다는 점을 소개한다. 즉 영국에서는 '왕은 악을 행할 수 없다'는 말이 있어 이러한 대신들의 책임이 서양 대륙의 각국에서도 받아들여지게 되었다는 것이다. 일본제국의 헌법에서도 천황은 신성해서 침해할 수 없다는 점만 기록해 특별히 무책임에 대해서 설명하고 있지는 않지만, 신성해서 침범할 수 없기 때문에 책임을 지지 않는다는 것은 당연하며, 또 55조에 국무대신은 천황을 보필해 그 책임을 진다고 규정한 것이 이를 보충하는 논리라는 설명이다. 따라서 정치상에서 보자면 이 조항의 군주무책임, 대신책임의 뜻은 명료하다고 밝힌다.[37]

이들 주석서에서 볼 수 있듯이 메이지 헌법에서의 신성불가침 조항은 서양식의 군주무답책의 논리로서 천황이 정치적인 책임을 지지 않는 차원에서 논의된다. 그들은 이것이 서양에서도 일반적인 논리로서 이야기되고 있음을 알고 있었다. 그러나 동시에 이들 설명에서 천황의 신성함은 다소 묘한 차이를 노정한다. 그렇다면 여기에서 신성이라는 의미에 일본에서의 화용론적 변화가 엿보이는 것은 아닐까?

4. 신성불가침의 일본적 변용

그런데 대일본제국헌법의 주석으로서 헌법의 기초자였던 이노우에

---

37) https://dl.ndl.go.jp/info:ndljp/pid/789133

코와시가 작성한『헌법의해』(1889)에서는 3조의 천황의 신성불가침성에 대해 다음과 같이 설명한다.

> 삼가 생각건대 천지가 나뉘어 신성위神聖位가 세워졌다.(『고사기』) 천황은 하늘이 허락한 신의 뜻神慮 그대로의 지성至聖이고, 신민이나 일체의 살아있는 것群類 위에 존재하여, 우러러 존경해야 하고 간범干犯할 수 없다. 따라서 군주는 말할 것도 없이 법률을 존중敬重하지 않으면 안 되지만, 법률은 군주를 책문責問할 힘을 갖지 않는다. 게다가 불경함으로써 그 신체를 간독干瀆할 수 없을 뿐 아니라, 가리켜 비난한다거나 의논한다거나 하는 대상 외이다.[38]

여기서『고사기』를 인용하며 천황의 신성성을 이야기하는 것은 만세일계의 황통의 성격을 강조하며 종교로서의 천황의 성격을 강조하는 것으로 읽힐 수 있다. 그러나 단순히『고사기』나『일본서기』를 인용한다고 해서 이를 종교적 성격으로 보거나, 천황의 신성성을 절대적으로 강조한 것으로 볼 수는 없다. 오히려『헌법의해』의 설명은 천황이 법적으로 책임을 지지 않는다는 뒷부분에 강조의 방점이 찍혀 있다.

이것은『헌법의해』 영문본인 *Commentaries on the constitution of the empire of Japan*에서도 확인할 수 있다. 3조의 영문 번역은 "The Emperor is sacred and inviolable"로, 이에 대한 설명은 다음과 같다.

> 신성한 왕위(Sacred Throne)는 하늘과 땅이 분리되었을 때 설립되었다.(『고사기』) 천황Emperor은 하늘에서 내려온(Heaven-descended), 신적이고divine, 신성하다(sacred). 그는 존경받아야 하며 불가침이다(inviolable). 그는 실로 법률에 적절한 경의를 표해야 하지만, 법률이 그에게 책임을 물을 수는 없다. 천황의 인격(the Emperor's person)에 대한 불경은 있어서는 안 될 뿐 아니라 그는 경멸적 발언이나 토의의 주제가 될 수도 없다[39]

---

38) 伊藤博文, 宮沢俊義 校註,『憲法義解』, 岩波書店, 1989.
39) "The Sacred Throne was established at the time when the heavens and the earth became separated(Kojiki) The Emperor is Heaven-descended, divine and

'신성한 왕위'와 '하늘에서 내려온', '신적인', '신성한'이란 말로 천황의 신성성을 표현하며 천황의 신적 내지 종교적 성격을 강조하고 있는 것은 물론 일본 특유의 황실제도를 강조하고자 한 의도로 볼 수 있다. 여기서 주의할 점은 이것이 천황에 대한 절대적 복종을 강조하기 위해 제시된 것이 아니라는 점이다. 서양에서와 마찬가지로 왕위란 '존경받아야 하며 불가침'이라는 것을 강조하기 위한 논리의 근거로 제시되는 것이다.

그런데 『헌법의해』와 영문본 *Commentaries on the constitution of the empire of Japan*이 비슷한 내용을 전하고 있지만, 영문본에서는 『헌법의해』와 달리 '천황의 인격Emperor's person'이라는 표현이 등장하고 있음에 주의할 필요가 있다. 천황의 신성성의 근거는 개인의 살아있는 몸이 성스럽기 때문이 아니라 일종의 인격에 기반하고 있는 점이 발화되고 있다. 이 인격이란 법적인 의미에서 신체나 인물 그대로를 의미하는 것이 아니라 법적, 정치적 주체로서의 인격을 의미한다. 그런 점에서 persona라는 말의 어원이 가면인 것에서도 알 수 있듯이 이는 얼굴에 가면을 씀으로써 자연인으로서가 아니라, 법률적인 의미를 갖게 된다는 것이었다. 그리고 이는 서양에서 국가의 대표representative로서 법적 인격을 상징적으로 체화embodiment하고 있는 군주의 상을 제시하는 논의였다.

하지만 적어도 메이지 이데올로그들이 표현해 낸 천황은 법적인 '인격person'이 아니라 바로 '살아 있는 신', 즉 '아라히토가미現人神'였다는 점에서 차이를 노정한다. 근대 서구에서 군주의 정당성은 초월적

sacred; He must be reverenced and is inviolable. He has indeed to pay due respect to the law, but the law has no power to hold Him accountable to it. Not only shall there be no irreverence for the Emperor's person, but also shall He neither be made a topic of derogatory comment nor one of discussion." Commentaries on the constitution of the empire of Japan.

권위에 의존하는 것이 아니라 자신이 국민과 유기적으로 연결돼 있음을 고지하는 헌법을 통해 부여된다. 즉 군주와 국민들 간의 묵시적 약속을 통해 법적 인격성을 부여받음으로써 통치의 근거가 마련되는 것이다. 반면 메이지 헌법에서 천황은 그 자체가 신화적 성격을 띤다. 그런 점에서 천황이 근대 독일의 세속화된 법체계로 번역되는 과정에서, 메이지헌법의 기초자들은 '세속화'라는 문제를 누락해버린다는 지적은 타당하다.40)

〈자료 2〉 『헌법설명憲法說明』(1888)

그런데 여기서 대일본제국헌법이 발포되기 전에 이를 설명하기 위해 작성된 『헌법설명憲法說明』(1888)에는 3조를 수정한 흔적이 남아 있음에 주목할 필요가 있다. 이 책은 1888년 당시 이토 히로부미, 이노우에 코와시, 이토 미요지伊東巳代治 등이 헌법초안을 두고 뢰슬러와 의견을 나누며 수정한 것이었다. 우선 천황의 신성불가침을 규정한 4조와

---

40) 김항, 『제국일본의 사상-포스트 제국과 동아시아론의 새로운 지평을 위하여』, 창비, 2015, 54-57.

천황의 통치권을 규정한 3조의 순서가 바뀐다. 즉 4조에서 "천황은 나라의 원수로서 통치권을 총람하고 이 헌법의 조규에 따라 이를 행한다"라고 한 대일본제국헌법 4조는『헌법설명』에서는 원래 3조에, 천황의 신성성을 규정한 3조는 4조에 위치해 있었다. 대일본제국헌법에서 3조와 4조의 순서가 바뀐 이유는 알 수 없지만, 원래의 의도는 천황의 신성성을 천황의 통치성의 근거로 삼고자 한 것이 아니었다고 읽을 수 있을 것이다.

그런데 더 중요한 것은 "천황은 신성해서 침범할 수 없다天皇ハ神聖ニシテ侵スヘカラス"라는 조항에 "천황의 신체는 신성해서 침범할 수 없다天皇身体ノハ神聖ニシテ侵スヘカラス"고 수정한 흔적이 남아있다는 점이다. 즉 천황 대신에 '천황의 신체'라는 주어로 바꿨다가 다시 '신체는' 이란 말을 뺀 것이다.

그렇다면 왜 '신체는'이란 말을 집어넣었다가 다시 뺀 것일까? 그것은 천황의 신성성이란 구주 헌법에서 말하는 신체의 신성성을 규정하는 말이 아니었음을 수정자가 알았던 것으로 추측할 수 있다. 즉 앞서도 보았듯이 당시 국왕의 신성성은 단지 그 신체적 속성이라기보는 법률적 차원의 인격person의 문제였다. 즉 당시 서양에서의 논의는 국가를 대표하는 차원에서 국왕은 신성불가침적 속성을 부여받은 것이지, 국왕 자체가 신성하다는 신권설의 영향은 그 의미를 잃어가고 있었다. 그런 점에서 군주의 불가침성은 그 자연적 신체body natural라기보다는 정치적 신체body politic라 할 수 있는 인격의 불가침적 차원이었다. 이는 헌법제정과정에서 이노우에가 뢰슬러 초안에 많은 영향을 받은 나쓰시마 초안에 대한 축조의견에서도 드러난다.[41] 그는 천황의

41) 헌법초안 과정에서 이노우에 코와시와 뢰슬러의 의견 차이에 대해서는 방광석,『근대일본의 국가체제 확립과정-이토 히로부미와 '제국헌법체제'』, 혜안, 2008, 187-197.

신체는 신성해서 침범할 수 없다'는 것과 관련해 다음과 같이 말한다.

> '천황의 신성은 그 신체에만 속하는 것이 아니라 그 신체 덕기德器를 겸해 칭송頌稱하는 것이다. (부기) 신성이라는 말은 법률적 말이 아니라 도덕상의 말成語로서 헌법상 주의主義와 관계가 없는 것으로 구주의 학자들이 자주 논의하는 바이다. inviolable이란 글자는 손상받지 않고 붕어하지 않는다는不騫不崩 의미로 적당한 번역어를 찾기가 매우 어려운데 '침범할 수 없다侵スヘカラズ'라는 말은 의의가 협소淺隘하여 원어와 큰 차이가 있다.[42]

이노우에는 '신성'이란 말의 법률어가 아닐뿐 아니라, '침범할 수 없다'는 말도 inviolable의 적당한 번역어라고 생각하지 않았다. 특히 신성이란 말이 천황의 신체에만 한정하는 것이 아니라 천황의 신체가 덕기德器를 겸하고 있기 때문에 신성하다고 파악하고 있다. 즉 그는 신성을 단순히 천황의 자연적 신체에 한정하는 말로 오해를 불러일으킬 수 있다고 생각해 앞서 『헌법설명』에서 '신체' 두 글자를 삭제하고자 했던 것은 아니었을까?

그럼에도 원문에 없었던 '신체'라는 말을 집어 넣었다가 군이 다시 뺀 것은 신성성을 규정하는 방식에 대해 논쟁적이었음을 보여준다. 이어서 『헌법설명』에서의 설명은 앞에서 보았던 『헌법의해』의 설명과 유사하면서도 조금 다르다.

> 천황은 지존, 지엄, 신성불가침으로서 신민 군류群類의 위表에 있다. 따라서 법률의 책문責問을 받는 바가 없다. 그리고 대신은 지존에 대해 그 책임을 진다. 이를 헌법의 대의로 삼는다. 왕이란 옛부터 법률 아래 복종하지 않는다. 법률은 왕을 간범干犯할 힘을 갖지 않는다. (부기) 벨기에白耳義國가 헌법을 제정할 때 의원은 그 원안을 수정하여 군주의 신체를 범해서는 안 되는 것으로 했다. 그 설명에서 말하는 바, 군주의 어리석음이나 부덕으로 그 실권失權을 선고 받는 일이 없도록 주의해야 한다. 구주 각국의 헌법은 모두 이 의원의 논지論旨로서 정

---

42) 稲田正次, 『明治憲法成立史』 下卷, 有斐閣, 1962, 214-215.

문正文을 삼았다. 우리 헌법은 이 불상不祥한 의의로서 본조를 조성하지 않았다. 이는 비상非常한 명령에서 처분하는 바로서 이를『황실전범』에서 정하는 바에 맡겼다.[43]

　여기서도 제시되고 있듯이 천황의 신성불가침의 논리란 법률에서 자유로운 것이면서, 군주의 어리석음이나 부덕으로 인해 정권을 잃어서는 안 되는 것이 유럽 각국에서 규정한 논의였다. 그런데 주의해야 할 점은 여기서 부기로 기록하고 있는 벨기에의 사례이다. 이는 벨기에 헌법(1831) 제정 과정 중에 신성불가침 조항에서 '신성'이라는 글자를 삭제하고 침범할 수 없다는 규정만 남게 된 것을 가리키는 것이었다.[44] 이에 대해 저자는 일본의 헌법은 구주의 헌법과 달리 이러한 불상한 의의로서 이 조항을 만든 것이 아니라고 특별히 강조한다. 즉 군주의 정치적 신체란 개인적 신체의 문제로 인해 결함을 갖지 않는다는 점이 서양에서 핵심이고, 이는 정치적 신체라는 인격에서 법적인 의미의 불가침성을 다루는 것임은 알고 있었다. 뢰슬러가 주권에 대한 이노우에의 물음에 대한 답변에서 '무형인'과 '유형인'으로 구별한 것은 이를 보여준다.

　공화국과 군주국의 차이는 하나는 무형인無形人으로서 주권자를 삼고, 하나는 유형인有形人으로서 주권자를 삼는 것에 있다. 그리하여 군주국에서도 영국과 같이 또한 그 주권자를 무형인으로 간주하는 경우가 있다. 즉 영국의 고어古語에 국왕은 불사不死하는 사람이라는 것이 이를 입증할 수 있다. 이 의의에 따르면 왕위는 전후 계승하여, 순간도 그 위를 비우는 바 없이, 영구동일의 주권자인 것이다. 영국의 속담에 의원이 국왕이라는 것과 같이 영국왕은 정치상 국민

---

43)　일본디지털국회도서관 http://dl.ndl.go.jp/info:ndljp/pid/3947681

44)　佐藤功,「天皇の神聖性と象徴性」,『法学新報』59(9), 1952, 93. 그런 점에서 당시 서양의 헌법들에서 '침범할 수 없다'는 것만을 규정한 것과 '신성하여 침범할 수 없다'는 것을 규정한 헌법들의 차이를 볼 수 있다. 이는 입헌주의적 사상의 발전에 따른 것이었다.

의 총대자總代者로서 주권을 갖는 것이다[45]

　여기서 무형인/유형인의 구별은 공화국과 군주국의 주권자의 차이를 나타낸다. 그런데 뢰슬러는 영국의 경우에도 국왕이 무형인으로 간주되기도 한다는 점을 지적한다. 이때 영국의 국왕은 일종의 국민의 대리자總代者로서 하나의 무형인을 이룬다. 여기서 유형인이 실재하는 국왕이라는 자연적 신체를 의미한다면, 무형인이란 일종의 정치적 신체로 파악할 수 있을 것이다.

　하지만 메이지 헌법 안에서의 신성불가침 조항은 천황이라는 신체 자체에 부여된 것이라는 발상과 동시에 천황의 신체에 대한 신성성에만 한정되어 이야기할 수 없다는 발상이 혼종하고 있었다. 아마 이러한 이중성이 신체라는 말을 굳이 집어넣었다가 빼버린 흔적으로 남아 있는 것이 아닐까? 그래서 신성성의 내용은 『황실전범』으로 넘겨질 수밖에 없는 것이 아니었을까? 그런 점에서 대일본제국헌법의 주석서에서 공통되게 person이란 말을 '신체', '옥체', '신분'과 같은 표현으로 번역했던 점은 단순히 번역어를 무엇으로 선택했는가의 문제만이 아니었다. 이는 그들이 신성성의 주체나 성격을 어떻게 파악했는가와 관련된 중요한 문제이기 때문이다.[46] 즉 그것은 신성성의 근거로서 정치적 신체의 의미를 어떻게 파악했는가와 관련된다. 그렇다면 앞서 천황의 성격을 『황실전범』에서 정하는 바에 맡겼다는 말의 의미를 보기 위해서 마지막으로 『황실전범』에서의 신성성과 관련된 부분을 살펴보자.

---

45) 國學院大學日本文化研究所 編, 『近代日本法制史料集』第三 ロエスレル答議三, 國學院大學, 1980, 281.

46) 그런 점에서 앞서 언급한 기존연구들 佐藤功(1952), 森三十郎(1967), 大原康男(1978), 港道隆(2003), 吉馴明子(2014)에서 모두 person을 신체로 번역하고 있음은 주목할 필요가 있다.

5. 황실전범에서 신성

이른바 '만들어진 전통invented tradition'으로서 메이지 천황의 신성성은 전통을 근거로 구성되는데 이때 논리가 만들어지는 방식을 살펴볼 필요가 있다. 『황실전범』 9조에서는 "황태자皇嗣에게 정신 혹은 신체의 불치의 질환 또는 중대한 사고가 있는 때는 황족회의 및 추밀고문에 자문하여 앞의 조항에 의한 계승의 순서를 바꾸는 것이 가능하다"는 것에 대해 다음과 같이 설명한다.

> 생각건대, 황태자는 선왕의 헌장에 따라, 대통大統을 이을 신기神器를 전하는 자리에 있다. 그리고 인주人主가 마음대로 좌우하는 것이 가능한 것이 아니다. 따라서 계승의 순서를 바꿀 때는 반드시 정신 혹은 신체의 불치의 중환이 있거나 또는 중대한 사고가 있어서, 신기의 무게를 전승함에 적당하지 않은 때에 한해 그리고 황족회의 및 추밀원 고문의 자문을 거쳐, 비로소 결행하는 것이 가능하다. 만약 본조에서 정한 바에 의하지 않고 계사繼嗣를 바꾸는 것은 전범이 인정하지 않는 바이다. 일시적인 과실과 같은 것은 그로 인한 중대한 사고로 간주되지 않는다.[47]

이는 물론 당시 서구의 왕위 계승에 관한 규정을 모방한 것이지만 여기서 황태자는 대통을 이을 '신기神器'를 전하는 자로 규정된다는 점에 주목할 필요가 있다. 일시적인 과실과 같은 것으로 왕의 정치적 신체가 훼손되지 않음을 강조하는 것은 서양의 논리에서 갖고 온 것이지만, 동시에 왕위의 계승을 전통적 전거에서 가져온다는 점에서 차이가 있다. 10조에서 "천황이 붕어하는 때 황사皇嗣는, 바로 천조踐祚(세자가 왕위를 계승하는 것)해서 조종의 신기를 계승한다."라고 할 때도 이노우에는 설명을 덧붙여 신조神祖 이래 거울, 검, 옥새의 삼종의 신기로서 황위를 수호하기 위한 물건으로 하여, 역대歷代가 즉위할 때에

---

47) https://dl.ndl.go.jp/info:ndljp/pid/992508

는 반드시 신기를 전승하는 것을 예로 삼는다. 천조라는 것에서 조祚는 자리에 있는 것으로, 이때부터 천조의 날에 신기를 받는다고 설명한다.

이를 인류학자인 오리구치 시노부折口信夫는 일찍이 대상제大嘗祭를 분석하면서 천황제의 신체와 혼의 문제로 접근한 바 있다.

> 과거, 천자天子의 신체는 혼을 담는 그릇이라고 생각되었다. 천자의 신체는 스메미마노미고토すめみまのみこと라고 했다. 미마みま는 원래 육체를 가리키는 명칭으로, 신체御身体라는 것이다. 존귀한 자손尊い御子孫이라는 의미로 해석된 것은 후의 생각이다. 단순히 신성神聖하다는 의미이다. 스메すめ는 신성을 나타내는 말로, 스메가미皇神, すめ神의 스메와 같은 말이다. 스메가미라는 신은 특별히 황실에 관계하는 신이라는 의미만은 아니다. 이 비범한 경어가 천자나 황족만을 가리키게 된 것이다. 이 스메미마미고토에 천황령天皇霊이 들어가 천자는 비범한 존재로 되는 것이다. 이를 나라奈良 시대의 합리관에서 보아 존귀한 자손이라는 식으로 해석하게 된 것인데, 실은 신체이다. 혼이 들어간 신체라는 것이다. 이 스메미마미고토인 신체, 즉 육체는 생사가 있지만, 이 육체를 채운 바의 혼은 시종일관 불변이다. 고로 말하자면 육체는 변해도 이 혼이 들어가면 완전히 동일한 천자가 되는 것이다.[48]

그는 「대상제의 본의」라는 글에서 천자의 신체를 '혼을 담는 그릇'으로 설명한다. 이는 스메미마노미고토라는 것으로, 이 때 스메는 '신성'을, 미마는 '신체'를 의미하는 것으로 즉 신성한 신체를 가리킨다. 이때 신체의 신성함은 혼의 계승에 의한 것이다. 즉 육체는 생사가 있지만, 이 육체를 채운 혼은 시종일관 불변적인 것이다. 따라서 천황의 육체는 대를 바뀌면 변하지만, 이 혼을 담는 그릇으로서 육체에 혼이 들어가면 동일한 천자가 된다. 따라서 천황의 신성함은 단순히 혈통상의 동일성 때문만은 아니다. "혈통상으로 보자면 선제先帝로부터 지금의 천황이 황위를 계승한 것이 되지만, 신앙상으로 보자면 선제와 지

---

48) 折口信夫, 「大嘗祭の本義」, 『折口信夫全集』 3.

금의 천황은 동일하며, 같은 아마테라스天照大神의 후손"인 것, 즉 이 혼이 들어간 신체로 아마테라스도, 진무천황도, 메이지 천황도 동일한 인물이라는 결론이 도출된다.[49] 그런 점에서 보자면 앞서 이노우에가 천황의 신성은 그 신체에 한정되는 것이 아니라 신체와 덕기德器를 겸한다는 발언을 이해할 수 있다.

이는 마치 칸토로비치가 주장하는 왕의 두 신체 논의, 즉 자연적 신체와 정치적 신체의 구별과 논리적 구조가 동일하다.[50] 그가 왕에게 자연적 신체와는 다른 정치적 신체가 있고, 이것은 자연적 신체의 불완전성으로 인해 훼손되지 않는, 즉 눈으로 볼 수 없으며, 만질 수는 없는 정치적 신체는 영혼soul의 이동으로 왕권의 계승을 통해 전달됨을 설명하는 대목과 유사하다.[51]

오리구치 시노부 역시 천황의 권위의 원천은 '천황령'으로서 천황의 신체는 이 천황령을 받아들이는 용기와 같은 것으로 본다. 즉 신천황이 즉위하는 때에는 그는 일단 상징적으로 죽었다가 부활하게 된다. 그것은 천황이 천황령과 '자는(교접하는)' 행위를 통해 천황령을 용기로서의 자신의 신체 중에 받아들이는 때 천황은 진정한 천황이 된다. 물론 이는 오리구치 시노부의 해석이지만, 메이지 지식인들에게 역시 천황은 서구에서의 신성불가침적 존재의 근거로서 정치적 신체의 논리를 가지고 온 것이라 할 수 있다. 그것은 살아있는 신이지만 동시에 정치적 구성물로서의 신의 대용품이기도 했다.

---

49) 折口信夫, 「大嘗祭の本義」, 『折口信夫全集』 3.

50) 물론 이는 오리구치 시노부가 칸토로비츠의 이론에 직접 영향을 받았다기보다 인류학에서 정치적 신체에 대해 논하는 제임스 프레이져James George Frazer에게 영향을 받았을 것이다. 일본에서 왕의 두 신체론의 논의에 대해서는 김태진, 「천황의 세 신체: 메이지 천황은 어떻게 재현되는가」, 『일본사상』 40호, 2021 참조.

51) Ernst H. Kantorowicz, *The King's Two Bodies: A Study in Mediaeval Political Theology*, Princeton: Princeton UP, 1997, 7.

여기서 신성한 존재로서 천황은 국체라는 형식을 옮기는 차원으로 규정된다. 메이지 헌법과 마찬가지로 『황실전범』에서의 천황의 신성함이란 그것을 무제한적이고, 전지전능한 신의 이미지로서 그려내는 것은 아니었다. 오히려 그것은 전통적인 논리 속에서의 천황이라는 이미지와 근대적인 서양식의 입헌군주의 이미지가 복합적으로 만들어낸 양가적 모습에 가깝다고 할 수 있다. 그러나 이러한 천황상은 그 신성함의 근원을 일본 특유의 신화적 기원에서 가지고 온다는 점에서 군주무답책의 논리와는 다르게 읽힐 수 있게 한다. 이 신성함 자체가 일본의 특수한 국체의 신비로 읽히게 될 때, 천황의 신체는 인격이라는 정치적 신체로서의 성격을 사라진 채 자연적 신체의 특징으로서 파악될 가능성을 내포하게 되기 때문이다.

6. 맺음말

일반적으로 만세일계의 천황과 연결되어 천황의 신성성에 대한 규정은 천황을 절대주의적으로 만들려 하는 구상으로서만 읽혀왔다. 그러나 헌법 초안들에서 천황의 신성성은 오히려 전통적인 군주권과는 구별되는 방식으로 오히려 근대적 군주권을 만들고자 하는 의도였다. 다시말해 메이지 지식인들에게 천황을 신성한 존재로 만들어야 한다는 관념은 반드시 종교적인 것에서 온 것이 아니라, 오히려 종교와 정치를 구별하고자 하는 의도에서 시작되었다.[52] 이는 신도식의 천황에

---

52) 일찍이 국체라는 용어에 대해서 막말 요시다 쇼인吉田松陰과 야마가타 다이카山県大華 간에 나타난 '국체논쟁'과 이를 재현한 메이지 헌법 발표에 앞선 1884년 무렵 가네코 겐타로와 이토 히로부미 사이에서 이들의 입장은 각각 달랐다. 하시가와 분조가 지적하듯이 요시다와 가네코는 국체를 일본 민족의 특유한 추진력으로 보고 일본 민족 고유의 시각에서 해석하였던 반면 야마가타와 이토

대한 신격화와는 다른 차원에서 진행되는 것이자, 당시 모토다 나가자네元田永孚를 대표로 하는 도덕적 통합을 목표로 천황의 신화적, 도의적 신성함을 강조하는 이들과의 담론투쟁의 결과였다. 만세일계를 역사상의 사실로 정비하는 것과 조종의 관념이 만들어지는 것은 종교적 관념을 정치에서 끌고 오는 것이지만, 세속화의 과정에서 보자면 종교적인 것을 정치적인 것으로 치환하는 과정이 진행되었다. 어쩌면 제정일치와도 유사한 것처럼 보이는 메이지 시기 일본의 천황제를 좀 더 면밀하게 볼 필요가 있는 이유이다. 기존연구들에서 이를 단순히 만세일계의 허구성이나 종교와 정치가 분리되지 못한 일본식의 한계를 이야기하지만 실은 이러한 정치신학은 어떤 시공간 하에서도 이뤄지는 것이었다.53)

메이지 천황의 신성함이라는 기원의 계보학적 탐구에서 보이는 바, 신성함은 법적인 용어로서 불가침의 말과 함께 쓰인 서구적 기원을 가진 개념이었다. 물론 이를 규정하면서도 동시에 천황에 대한 숭배심, 복종심의 강조는 곳곳에서 나타난다. 하지만 이는 정치와 종교를 구별하지 못한 데서 오는 것은 아니었다. 그런 점에서 천황의 신성성은 두 가지 논리에 기반한다. 일찍이 구노 오사무久野收가 『전후일본의

는 세계의 여러 민족의 각기 독특한 추진력을 인정하여 일본 민족 만의 특유한 것으로 볼 수 없는 보편적인 개념에 가까운 것으로 보았던 것이다. 강상규, 『19세기 동아시아의 패러다임 변환과 제국 일본』, 113-114.

53) 세속화secularization는 이론적으로는 사회가 종교, 혹은 전통의 영향력에서 벗어나는 과정으로 파악된다. 하지만 세속화는 종교의 완전한 소멸이나 제거, 즉 '종교없는 사회'를 의미하는 것이 아니다. 이를 아감벤은 환속화secilarizzazione와 세속화profanazione의 구별을 통해 설명한다. 즉 그가 보기에 종교의 본질적 형식이 세속화된 사회 안에 보존되는데, 우리가 손쉽게 세속화라 생각한 것은 환속화에 불과한 것이다. 사회로부터 종교의 내용은 제거되었지만 종교의 형식인 '성스러운 것'은 그대로 세속의 공적 영역의 구성원리로 자리를 옮긴 것으로 설명한다. 이에 대해서는 조르조 아감벤, 김상운 옮김, 『세속화예찬』, 난장, 2010; 홍철기, 「세속화와 정치신학」, 『문학과 사회』 27-4, 2014.

사상』(1956)에서 이야기한 이래로 '천황을 신성시하는 신앙=현교顯教'
와 '천황을 신으로 인정하지 않고, 다만 합리적으로 보는 사고=밀교密
教'로 구분해 근대천황제의 밀교/현교적 측면에서의 이중구조가 착종
한다는 지적이 그것이다.[54]

즉 천황은 서구의 군주를 모방한 신성성과 종교, 즉 신도에 기반한
현인신으로서의 신성함이라는 이중구조에 기반한다. 그리고 이러한
이중적 성격의 신성성은 〈대일본제국헌법〉이나 이에 대한 주석서들에
서도 충돌하고 있다. 하지만 이것은 종교적 천황을 만들고자 했던 이
들이 남긴 실수나 흔적으로서가 아니라, 오히려 이러한 애매모호함,
이중성이야말로 메이지 체제가 갖고 있던 특수성이라 할 수 있다. 즉,
그들은 정교일치론적인 정치체를 거부하는 동시에, 서양과 같은 인민
과 군주 간의 계약으로부터 성립되는 국가상 역시 거부했다. 신성성의
이중성이란 그러한 천황의 절대성을 뒷받침하기보다는 정치적 책임의
문제에 한정하는 한편, 동시에 천황의 신체에 부여된 신성한 국체라는
두 가지 목표를 추구하는 것이었다. 그런 점에서 이 의도적인 아슬아
슬한 줄타기야말로 메이지 이데올로그들이 시도한 작업의 의의라 할
수 있다.

---

54) 그런 점에서 물론 이러한 메이지체제의 '이중성'은 그리 새로운 이야기가 아닐
지 모른다. 메이지 헌법에는 천황의 지위가 명확하게 규정되지 않았는데, 이는
메이지 천황을 절대적 권력을 장악한 신성 황제인가, 아니면 입헌군주인가라는
두 모습으로 비춰지는 결과를 낳았다. 전후에 쓰루미 슌스케와 구노 오사무는
메이지 헌법 레짐이 엘리트들에게는 입헌군주제로 보였고, 대중에게는 신권정
치체제로 보였으며, 전자에서는 메이지 헌법의 밀교적 측면이 후자에서는 현교
적 측면이 각각 기능했다고 주장한 바 있다. 이에 대해서 시라이 사토시, 한승
동 역, 『국체론-천황제 속에 담긴 일본의 허구』, 메디치, 2020, 104-105; 시라
이 사토시, 정선태 역, 『영속패전론』, 이숲, 2017, 169-172.

참고문헌

강광문, 「일본 명치헌법의 제정에 관한 연구-명치헌법 제4조의 계보를 중심으로」, 『공법연구』, 40-3, 2012

강상규, 『19세기 동아시아의 패러다임 변환과 제국 일본』, 논형, 2007

김태진, 「천황의 세 신체: 메이지 천황은 어떻게 재현되는가」, 『일본사상』 40, 2021

김항, 『제국일본의 사상-포스트 제국과 동아시아론의 새로운 지평을 위하여』, 창비, 2015

고모리 요이치, 송태욱 옮김, 『1945년 8월 15일 천황히로히토는 이렇게 말하였다』, 뿌리와이파리, 2004

방광석, 「'제국헌법'과 메이지천황」, 『일본역사연구』 26, 2007

방광석, 『근대일본의 국가체제 확립과정-이토 히로부미와 '제국헌법체제'』, 혜안, 2008

시라이 사토시, 정선태 옮김, 『영속패전론』, 이숲, 2017

시라이 사토시, 한승동 옮김, 『국체론-천황제 속에 담긴 일본의 허구』, 메디치, 2020

오사와 마사치 엮음, 김영작·이이범 외 옮김, 『내셔널리즘론의 명저50』, 일조각, 2010

오사와 마사치, 김선화 옮김, 『내셔널리즘의 역설: 상상의 공동체에서 오타쿠까지』, 어문학사, 2014

와타나베 히로시, 「'교'(敎)와 음모-국체(國體)의 한 기원」, 와타나베 히로시, 박충석 공편, 『한국·일본·'서양'』, 아연출판부, 2008

조르지오 아감벤, 김상운 옮김, 『세속화예찬』, 난장, 2010

호시노 세이지, 이한정·이예안 옮김, 『만들어진 종교-메이지 초기를 관통한 종교라는 물음』, 글항아리, 2020

홍철기, 「세속화와 정치신학」, 『문학과 사회』 27-4, 2014

Ohnuki-Tierney, Emiko, "The Emperor of Japan as Deity (Kami)", *Ethnology* 30-3, 1991

Brownlee, John S., *Japanese Historians and the National Myths, 1600-1945: The Age of the Gods and Emperor Jinmu*, UBC Press, 1999

Kantorowicz, Ernst H., *The King's Two Bodies: A Study in Mediaeval Political Theology*, Princeton UP, 1997[1957]

Doak, Kevin M., "A Naked Public Square? Religion and Politics in Imperial Japan," Roy Starrs ed, *Politics and Religion in Modern Japan-Red Sun, White Lotus*, Palgrave Macmillan UK, 2011

Khan, Yoshimitsu, "Inoue Kowashi and the Dual Images of the Emperor of Japan," *Pacific Affairs* 71-2, 1998

江村榮一 校注, 『日本近代思想大系9 憲法構想』, 岩波書店, 1989

橋川文三, 『ナショナリズム-その神話と論理』, 紀伊国屋書店, 1968

堅田剛, 『独逸学協会と明治法制』, 木鐸社, 1999

吉馴明子, 「「神聖」天皇の非宗教化と現代」, 『明治学院大学キリスト教研究所紀要』 46, 2014

國學院大學日本文化研究所 編, 『近代日本法制史料集』 第一, 國學院大學, 1979

國學院大學日本文化研究所 編, 『近代日本法制史料集』 第三, 國學院大學, 1980

國學院大學日本文化研究所 編, 『近代日本法制史料集』 第六, 國學院大學, 1983

大原康男, 「「神聖不可侵」考-帝国憲法の起草プロセスを中心にして」, 『神道宗教』 90・91, 1978

鈴木安蔵, 『憲法制定とロエスレル: 日本憲法諸原案の起草経緯と其の根本精神』, 東洋経済新報社出版部, 1942

柳父章, 『「ゴッド」は神か上帝か』, 岩波書店, 2001

稲田正次, 『明治憲法成立史』 下巻, 有斐閣, 1962

米原謙, 『國體論はなぜ生まれたか』, ミネルヴァ書房, 2015

森三十郎, 「天皇の神聖性に就て」, 『福岡大学法学論叢』 12-1, 1967

小林宏, 島善高 共編著, 『日本立法資料全集 16 明治皇室典範(上)』, 信山社, 1996

小倉慈司・山口輝臣　共著，『天皇と宗教』，講談社，2011

伊藤博文，宮沢俊義　校註，『憲法義解』，岩波書店，1989

折口信夫，「大嘗祭の本義」，『折口信夫全集』巻3，中央公論社，1995

齊藤智朗，『井上毅と宗教-明治国家形成と世俗主義』，弘文堂，2006

佐藤功，「天皇の神聖性と象徴性」，『法学新報』59-9，1952

坂井雄吉，『井上毅と明治国家』，東京大学出版会，1983

港道隆，「否認された神聖-哲学者の象徴天皇論」，『甲南大學紀要』132，2003

자유주의와 민족주의에 대한
후스胡適의 중첩적 인식*

김현주
원광대학교 동북아시아인문사회연구소 HK교수

1. 서론

중국의 근대는 다양한 서양 이데올로기들이 전파되어 지식 영역은 물론 실천 영역에도 많은 영향을 주었던 시기이다. 그 중에는 자유주의와 민족주의도 있다. 자유주의와 민족주의는 모두 유럽에서 기원했지만, 서로 상충적인 이데올로기로 성장했다. 중국에 전파된 자유주의와 민족주의도 처음에는 서로에게 비판적이었지만, 혼란과 위기로 점철된 중국 근대의 상황적 한계 속에서 특히 자유주의는 점차 민족주의적 성향을 나타내기 시작했다. 근대중국의 오사운동 이후의 대표적 이데올로기라고 한다면, 급진주의, 자유주의, 보수주의를 들 수 있고, 그 세 가지 주의 모두 민족주의와 밀접한 상호 및 대응관계를 형성하였다.(鄭大華·周元剛, 2008) 그 중에서 자유주의와 민족주의의 결합을 가장 잘 보여준 인물이 바로 후스胡適(1891-1962)이다.

후스는 중국 근대의 대표적 자유주의자이다. 후스는 중국의 전통적

---

* 이 글은 김현주, 「근대 지식인의 자유주의와 민족주의에 대한 중첩적 인식: 후스
胡適의 자유민족주의를 중심으로」, 『인문사회 21』 12-4, 2021에 수록된 내용을
보완한 것임.

관념과 현대 자유주의를 결합시켜 "세계적 국가주의"를 핵심으로 하는 대동학설을 형성했다(羅志田, 1996)고도 평가받는다. 근대중국에서 국가주의와 민족주의는 혼용되었기 때문에, "세계적 국가주의"로도 표현된 후스의 사상에서 자유주의, 세계주의, 민족주의의 결합이 이루어졌음을 알 수 있다. 심지어 뤄즈텐羅志田은 중국이 유럽이나 미국과 동등한 지위를 누리기를 원했던 후스의 사상을 "전형적인 민족주의적 관심"(羅志田, 1996)이라고도 표현했다. 후스가 미국 유학을 했을 당시 가졌던 중국 정치와 철학에 대해 일관된 관심을 보면, 후스의 민족주의적 성향이 일본의 침략이라는 외적 요인에 의해 갑자기 생겨난 것이 아니라는 것을 알 수 있지만, 그것이 표면적으로 드러나기 전에 후스는 항상 자유주의적이며 세계주의적 성향을 보였다. 그러나 위주화俞祖華는 후스가 평생을 자유주의와 세계주의를 지향했지만, 그와 동시에 민족주의적 입장을 포기한 적이 없다고 주장한다.(俞祖華, 2013) 린샤오원林曉雯은 후스가 미국 유학생활 중 발표한『중국유미학생월보中國留美學生月報』에 실린 글들을 통해 후스의 애국주의적 정서를 발견하고, 후스 일생에서 애국주의적 정서가 변하지 않았다고 주장하였다.(林曉雯, 2017)

이렇듯 후스의 사상에서 민족주의와 자유주의가 줄곧 공존했다는 것을 알 수 있지만, 중국의 대내외적 상황의 변화에 따라 양자의 비중이 달라졌다는 것을 알 수 있다. 그것은 자유주의자로서의 후스가 민족주의자로서의 후스로 변화하는 과정을 보여준다. 그 과정을 통해 후스가 자유주의를 포기한 것이 아니라, 자유주의와 민족주의를 결합시킨 자유민족주의를 형성하였음을 알 수 있다.

그런 점을 밝히기 위해 우선 자유주의자로서의 후스에 대해 알아보아야 한다. 그런데 중국 자유주의자로서의 후스의 지성적 위치에 대한 연구자들의 공통된 인식에도 불구하고, 지금까지 중국은 물론이고 한국에서도 후스의 자유주의에 대한 연구는 매우 적다. 「자유주의 운명과 호적-인권론을 중심으로」(백영서, 1995), 『중국에서의 자유주의의 실험-호적(1891-1962)』(민두기, 1996), 「자유주의 시각에서 본 훈정과 인권-『인권논집』과 『독립평론』에 나타난 호적의 입장을 중심으로」(전동현, 2001), 「인생관 논쟁과 후스胡適의 자유주의적 인생관」(한성구, 2018) 등등이 그나마 후스의 자유주의를 다룬 몇 안 되는 글이다. 중국에서 발표된 논문 중에서도 후스의 자유주의를 다룬 글은 매우 적고, 그나마 주로 오사시기 이후의 후스 자유주의를 다룬 글들이 대부분이다. 그것은 후스 자신이 자신의 자유주의를 적극적으로 글로 정리하기 시작한 것이 오사시기 이후이기 때문일 것이다.[1] 그런 점에서 지금까지의 후스 자유주의를 분석한 글들은 그 사상적 변화가 제대로 반영되지 않았다. 이 글의 목적과 의의는 바로 후스의 자유주의가 민족주의와의 관계 속에서 어떻게 변화했는지를 보여줌으로써, 그를 통해 후스 자유주의의 중국적 성격, 즉 민족주의적 성격을 드러내는 것에 있다.

2. 유학시절의 후스: 국가와 세계

후스는 1910년 코넬대학에서 철학을 배우기 시작한 이후 1915년 콜럼비아대학에서 듀이의 지도를 받다 1917년 귀국할 때까지 미국에서 유학을 했다. 이 시기 후스는 미국적 이데올로기의 영향을 깊게 받았다. 1913년 후스는 "국가와 세계"의 관계에 대해 다음과 같이 일기에 적었다.

---

1) 胡適, 「自由主義」, 『世界日報』, 1948. 9. 5.; 「中國文化裏的自由傳統」, 『新生報』, 1949. 3. 28.

나는 올해 1월 세계주의에 대해 연설을 하였다. 오늘날의 세계주의는 고대의 키니코스학파(Cynics)나 스토아학파(Stoics)(견유학파와 금욕파) 철학자들이 가졌던 학설이다. 그들은 세계가 있다는 것만 알았지 국가가 있다는 것을 몰랐다. 심지어 국가를 매우 싫어한 학설이었다. 그들은 세계인(a citizen of the world)이라고 생각했지, 어떤 나라의 사람이라고 생각하지 않았다. 오늘날의 사람들이 갖고 있는 세계주의는 그것과 매우 다르다. 오늘날 조금만 지식이 있는 사람이라면 애국을 모르는 이가 없다. 그러므로 나의 세계주의를 말하자면, '세계주의란, 애국주의를 인도주의로 부드럽게 만든 것이다.' 테니슨의 시 'Hands All Round'에서 말하기를: That man's the best cosmopolite / Who loves his native country best(그 나라를 가장 진실 되게 사랑하는 자가 진정한 세계의 공민이다.) 그 말은 내 생각과 맞아떨어져 매우 기쁘다. 그래서 그것을 적는다.(胡適 2003c, 239-240)

1913년의 후스는 세계주의를 애국주의와 인도주의의 결합으로 설명하고 있다. 이것은 후스가 애국주의를 긍정했다는 점을 보여준 것이다. 후스는 애국주의와 국가주의(민족주의)를 구별했다. 그리고 후자를 협의와 광의로 구별하고, 협의의 민족주의를 국가주의로 명명하고 부정했다. 1914년 10월 26일 그가 쓴 일기에는 국가주의에 대한 그의 생각이 적혀있다.

오늘의 큰 우환은 협의의 국가주의에 있고, 우리나라가 반드시 다른 나라를 앞질러야 한다고 생각하는 것이고, 우리 종족이 반드시 타 종족을 앞질러야 한다고 생각하는 것이다.(羅志田, 1996)

후스는 스스로를 "극단적 평화주의자"라고 부르며, 그것이 바로 노자와 묵자의 영향이라고 밝힌 바 있다.(胡適, 1998, 231) 후스는 노자의 "부쟁不爭"과 묵자의 "비공非攻"의 정신이 자신의 어린 시절 사상 형성에 깊은 영향을 주었으며, 그로 인해 『성경』, 특히 『신약성서』를 읽게 되었을 때 노자와 묵자의 정신과 기독교의 신앙이 일치한다는 점을 발견하게 되었다. 그는 1차 세계대전이 발발하고, 일본이 독일에 선전

포고를 한 뒤, 중국에 있는 독일의 식민지를 차지하고 중국에 "21조"를 요구하자, 함께 유학하고 있던 중국학생들의 전쟁의지가 격앙되었을 때, 동료학생들에게 "애국병愛國癲"이라고 자제할 것을 충고하였다.(胡適, 1998, 233)

그것은 조국이나 민족을 버리라는 것이 아니라, 반대로 냉정하게 대처해야 한다는 취지였지만, 그 후 "미국 군비제한 협회American League of Limit Armaments" 등 평화주의 활동에 적극 참여한 것을 보면, 후스 자신의 평화주의와 부저항주의 신념에서 비롯된 것이라고 할 수 있다. 이러한 후스의 평화주의는 이후 『대환각』The Great Illusion의 작가인 노먼 에인절Norman Angell과 스승인 존 듀이John Dewey의 영향을 받아 전 세계의 집단적 파워를 통해 세계 평화를 강제한다는 생각으로 전환되었다.(胡適, 1998, 241) 후스의 "신평화주의"는 정당한 힘의 사용을 넘어서 상대에게 폭력을 행사하는 국가나 민족에 대한 집단적 결속과 그를 통한 해결에 호소한 것이다. 듀이는 선한 민족/국가 vs. 악한 민족/국가의 구분을 통해 후자의 민족주의를 자유에 대한 위협으로 간주하였다.(Waks, 2017, 116-117)

그것은 민족주의에 대한 후스의 양면적 이해로 귀결된다. 후스에게 있어서 민족주의는 배타적 민족주의와 포용적 민족주의로 구분되며, 전자가 바로 협의의 민족주의, 즉 국가주의로, 후자는 애국주의로 명명된 것이다. 이것은 국가주의와 민족주의라는 개념에 대한 혼동과 혼용이라는 중국 근대 지식인 사회의 전반적 상황을 반영한 것이라는 점을 차치하고라도, 후스 자신의 중국인으로서의 정체성, 그가 처한 중국 근대라는 상황적 한계가 반영된 것이라고 할 수 있다. 중국, 중국인이 처한 절체절명의 위기 속에서 곧 머리로는 자유주의가 옳다고 보았으면서도, 가슴으로는 민족주의를 받아들일 수밖에 없었던 후스의 자유민족주의가 형성되었다.

3. 자유주의자로서의 후스: 자유주의〉민족주의

자유주의자를 자칭한 후스는 옌푸의 『천연론天演論』의 영향에서 비롯되었다. 원래 이름이 '스메이嗣穈'였던 후스는 『천연론』을 읽고 "적자생존"의 "적"자를 사용하여 '스즈適之'로 바꾸기도 했을 정도였다.(巴俊玲, 2012) 이후 후스는 "자유를 체로, 민주를 용으로以自由爲體, 以民主爲用"라고 주장했던 옌푸와 함께 자유와 민주의 일체를 주장하였다. 그러나 안타깝게도 후스가 자유주의를 설명한 글은 많지 않다. 그 중 대표적인 글은 1948년 9월 4일 베이핑 방송에서 발표한 "자유주의"란 글이다. 글에서 후스는 다음과 같이 자유주의를 설명했다.

> '자유주의'에는 여러 견해가 있을 수 있다. 사람들은 모두 자신의 '자유주의'가 진짜라고 할 수 있다. 오늘 내가 말하는 '자유주의'는 당연히 나의 견해일 뿐이므로, 여러분의 가르침을 받고자 한다. 자유주의의 가장 간명한 뜻은 자유에 대한 존중을 강조하는 것이다. … 라는 것이 내 졸견이다. '자유주의'는 인류 역사상 자유를 주장하고, 자유를 숭배하고, 자유를 쟁취하고자 하며, 자유를 충실히 하고 넓히고자 하는 대운동이다.(胡適, 2003a, 733)

후스에 의하면, 인류는 종교, 사상, 정치 등에서 자유를 쟁취하기 위해 싸웠고, 그것을 억압하는 권위로부터의 속박에서 벗어나기 위해 노력했다.(胡適, 2003, 735) 인류의 투쟁과 노력을 통해 얻어진 자유주의를 후스는 개괄적으로 4가지로 정의했다. 즉 자유, 민주, 관용, 점진적 개혁이다. 후스에게 있어서 자유와 민주는 떼려야 뗄 수 없는 관계이며, 관용은 그 전제가 된다. 그리고 자유와 민주는 점진적 개혁을 통해 실현된다. 이렇듯 자유, 민주, 관용, 점진적 개혁이 서로 내적으로 연관되어 있는 후스의 자유와 민주에 대한 구체적 견해는 미국에 유학한 이후 형성되었고, 특히 1915년 9월 콜럼비아대학에서 만난 스승이며 실용주의 철학자로 유명한 듀이의 영향이 크다.

듀이의 신자유주의는 개인의 자유를 사회와의 관계 속에서 이해한 것이다.(Dewey ,1935, 24)[2] 그것은 자유방임적 자유주의, 소유적 개인 주의 등을 강조하는 고전적 자유주의와는 전적으로 구별되는 것이다. 사회가 개인의 자유와 권리에 대한 일종의 양보나 타협의 산물이 아니라 사회 속에서 개인은 타인과의 상호작용 속에서 성장할 수 있는 환경을 제공해준다. 그것을 듀이는 "통합적 개별성integrated individuality" 이라는 말로 표현하였다.(Dewey, 1987, 374) "통합적 개별성"이라는 것은 곧 개인의 경험에 내재된 사회성을 의미한다. 자유나 민주와 같은 가치도 개인에서 개인으로 전수되는 것이 아니라, 사회적 삶의 필요, 문제, 조건 등을 통해서 형성되는 것이다.(Dewey, 2008, 299) 그러므로 듀이는 시민공동체 내에서 시민 간의 상호배려가 매우 중요하다고 보았다.(Dewey, 1987, 303)

이런 듀이의 신자유주의는 오사운동 이전 후스의 자유주의에 영향을 주었다. 1918년 6월 15일,『신청년』제4권 제6호의 "입센 특집호易蔔生專號"에서 후스는「입센주의易蔔生主義」라는 글을 발표했다. 후스는 글에서 개인의 개성을 발전시키기 위한 조건 두 가지를 말하였다. 하나는 개인의 자유 의지이며, 다른 하나는 개인의 책임이다. 후스는 이것을 가정, 사회, 국가에도 적용한다. 자유로운 가정, 자치적 사회, 공화적 국가가 그것이다. 그 시작은 바로 "자유롭고 독립적인 인격"을 가진 개인이다. 그러므로 후스는 "사회와 국가에 자유롭고 독립적인 인격이 없다면, 술에 누룩이 없고, 빵에 효모가 없고, 사람에게 뇌가 없는 것과 같다; 그런 사회와 국가는 개량되고 진보할 희망도 없다."(胡適 1918)고 말하였다. 후스가 이렇듯 개인, 자유, 인격을 강조한 이유

---

2) 19세기 자유주의의 전환이 이루어져, 정부를 개인의 자유를 침해하거나 억제하는 소극적이고 부정적으로 여겼던 생각에서 벗어나 개인의 발전에 도움을 주는 적극적 존재로 여기게 되었다. 이것이 바로 듀이의 신자유주의new liberalism에도 반영되었다.

는 그것이 바로 자유주의의 출발점이기 때문이다. 자유주의에 있어서, "사회는 개인에 의해 구성"(胡適, 1918)되고, 개인이 바로 이데올로기의 핵심적 위치를 차지한다.

이 시기 후스의 자유주의는 '내적 자유' 또는 '소극적 자유'에 가깝다는 것을 알 수 있는데, 이것은 오사시기 이후 스스로 "동양적 자유"라고 명명한 것이었다. 이후 후스는 '외적 자유' 또는 '적극적 자유'를 주장하게 된다. 그것은 후스가 듀이로부터 결별한 것을 의미하는 것이 아니라, 오히려 정반대를 의미한다. 듀이야말로 자유를 적극적 개념으로 이해했기 때문이다.

1920년 8월 1일, 후스, 장멍린蔣夢麟, 타오멍허陶孟和 등은 "자유를 쟁취하기 위한 선언爭自由的宣言"을 하면서, "우리는 원래 현실 정치를 얘기하고 싶지 않았다. 그러나 현실 정치가 한순간도 우리를 놓아주지 않았다. … 우리는 인류의 자유의 역사를 믿는다. 어떤 나라도 인민이 한 방울의 피와 땀을 흘리지 않고 얻어지지 않았다."(胡適等, 1920)라고 밝혔다. 이것을 양춘시楊春時는 중국의 "정치적 자유주의의 탄생"이라고 표현한다. 그런데 정치적 자유주의란 고전적 자유주의와 달리 시장과 개인에 대한 사회나 정부의 간섭을 허용한 것이라는 점에서, 중국적 자유주의가 민족주의와 결합할 수 있는 가능성을 내포하고 있는 셈이기도 하다. 이런 내적 가능성은 현실적·상황적 강제에 의해 자유민족주의로 전환하게 된다.

4. 민족주의자로서의 후스: 자유주의〈민족주의

1931년 9.18 사변이 발생하고, 두 번째 날 일기에 후스는 다음과 같이 적었다. "오늘 일찍 어제 저녁 10시에 일본군이 션양을 공격하여

전 도시를 점령했다는 것을 알게 되었다. 중국군은 막아내지 못했다."
(胡適 2003b, 149) 후스는 당시 흥분한 민중과 여타 지식인들과는 전혀
다르게 침착한 태도를 보였고, 일본과의 분쟁에 대해서도 평화주의적
이고 국제적 중재를 통한 해결을 추구했다. 그런 후스의 태도에 대해
푸스녠傳斯年은 "부끄러운可恥"행위라고 일갈하기도 했다.

> 중일 간의 문제는 절대 평화적으로 해결될 수 없다. 지금 일본과 평화적으로
> 해결하고자 하는 자는 순전히 꿈을 꾸는 것이다. … 중국은 지금 이 왜구에 대해
> 단지 싸움이냐 항복이냐 두 가지 밖에 없다. … 일본군의 행동과 그 외교적 구호
> 가 이렇게 명명백백하게 중국에 대해 침략과 유린 정책을 보이고 있는데, 중국인
> 이 아직도 '평화적 해결'이라는 달콤한 꿈을 꾸어야 하는가?(傳斯年, 1932)

하지만 1937년 국민당이 개최한 뤼산廬山회의에서 후스는 민족주의
또는 국가주의와 타협한 모습을 보였다. 당시 후스는 "만일 하나의 중
심사상이 과연 필요하다면, 그렇다면, '국가가 모든 것보다 높다'는 것
을 공동 행동의 목표로 삼을 수 있다."(趙繼剛, 2011)고 말하게 되었다.
그러나 후스는 타오시성陶希聖에게 보낸 편지에서 "구국의 법救國之法"
과 "민족주의民族主義"에 대해 말하면서, 자신이 '협의의' 민족주의자가
아니라는 점을 분명히 하였다.

> 나는 나라를 구하는 법이 스스로 깊게 비판하고, 깊게 반성하고, 깊게 부끄러
> 워하는 것에 있다고 깊게 믿는다. 자책의 결과로 아마도 스스로 과거의 잘못에서
> 벗어나 진작하여, 새로운 나라를 창조하는 것일 것이다. … 우리가 뉘우쳐야 한
> 다고 하는 것이 나라를 사랑하지 말라고 하는 것도, 민족주의에 반하라는 것도
> 아니라는 점을 주의해야 한다. 우리는 단지 협의의 민족주의자가 아닐 뿐이다.
> 우리는 나라를 사랑하는 마음이 너무 깊어서, 나라를 위해 간언하는 신하, 간언
> 하는 친구가 되기로 결심한 것이지, 감히 병을 감추고 치료를 꺼리거나, 아첨하
> 는 신하, 손해를 끼치는 친구가 되지 않으려는 것이다.(胡適, 1996, 642-643)

협의의 민족주의라고 해도 민족주의는 민족주의다. 그것은 이후 후

스의 글에서 잘 드러난다. 1933년 11월 19일 『독립평론』 77호에 실린
「건국문제인론建國問題引論」에서 후스는 다음과 같이 썼다.

> 중국의 현대화는 단지 어떻게 탄탄한 중국을 건설할 것인가일 뿐이고, 이 현
> 대 세계에서 안전하고 평등한 지위를 어떻게 하면 갖도록 할 수 있는가이다. 모
> 두 모든 생각과 힘을 사용하여 우리들의 현재 문제에 대해 생각해야 하고, 그것
> 은 바로 세상에서 생존할 수 있는 국가를 어떻게 세울 것인가의 문제이다.(胡適,
> 2003, 669, 671-672)

그것은 장제스나 왕징웨이汪精衛가 생각하고 추구하는 바와 크게 다
르지 않다. 후스는 건국의 문제를 논하면서 중국이 현대국가를 건설해
야 한다고 생각했다.

> 적들은 우리가 현대국가가 아니라고 말한다. 우리 자신의 정치지도자도 우
> 리가 통일된 국가가 아니라고 말한다. 실재로, 7, 80년 동안의 우리의 노력은
> 이 점에서 실패한 것이다. 즉 현대국가를 건설한다는 목적을 이루지 못한 것이
> 다.(胡適 2003, 527-528)

그렇다면, 어떻게 현대국가를 건설해야 하는가? 후스에 의하면, 그
래도 방법은 민족주의이고, 제도나 문화 등을 통해 국가와 민족에 대
한 의식을 국민들에게 심어주는 방법밖에 없었다. 후스가 현대적 민족
국가의 건설을 얘기한 이유는 중국이 현대적 민족국가라는 기본적 조
건을 달성하지 못했다고 판단했기 때문이었다. 즉 현대적 민족국가의
두 가지 선결조건, 즉 공고성과 통일성을 이룩하지 못했기 때문이다.
이런 후스의 민족주의적 지향은 체재내적 안정과 통일만을 목표로 한
것은 아니었다.

> 우리가 오늘 얘기하는 '건국'은 민족의 국가를 건설하는 것뿐만이 아니다. 중
> 국은 양한이래 민족국가였다고 할 수 있다. 우리가 말하는 '건국'은 이 중국민

족국가가 현대세계에서 자리 잡도록 하는 것이다.(胡適, 2003, 690-693)

결국 후스가 말하는 현대적 민족국가라는 것은 대외적인 성격을 갖는 것이었고, 외부로부터 초래된 민족의 위기를 구하기 위한 것이었다. 1936년 양광 총령 천지탕陳濟棠 등이 통솔하던 부대가 "북상항일北上抗日"을 내세워 후난湖南으로 진격하였을 때, 소식을 들은 후스는 다음과 같이 『대공보』에 발표하였다.

> 우리는 국가의 입장에 서서 양광의 지도자들에게 고한다: 이번에 이웃지역을 위협하며 진격하는 상황에서, 어떤 대단한 간판을 내세워도 내전을 선동한다는 큰 책임은 줄어들지는 않는다; 아무리 좋은 구호라도, 국가를 분열시키고 민족을 위기로 모는 큰 죄악을 속죄하지는 못한다. 적을 무찌르고 나라를 구한다는 첫 번째 조건은 하나의 통일된 정부 하에서 조성된 하나의 통일된 민족국가를 말한다. 나라에 수많은 국민당에 반대하거나 난징정부에 반대하던 사람들은 9.18 이후 통일의 필요성을 깊게 인식하고, 편견을 과감하게 버리고, 간극을 없애고, 국가의 입장에서 정부를 옹호해야 한다.(胡適, 1936)

후스가 적극적으로 민족, 민족국가의 건설을 얘기하였다고 해서 자유를 포기한 것은 아니었다. 1947년 후스는 여전히 "오직 자유만이 우리 민족의 정신을 해방시킬 수 있고, 오직 민주정치만이 전 민족의 힘을 단결시켜 전 민족의 역경을 해결할 수 있으며, 오직 자유와 민주만이 우리에게 사람 냄새가 나는 문명사회를 만들 수 있도록 해줄 수 있다."(胡適, 1947)고 주장했다. 이렇게 후스는 자유와 민주를 포기하지는 않았지만, 이제 그것을 언제나 '민족'과 결부시켜 생각했다. 후스 자유주의에서 민족주의적 성격이 강해질수록, 중국 전통에 대한 사랑도 강해져서 보수주의적 경향을 드러내게 되었다. '자유'가 고대 중국에도 이미 있었다는 주장이 대표적이다.

1949년 타이베이台北에서 이루어진 "중국문화 속의 자유전통中國文化裏的自由傳統"이라는 제목의 연설에서, 후스는 다음과 같이 말했다.

"자유"라는 의미와 이상, "자유"라는 명사는 밖에서 들어온 것도, 서양 것洋貨도 아니라, 중국 고대부터 이미 있었던 것이다. "자유"에서의 어법을 도치어법이라고 할 수 있는데, 다시 도치시키면 "유자由自"가 되고, 즉 "자신으로부터 말미암다"라는 의미이며, "자신이 주인이 된다"는 것으로, 외부로부터의 억압을 받지 않는다는 의미이다. 송대의 왕안석의 백화시에는 다음과 같은 것이 있다: 지붕의 기와에 바람이 불어, 내 머리를 깨트렸네. 나는 기와를 미워하지 않는데, 그 기와가 스스로 한 것이 아니기 때문이네. 이것은 고대인이 자유에 대해 생각한 의미를 보여준 것으로, 즉 "스스로 주인이 되다"라는 의미를 말한다.(胡適 1998, 682)

1948년 8월 "자유주의란 무엇인가"라는 연설에서 후스는 다음과 같이 '자유'를 설명하기도 했다.

중국 고문에서 "자유"의 의미는 자신으로부터 말미암는다는 것이다. 즉 "외력에 말마암지 않는다."는 것이다. "자유"는 "해방"의 의미를 담고 있고, 외력의 제재 하에서 해방되는 것을 의미한다. 중국 선종에서는 "병을 고치고 속박에서 벗어난다治病解縛"는 말을 한다. 자유는 역사적으로 "속박에서 벗어나다解縛"라는 의미이다. 속박에서 벗어났을 때에야 비로소 자유자재가 가능하다.(胡適, 2001, 694)

물론 이것이 후스가 초기의 소극적 자유주의자로 돌아갔음을 의미하는 글은 아니다. 그는 중국의 자유주의는 정치적 자유의 중요성을 제대로 파악하지 못했고, 그래서 민주정치를 수립하지 못했다고 지적한 바 있다. 후스에게 있어서 자유주의는 민주주의와 병행되어야 하는 것이었고, 국가의 통치권이 다수에게 주어져야 하는 것이었다.(胡適, 2001, 695) 중국에는 여전히 정치적 자유가 필요했기 때문이다. 그러므로 연설은 그가 보다 중국적 전통을 긍정하게 되었다는 점을 보여준 것이다. 이 시기 후스에게 노자도 공자도 맹자도 자유주의자이다. (胡適, 2001, 684) 과거 후스가 중국의 전통과 사상에 대해 대단히 비판적이었던 것과는 상당히 다른 태도의 변화이다. 그것을 어쨌든 후스 사상에 변화가 있었음을 보여주는 것이다.

후스 자유주의가 민족주의적 성향을 띠어가면서, 중국 전통과 철학에 대한 태도도 더불어 긍정적으로 변화되었다. 동서문화의 근본적 차이는 동방의 문화가 "자포자기의 무반성不思不慮"인 반면, 서방문화는 "부단한 진리추구"(胡適, 1926)라고 했던 과거의 태도에서 180도 전환하여, "고대 중국은 위대한 문명을 건설하였고, 인성, 도덕행위, 법률과 정치조직 등 수많은 성숙한 학설들을 만들었다. …"든가, 고대 중국의 사상은 "진리에 대한 추구"이며, "중국 사상 자체가 자유"(胡適, 1942)라는 이야기를 하게 된 것은 그것을 전적으로 보여준다.

그 결정적인 계기는 1931년 9.18사변이다. 9.18사변은 자유주의자 후스도 민족주의자로 만들었다. 후스가 국민당이나, 난징정부, 장제스를 지지한 것은 아니지만, 지지는커녕 그에 대해 크게 실망하였지만, 그것이 유일하게 일본에 대항할 수 있는 정치세력이라는 점을 인정할 수밖에 없었기 때문이다. 이것은 국가와 민족의 위기에서, 그것을 초월하는 가치나 주의는 살아남기 힘들다는 것을 보여준다.

후스의 민족주의적 성격은 장쉐량張學良이 일으킨 시안西安사변에 대한 그의 비판에도 나타난다.

> 장쉐량과 그의 부하들의 이번 거동은 국가를 배반한 행위이며, 통일을 파괴한 행위이고, 국가와 민족의 힘을 파괴한 것이며, 국가와 민족의 진보를 저해한 것이다. - 이 점에 대해서는 조금의 의문도 없다.(胡適 2001, 625)

그러므로 후스는 당시의 시급한 문제는 "어떻게 통일되고, 치안이 되고, 보편적으로 번영된 중화국가를 건설하는가의 문제"라고 보았다.(胡適, 1932) 여기서 후스가 강조한 "통일"이란 정치를 수단으로 한, 즉 정치제도를 통한 중앙과 지방의 통일이다.(胡適, 1934) "국가의 통일은 사실 무수하게 엮인 각 부분의 상호관계의 제도의 총화"(胡適, 1934)라는 생각이다. 후스는 중국은 이미 2천년 동안 통일된 민족국가였고, 그렇기 때문에 중화민국 성립 후 전국이 혼란했지만, 민족국가의 윤곽은 유지할 수 있었다고 보았다.(胡適, 1934) 그것은 역사, 문화, 언어, 문자, 풍속, 종교 등등의 유대로 인한 것이고, "그것들은 민족국가의 영혼"(胡適, 1934)이다. 뿐만 아니라, 신교육의 보급, 전국적 차원에서의 신문의 보급, 교육과 신문을 통한 민족관념, 국가관념, 애국사상의 보급, 전보, 우편, 배, 기차, 도로 등의 신흥 교통수단의 보급으로 인해 다시금 "정치적 통일"이 가능하다고 보았다. "정치적 통일"을 주장한 후스의 논조는 여느 민족주의자와 크게 다르지 않다. 민족, 국가, 애국, 역사, 문화, 혼 등을 내세우면서 하나의 민족, 하나의 국가를 주장하는 것은 민족주의자든, 국가주의자든, 공산주의자든 매 한가지였다.

후스가 "적극적이며, 건설적이며, 국가와 민족에 유리한 목표 아래에서, 계획적이며 힘 있는 정치의 큰 조직이 생겨날 수 있다."(胡適, 1932)고 선언한 것은 당시 중국이 처한 상황에서 불가피한 선택이었다. 후스 또한 민족주의를 선택할 수밖에 없었지만, 자신이 과거에 비판적이었던 민족주의와는 선을 긋고 싶었다.

> 민족주의에는 세 가지가 있다. 가장 천박한 것이 배외적인 것이다. 그 다음이 본국의 고유한 문화를 옹호하는 것이다. 가장 높고 가장 어려운 것이 민족의 국가를 건설하고자 노력하는 것이다. 가장 최후의 길이 가장 어려우므로, 민족주의 운동이 종종 가장 쉬운 앞의 두 가지 길로 나아간다.(胡適, 1935)

가장 어려운 민족주의를 선택하고자 했던 후스 또한 민족주의자라고 할 수 있다. 다만 그의 민족주의는 자유주의를 포기하지 않았을 뿐이다. 스스로 의식하지는 못했지만, 이렇게 후스의 자유주의는 민족주의와 결합을 하였다.

벤자민 콩스탕Benjamin Constant은 1833년 "현대인의 자유와 구별되는 고대인의 자유"라는 연설에서 정치적 참여로서의 고대적 자유는

현대사회에는 맞지 않는다고 말했다. 그에게 현대의 자유는 누구에게
도 구속되지 않고, 오직 법에만 구속되는 것이었다. 그것은 "어떤 식으
로든 한 사람 혹은 여러 사람들의 자의적인 뜻에 의해 체포되거나, 억
류되거나, 처형되거나, 고문당하지 않는 것"[3])이다. 다시 말하면, 현대
의 자유라는 것은 민족이나 국가의 위기라는 명분에서도 침해될 수
없는 권리라는 것이다. 후스의 자유에 대한 인식이 소극적 자유에서
적극적 자유로 바뀐 것은 곧 민족과 국가의 위기가 작용한 것이고, 개
인의 자유가 국가의 자유와 타협하는 결과이다. 즉 현대인의 자유로부
터 고대인의 자유로의 회귀이다.

후스의 인식 전환은 새삼스러울 것이 없다. 그것은 그가 스승인 듀
이의 신자유주의의 영향을 받았기 때문이다. 신자유주의는 고전적 자
유주의와 달리 정부와 법률의 역할을 강조한다. 결국 후스의 인식 전
환은 근대 중국의 상황적 변화가 가져온 것이고, 그때그때 필요한 처
방이 달랐을 뿐이지, 인식의 질적 전환이 이루어진 것은 아니었다고
할 수 있다.

5. 맺음말

"일반인의 마음속의 후스 이미지는 민족주의와 거리가 있다."(羅志
田, 1996) 그러나 후스 또한 중국인이었다.

> 우리가 지금 이 간행물을 창간한 것은 단지 우리 뼈가 재가 되면 결국은 중
> 국인이기 때문이고, 이 나라가 어려운 시기에, 마음속으로 참지 못하여 조금의
> 힘이라도 보태고 싶었기 때문이다.(胡適, 1935)

---

3) https://www.cato.org/blog/benjamin-constant-eloquent-defender-freedom
   (검색일: 2021.01.19.)

힘없는 지식인으로서 뭐라도 하고 싶었던 후스의 마음이 느껴지는 대목이다. 나라가 위기에 처한 상황에서 세계주의나 자유주의만을 외칠 수는 없었다. 자유, 민주, 인권 등의 가치를 현대중국에서 실현하고자 했던 후스는 국가의 존망이 걸려 있는 위기 상황에서, 자유주의와 민족주의 사이에서 배회할 수밖에 없었다.

1930년대 9.18사변이 발발하자, 후스, 푸스녠傅斯年, 장팅푸蔣廷黻 등을 대표로 하는 중국 근대자유주의자들 간에 『독립평론』을 중심으로 논쟁이 발생하였다. 논쟁은 소위 자유주의자들의 고민과 갈등을 전적으로 보여준 것이었다.

근대중국의 오사 이래 대표적인 사조인 급진주의, 자유주의, 보수주의 모두 민족주의와 밀접한 관련이 있을 수밖에 없었다.(鄭大華·周元剛, 2008) 가장 먼저 중국에서 민족주의를 얘기한 것은 량치차오梁啟超였다. "민족주의란 세계에서 가장 광명정대하고 공평한 주의이며, 타민족이 우리의 자유를 침범하지 않도록 하는 것이고, 우리 또한 타민족의 자유를 침범하지 않는 것이다."(梁啟超, 1999, 455)라는 량치차오의 입장에 대해 많은 학자들은 보수주의라고 규정했지만, 민족주의에 대한 태도에서는 점차 3대 사조가 구별이 어려워진 것은 시대적 상황에 의한 강제라고 할 수 있을 것이다.

시대적 강제에 의해 자유주의가 처한 상황은 불리할 수밖에 없었다. 뿐만 아니라 자유주의가 근대중국에서 실패한 이유는 그것이 외래사조이면서 본토화하지 못한 것도 있지만, 그보다는 민중의 지지를 얻지 못했기 때문(楊春時, 2001)이기도 했다. 그들이 내세운 "국민성 개조"라는 것이 더욱 그들과 민중의 거리를 넓혔다고 할 수 있다. 그들은 스스로를 계몽하는 자로, 민중을 계몽되어야 하는 자로 규정함으로써 선민의식에 사로잡혀 있었다. 그런데 근대중국, 특히 1930년대 이후의 중국은 소수의 엘리트만으로는 어찌해 볼 수 없는 극단적 상황에 처해 있었고, 이런 상황에서 민중의 지지가 그 어느 때보다도 중요했다.

또한 극단적 상황에서는 극단적 수단과 방법이 더 당연시되기 마련이고, 자유주의자들 내부의 민주와 독재를 둘러싼 논쟁은 이상적이고 비현실적인 공리공담으로 느껴질 뿐이었다. 그것은 결국 자유주의자 내부에서 마르크스주의자로 전향하는 이들을 낳았는데, 그런 역사적 전향에서 크게 작용한 것은 그들이 공통으로 갖고 있던 민족주의적 정서였다. 전향하지 않은 자유주의자들도 그러한 민족주의적 정서에서 벗어나지 못했으며, 그것은 중국식 자유주의, 즉 자유민족주의적4) 성격으로 발전할 수밖에 없었다. 후스의 자유주의 또한 예외는 아니다. 그러나 안타까운 점은 후스 연구자라면 누구나 그를 자유주의자라고 알고 있음에도 불구하고, 후스가 자유주의에 대해 논한 글이 많지 않기 때문에, 그의 자유주의적 성격을 논하기 위해서는 그의 여러 저작들에서 유추할 수밖에 없다는 것이다. 이는 후스 자유주의의 성격을 보다 명확하게 규정할 수 없도록 하며, 그것이 이 글이 부득이 가질 수밖에 없는 한계이다.

---

4) 천이선陳儀深는 후스의 사상을 "자유민족주의"로 규정하였으며(陳儀深, 1999), 장롄궈張連國는 "이성 민족주의"(張連國, 1999)로, 펑샤건馮夏根은 "자유주의자의 이성적 민족주의"라는 개념으로 표현하지만(馮夏根, 2012), 모두 자유주의와 민족주의가 결합된 것으로 본다는 점에서 일맥상통한다.

참고문헌

민두기, 1996, 『중국에서의 자유주의의 실험-호적(1891년-1962년)의 사상과
    활동』, 파주: 지식산업사

백영서, 1995, 「自由主義의 運命과 胡適: 人權論을 중심으로」, 『아시아문화』 11

전동현, 2001, 「자유주의 시각에서 본 훈정과 인권-『인권논집』과 『독립평론』
    에 나타난 호적의 입장을 중심으로」, 『이화사학연구』 28

한성구, 2018, 「인생관 논쟁과 후스(胡適)의 자유주의적 인생관」, 『동양철학
    연구』 96

羅福惠·湯黎, 2006, 「學術與抗戰〈獨立評論〉對於抵抗日本侵略的理性主張」,
    『華中師範大學學報』(人文社科版) 45-3

羅志田, 1996, 「胡適世界主義思想中的民族主義關懷」, 『近代史研究』 1

武菁, 2001, 「〈獨立評論〉的抗日主張」, 『安徽史學』 2

傅斯年, 1932, 「日寇與熱河平津」, 『獨立評論』 13

梁啓超, 1999, 「國家思想變遷異同論」, 『梁啓超全集』, 北京: 北京大學出版社.

楊春時, 2001, 「中國自由主義失敗的歷史經驗」, 『粤海風』 6

王春風, 2010, 「文化民族主義與自由主義之比較-以近代中國爲例」, 『貴州民族研
    究』 31-5

俞祖華, 2013, 「民國知識分子對建設現代民族國家的不同設計-以胡適、陳獨秀與
    梁漱溟爲重點」, 『東嶽論叢』 34-6

李興勇, 2009, 「近代中國民族主義與自由主義的緊張關系-以"民主與獨裁"之爭爲
    考察中心」, 『安徽廣播電視大學學報』 9-2

林曉雯, 2017, 「愛國主義情懷的世界主義者-留美青年胡適的僑易之旅", 『江蘇師
    範大學學報』(哲學社會科學版) 43-4

張連國, 1999, 「論理性民族主義-〈獨立評論〉派自由主義者對日觀剖析」, 『江蘇社

　　會科學』1

張太原, 2006, 『〈獨立評論〉與20世紀30年代的政治思潮』, 北京: 社會科學文獻出
　　版社

鄭大華·周元剛, 2008, 「"五四"前後的民族主義與三大思潮之互動」, 『學術研究』8

趙繼剛, 2011, 「試析胡適民族主義思想特點-以 1931至 1937年間《獨立評論》對
　　日言論爲線索」, 『高等函授學報』(哲學社會科學版) 24-4

陳永忠, 2012, 「在民主與民族之間: 1940年代自由知識分子的自由民族主義思想」,
　　『浙江學刊』5

陳儀深, 1999, 「自由民族主義之一例-論〈獨立評論〉對中日關系問題的處理」, 台
　　北: 『中研院近代史研究所集刊』32

巴俊玲, 2012, 「論五四前後胡適自由主義思想」, 『文學界(理論版)』1

馮夏根, 2012, 「論羅家倫的理性抗日觀-兼談近代中國自由主義者的理性民族主義」,
　　『史學月刊』10

胡適, 1918, 「易蔔生主義」, 『新青年』4-6

胡適, 1926, 「我們對於西洋近代文明的態度」, 『現代評論』4-83

胡適, 1932, 「中國政治的出路」, 『獨立評論』17

胡適, 1934, 「政治統一的意義」, 『獨立評論』123

胡適, 1935, 「個人自由與社會進步」, 『獨立評論』15

胡適, 1936, 「親者所痛,仇者所快!」, 『大公報』1936. 6. 14.

胡適, 1942, 「中國思想史綱要」, 『亞細亞雜志』42-10

胡適, 1947, 「我們必須選擇我們的方向」, 『大公報』1947. 8. 24.

胡適, 1948, 「自由主義」, 『世界日報』1948. 9. 5.

胡適, 1949, 「中國文化裏的自由傳統」, 『新生報』1949. 3. 28.

胡適, 1996, 「致陶希聖」, 耿雲志·歐陽哲生 編, 『胡適書信集1934-1949』中, 北
　　京: 北京大學出版社

胡適, 1998, 『胡適文集』, 北京: 北京大學出版社

胡適, 2001, 『胡適日記全編1931-1937』6, 安徽: 安徽教育出版社

胡適, 2003, 「建國與專制」, 『胡適全集』21, 合肥: 安徽教育出版社

胡適, 2003a, 『胡適全集』22, 合肥: 安徽教育出版社

胡適, 2003b, 『胡適全集』 32, 合肥: 安徽教育出版社

胡適, 2003c, 「留學日記」 3, 『胡適全集』 27, 合肥: 安徽教育出版社

胡適等, 1920, 「爭自由的宣言」, 『晨報』 1920. 8. 1.

Boaz, D., 2017, Benjamin Constant, "Eloquent Defender of Freedom," CATO INSTITUTE〈https://www.cato.org/blog/benjamin-constant-eloquent-defender-freedom(검색일: 2021.01.19.)〉

Dewey, J., 1935, Liberalism and social action, New York: G. P. Putnam's Sons.

Dewey, J., 1987, "Liberalism and Civil Liberties," Later Works 11, Carbondale and Edwardsville: Southern Illinois University Press

Dewey, J., 2008, "Democracy and Education in the World of Today," The Later Works 13, Carbondale and Edwardsville: Southern Illinois University Press

Waks, Leonard J.. 2018, "Research Note: John Dewey on Nationalism," Dewey Studies 1-2

우리 비통한 '형제들'

: 방편으로서의 왜란의 기억

유불란
서강대학교 글로컬사회문화연구소 전임연구원

1. 들어가며: '배타적 일체감'이라는 문제

1770년(영조46) 12월 25일, 제주도 출신의 장한철張漢喆은 과거를 보러 뭍으로 상경하다 표류해, 류큐 열도의 어느 무인도에 표착하게 된다. 곧이어 맞닥트린 일본인의 약탈로 한때 절체절명의 위기에 빠졌던 그는, 이후 명나라 유민을 자처하는 안남출신 중국인 상인의 도움으로 간신히 목숨을 부지할 수 있었다.

이에 따라 그가 저들 각각에 대해 분노와 고마움을 드러낸 것은 물론 자연스러울 터였지만, 흥미로운 것은 이때 그러한 감정을 어찌 형상화해 냈느냐는 점이었다.

> 아아, 왜노는 원수다. 마땅히 하늘 아래 같이 살 수 없는 원수다 … 두 왕릉(정릉과 선릉)의 소나무와 잣나무는 가지가 나지 않더란 시를 읊을 때마다 이내 간담은 절규하고 이 내 피는 혈관에서 끓어올라 우노라. 왜놈이여, 왜놈이여, 마땅히 베야 할 터구나. 사람들이 천 번이라도 칼로 마땅히 찔러야 할 터구나.[1]

> 내가 울며 (구해준 중국인 상인에게) "우리 역시 황명의 적자입니다. 임진년

---

1) 장한철, 정병욱 옮김, 『표해록』, 범우사, 1993, 59.

에 왜구가 우리 조선을 함몰시켜 우리를 도탄에 빠지게 했는데, 우리들을 능히 어려움에서 되살려준 것이 어찌 황명의 재조지은이 아니리요."라 말했다.[2]

잘 알려진 대로 제주도는 전화가 미치지 않았던 곳이며, 더군다나 이 무렵은 이미 임진전쟁 그 자체로부터도 두 세기 가까이 세월이 흐른 시점이었다. 그럼에도 이런 주변부의 인물마저 여전히 임진년의 기억을 통해 왜倭에 대한 적대감을 표출하고 있는 것을 어떻게 해석하면 좋을까. 사실, 이렇게 시공과 계층을 건너뛴 '원수의식'은 비단 18세기 유생 장한철의 경우에만 국한되지 않는다. 단적인 사례로 약 한 세기쯤 뒤에, 일본을 향해 임진년에 못된 짓을 한 저 "개 같은 왜적 놈"들을 하룻밤 새 멸망시켜 버리고, 그런 시말을 무궁히 전하려 하노라 저주를 퍼붓던 최제우의 경우에서 알 수 있듯, 그 후에도 되풀이 반복되던 바였다.[3]

이처럼 소위 '영원한 원수萬歲怨·九世復讐說'로 표상되는 임진년 이래의 일본에 대한 원수의식은 그저 이념적 구호로서만이 아니라, 어느 연구자가 한국 민중들 사이에서 일종의 유전자처럼 계승되었다[4]고 묘사하리만치 조선에서는 보편적 정서의 일환으로 자리 잡았던 것으로 보인다. 그렇다면 이런 뚜렷한 "배타적인 민족적 일체감"은 민족주의와 관련해 "집단적 소속의식"과도 결부될 수 있는 것일까?[5] 홉스봄의 지적대로, 예외적으로 분류될 만큼 긴 세월 동안 (비교적) 등질적인 집단이 환경과 생활 조건을 같이해온 가운데 함께 치러낸 이 땅의 '우리네' 고통이란, 그 집단기억은 "공동체적 생활의식"의 발양에 어떤 식

---

2) 장한철, 『표해록』, 63-64.
3) 윤석산 엮음, 「안심가」, 『주해 동학경전』, 동학사, 2009, 387-388.
4) 하우봉, 「조선후기한국과 일본의 상호인식」, 『한국사상사학』 27, 2006, 55.
5) J. 던컨, 정두희 외 엮음, 「임진왜란의 기억과 민족의식의 형성」, 『임진왜란 동아시아 삼국전쟁』, 휴머니스트, 2007, 149; E. J. 홉스봄, 강명세 옮김, 『1780년 이후의 민족과 민족주의』, 창비, 2012, 94.

으로든 영향을 미쳤을 터이다.6) 하지만 이를 곧 "nation 바로 앞"7) 단계로까지, 요컨대 "민족"의 탄생과 연결 지을 수 있는 것일까.

관련해서 기무라는, 개화기를 전후해 전통적인 신하·백성 간의 구별의식이 여전한 가운데에서도, 대외적인 위협, 특히 일본에 맞선 '우리'로서의 집단의식이 적극적으로 제기되었음을 인정한다. 단, 그럼에도 불구하고 피아(敵邊人·國邊人)간의 자타인식에서처럼, 여전히 전통적인 문화적 구분에 입각해 사유하고 있던 이항로 등 위정척사파 인사들의 경우에서 알 수 있듯, 근대적인 네이션의 측면에 비춰 보자면 이른바 '세로벽' 차원에서의 한계점은 여전했다고 주장한다.8)

확실히 1909년의 시점에서조차 전라도 지역의 어느 격문에서 "수치를 무릅쓰고 머리와 관복을 변경"해 저편에 붙은 자들이라 표현9)하고 있는 데서 단적으로 드러나듯, 기왕의 전통적인 인식틀이 그때까지도 상당한 영향력을 미치고 있었음은 분명해 보인다. 실제로 비슷한 시기의 다른 격문들의 경우에서도, 요순과 주공, 공맹이 전한 도리가 없다면 "무엇으로 금수와 구별되랴"란 식의 수사가 "백성들"을 향해 호소력을 갖는 구호로 여겨지고 있음이 확인되기 때문이다.10)

하지만 주목해 볼 부분은, 그런 전통적인 가치관이 그래서 구체적으로 어찌 표출되었냐는 점이다. 앞서 격서의 논자는, 지금 왜 어버이이신 임금君父께 충효를 다해야 하는지 이렇게 설명한다.

---

6) 김대환, 『한국인의 민족의식』, 이대출판부, 1985, 48.
7) 김자현, 『임진전쟁과 민족의 탄생』, 너머북스, 2019, 15, 26-28.
8) 기무라 간, 김세덕 옮김, 『조선/한국의 내셔널리즘과 소국의식』, 도서출판 산처럼, 2007, 125.
9) "各郡에 一進會支部·巡檢·巡隊·技藝人設置 反對廣告"(1909. 2.), 「暴徒檄文第四輯(12713)」, 국사편찬위원회 엮음, 『統監府文書』 9, 국사편찬위원회, 1999, 132.
10) "朝鮮舊制 恢復 및 民族自存을 強調한 日人·親日勢力에의 濟州義兵所 通告文"(1902. 2.), 『統監府文書』 9, 135.

> 너희 조부와 부친은 선왕先王의 국민으로 오백 해 동안 옷을 입고 밥을 먹으
> 며 지금까지 이 나라 천지에서 길러졌으니, 조그마한 것도 모두 임금의 은혜라.
> 또한 우리 모두가 왜적에게는 하늘 아래 함께 살 수 없는 원한이 있다. 너희
> 선조로서 옛적 임진년 난리에 피 흘리고 살이 찢기지 않은 자가 있었던가. 은혜
> 에 보답하고 원수를 갚는 것이 사람의 상정[이라.]11)

이에 따르면 충효의 당위성은 그 자체로서만 추상적으로 상정된
것이 아니라, 오백 년 동안의 누대에 걸친 군부의 은혜란 "이 나라 천
지"의 역사성과 결합되어 있다. 나아가 이런 구체적인 역사성은, 임진
전쟁 때의 "전례 없던 혹독함" 부분에 이르러 더한층 부각된다. 요컨
대 이 땅의 모든 이는 대대로 함께 은혜를 누려왔고, 동시에 임진년
때 선조 중 누군가는 필시 저 왜적에 살해당했을 원한을 대대로 함께
하고 있다는 점에서 '우리들'인 것이다.

그런데 여기서 한 가지 주의해야 할 점은, 이런 식의 묶기 논리가
이때 처음 등장한 것이 아니라는 데 있다. 이상과 같은 수사는 임진년
간의 효유나 당시 의병들의 격문에서 이미 등장했을 뿐더러, 전후에도
다양한 차원에서 동원의 방편으로 줄곧 구사되어 온 바였다. 따라서
이런 측면에서 보자면 앞서 한말 의병들의 경우는 오히려 그간 조선
에서의 통상적인 공동체적 "결정화"의 문법12)을 충실히 따르고 있던
셈이다.

요컨대 조선에서 임진년의 기억이란, 왜에 대한 무의식적인 원념으
로서 의식의 밑바닥에 그저 가만히 깔려만 있던 침전물 같은 것이 아
니었다. 국가적인 차원에서는 물론, 지역 및 개별 문중 단위에 이르기
까지, 그런 보편적인 정서13)를 동원의 기제로 활용하기 위해 무려 300

---

11) "各郡에 一進會支部·巡檢·巡隊·技藝人設置 反對廣告", 『統監府文書』 9, 132.
12) 앤서니 D. 스미스, 김인중 옮김, 『족류-상징주의와 민족주의』, 아카넷, 2016, 65-66.
13) 이규배, 「임진왜란의 기억과 조선시대의 일본인식」, 『동북아시아문화학회 국제
　　학술대회 발표자료집』, 2008, 166-167.

여 년에 걸쳐 되풀이 호명해 온 일종의 정치·사회적으로 공인된 '방편'이었다고 할 수 있다. 그렇다면 이 같은 방편으로서의 왜란의 기억에서 '우리들'은, 그리고 이런 우리에의 귀속감은 실제로 어찌 규정되고 연결 지어졌을까?

한 연구자의 지적대로, 이런 왜에 대한 적대감에 대해서는 마치 어떤 "객관적 사실"처럼 전제되었을 뿐, 그 구체적인 실태에 대해선 그간 제대로 규명되지 않았던 것이 사실이다.14) 이에 이 글에서는, 우선 임진전쟁 당시의 주요 사료 중 하나로, 특히 당시의 각종 격문들을 두루 전재하고 있는 것으로 유명한 『난중잡록』에 대한 분석을 통해 묶기 논리의 기본구조에 대해 살펴보고자 한다. 이어서 후반부에서는, 이런 방편의 활용과 밀접하게 연동되던 조선 후기의 현창사업, 그중에서도 특히 송상현과 관련된 충렬사를 중심으로, 그 적용대상 쪽 역시 '가로벽' 너머로 확장되어가는 양상에 대해 분석한다.

2. 『난중잡록亂中雜錄』: 우리 비통한 형제들의 탄생

『난중잡록』은 남원의 의병장이었던 조경남趙慶男(1570~1641)이 임진전쟁이 종결된 뒤 그간 수집해 둔 전투기록 및 교서, 그리고 격문 등의 자료들을 바탕으로 저술한 일기체 형식의 기록물이다. 해당 저작은 전쟁 중 전라좌도와 경상우도를 잇는 전략적 요충지였던 남원 지역에서, 그가 남원부사의 서기로 활동하며 각종 문서들을 직접 열람해 작성한 만큼 신뢰성이 매우 높은 정보들을 담고 있는 바, 이미 『선조수정실록』의 편찬 시 활용되었을 만큼 당시부터 주목받던 저작이었다.15)

---

14) 이규배, 「조선시대 적대적 대일인식에 관한 고찰」, 『군사』 84, 2012, 29-30.
15) 정구복, 「『亂中雜錄』의 사학사적 고찰」 『한국사학사학보』 23, 2011, 116-117.

이러한 『난중잡록』에서 특히 두드러진 부분은, 총 41편에 달할 만큼 많은 수의 격문과 통문들이 실려 있다는 점이다. 이는 임진전쟁과 관련된 여타 어느 자료보다도 많은 숫자에 해당하는 바, 이를 통해 당시 격문들이 입각해 있던 이념적인 축들을 재구성해 볼 수 있다.

우인수의 분석에 따르면, 이들 격문들은 기본적으로 '의(의리)'와 '충(충효·충의, 그리고 충의지사)', '위국(위민 및 백성이 겪게 된 참화)', '(위정자로서의) 책임'과 '복수'의 다섯 요소들을 일부, 혹은 복합적으로 담고 있다.[16] 그런데 이 중 특히 주목을 끄는 것은 복수의 축이다. "임금이 욕을 당하면 신하는 죽어야 하는 법", 하물며 대대로 휴양·은혜를 입어온 신민으로서 누구나가 우리 임금에 대한 원수를 갚아야 마땅하다는 식의 '설치'의 요구는 전쟁 초부터 줄곧 등장하던 바였다.[17] 그런데 전란이 지속됨에 따라, 이 같이 "아랫사람은 윗사람을 위해 죽겠다는 마음"을 가져야 한다거나, 천지의 법도와 도리로서 '군신간의 대의' 같은 추상적인 당위성의 요구와는 상이한 설득의 논리가 등장하기 시작한다. 예를 들어, 당시 영남 초유사로 내려온 김성일은 격문을 통해 이렇게 주장한다. 그간의 전쟁이 기본적으로 "백성들의 이해"와 무관했던 전쟁이었던데 반해, 금번 왜의 침공은 처음부터 모든 것을 빼앗으려는 생각으로 온지라, 부녀자는 사로잡아 처첩으로 삼고 장정은 남김없이 도륙하고 있으니 백성들 또한 그 해독에서 벗어날 수 없다. 따라서 일어나 맞서 싸우지 않으면 산속에서 굶어 죽든지, 혹은 부모처자가 저들의 포로로 전락하든지로 귀결될 따름이란 것이었다.[18]

이런 경고는 곧 현실로서 닥쳐오게 되었다. 본래 전란 초의 인심은,

---

16) 우인수, 「선비들의 임란 창의정신과 의병활동」, 『퇴계학과 유교문화』 56, 2015, 11.
17) 조경남, 〈임진년 5월〉, 「난중잡록」, 권1, 『국역 대동야승』 6, 민족문화추진회, 1982, 354.
18) 〈임진년 5월〉, 「난중잡록」, 권1, 『국역 대동야승』 6, 360.

"다만 성이 높고 참호가 깊고...칼날만 예리하면 왜적을 막을 수 있으려니 생각해 중앙과 지방에 신칙하여 엄하게 방비"하게 했건만, 차라리 그렇게 "성 쌓고 참호 파는 일"을 덜어 백성의 힘을 후히 길렀어야 했다고 선조 임금 스스로가 자책하였듯, 전쟁 전에 강행되었던 전비강화의 부작용으로 이미 조정으로부터 이반되어 있던 상황이었다.19) 그런 탓에 김성일의 치계에 따르면, 원망에 찬 백성들이 왜국에는 "요역이 없다는 말"을 듣고 마음속으로 이미 기꺼워하던 차에, 다시 저들이 실제로 포고를 내려 민간을 회유하니 왜에 붙게 되었다는 것이었다.20) 그에 더해 잘 알려진 것처럼 선조의 무리한 파천과 그 과정에서의 거듭된 거짓말은 뭇 백성들을 "경악"시킨 바, 인심을 더 한층 이산시켜 버렸다.21)

그런데 도원수 김명원의 5월 10일자 서장에는, 두 세력 사이에서 흔들리던 조선 백성들의 민심이 어떻게 해서 일본 측으로부터 결정적으로 멀어지게 되었는지에 대해 다음과 같이 묘사하고 있다.

> 왜적이 서울을 점거하게 되자...무릇 혈기가 있는 자는 다 그 해독을 입기 이르렀고, 우리나라 사람으로 왜적의 앞잡이 노릇을 하던 자들 역시 흩어져 가버렸습니다. 시끄럽게 외치고 드나들던 자들[이]...호통 치던 기세는 없어[졌습니다.] ... 전날 두려워하던 자들은 분격하고, 살아나기를 꾀하던 자는 원망하고 성내어, 다들 왜적을 무찌르고자 생각[하게 됐습니다.]22)

이것이 과연 사실이었을까? 흥미로운 것은 경상右감사 김수 역시 선조와의 인견 시 이와 상통하는 의견을 내놓고 있다는 점이다. 심지어 그는, 저들이 살육을 함부로 한지라 어리석은 백성들도 비로소 "싫

---

19) 〈임진년 8월〉, 「난중잡록」 권2, 515.
20) 『선조실록』 선조25년 6. 28.
21) 『선조실록』 선조25년 6. 24.
22) 〈임진년 5월〉, 「난중잡록」 권1, 『국역 대동야승』 6, 384.

어하고 괴로워하는 마음"이 생겼지, 만약 그렇지 않았다면 민심을 돌리지 못하였으리라고 까지 극언할 정도였다.[23]

이 같은 견해가 당시의 실제 상황과 정말로 부합했는지와는 별도로, 이제 조선 사람치고 누구 하나 저들의 피해를 받지 않은 이가 없다는 식의 수사가 여러 격문에서 나타나기 시작했다. 예를 들어, 김천일 등과 함께 활약했던 의병장 송제민宋齊民(1549-1602)은, 저들이 남의 처자와 자매를 잡아다 간음해 잇달아 죽게 만들었고, 부형을 찔러 죽이며 아이들을 삶아 죽이는 등 온갖 "악독한 짓窮凶極惡"을 범한지라, 그로 인해 "몇천만"이나 되는 무고한 백성이 죽어나갔는지를 열거한다. 따라서 저 왜적의 토벌은 심지어 "불충불효한 자들"마저 바라마지 않을 지경이란 것이었다.

곧이어 그는, 여기 이렇게 고통당하고 있는 우리들이 개개 남남이 아니라, 대대로 이 땅에서 함께 태어나 살아온 "형제의 의"를 같이 한 존재라는 점을 부각시킨다.

> 아! 배를 함께 타다 물에 빠지면 서로 건져줌이란 호胡와 월越도 한 마음이라. 하물며 무릇 한 지방 안에서 함께 사는 우리로선 실로 배를 같이 탄 형세로서, 서로 물에 빠질 염려가 금방이라도 임박했으니, 비록 호·월 사람이라도 부득불 마음과 힘을 일치시켜 어려움을 면해야 하거늘, 하물며 산천의 기품氣稟이 서로 흡사하고, 같은 가르침을 이어가니 실로 형제의 의가 있은즉, 옛사람의 이른바 막연한 동포라는 말 따위에 그칠 바가 아니라.[24]

따라서 왜적은 "나라의 원수"일 뿐만 아니라 "사사로운 원수"이기도 하다.[25] 동시에, 또한 저들에게 "사사 원수를 갚는 것"은 곧 "나라의 적을 치는 것"이기도 했다.[26] 반대로 이렇게 국가와 나, "사삿집"을

---

23) 『선조실록』 선조25년 11. 25.
24) 〈임진년 7월〉, 「난중잡록」 권1, 『국역 대동야승』 6, 492.
25) 〈임진년 10월〉, 「난중잡록」 권2, 『국역 대동야승』 6, 573.

막론한 우리의 의무를 저버린다는 건 이 땅에서 계속되어 온 역사성의 측면에서, 지금의 나는 물론, 나아가 제 조상들까지 욕되게 만드는 셈27)이었다.

고경명이 전사한 뒤, 뒤이어 의병장으로 이름을 떨친 그의 장남 고종후의 경우에서 단적으로 드러나듯, 이런 우리들 "같이 참혹하고 비통한 일을 당한 이"라는 수사는, 전쟁의 참화가 깊어감에 따라 더 한층 강한 호소력을 띠게 되었다.

> 원근의 선비와 백성들 중에 나 같이 참혹하고 비통한 일을 당한 이가 반드시 백이나 천으로 헤아리는 정도로만 그치지 않을 것이므로, 이에 여러 장사들을 모집해 한 군대를 만들어 복수군復讐之軍이라 이름 짓고 부형의 깊은 원수를 갚으려 하는데, 제군들은 어떠시오. 여러분의 아비와 형, 아내와 자식이 참살당해 해골이 들판에 드러나서 원혼이 의탁할 데 없이 황천이 아득한데, 우리만 홀로 편안히 물러나...원수를 갚을 생각을 하지 않[을 수 있겠소?]28)

또 다른 격문에서 그는, 사람들을 향해 "우리 도내의 여러분 누구나가 동포 백성이 아니냐"29)고 반문한다. 관련해서 연구자 허준은, 15세기 이래 조선에서 『서명西銘』 및 그로부터의 "동포"에 대한 인용빈도가 지속적으로 증가한 바, 특히 임진전쟁 이후에는 명확하게 非양반계층 및 피지배 집단까지를 포함하는 용례로 사용되고 있음을 지적한 바 있다.30) 그렇다면 앞서 당시 격문들의 '동포'·'형제'의 경우는 어떨까? 한 가지 분명한 것은, "글 모르는 백성"이 격문을 알아보지 못할까

---

26) 〈임진년 10월〉, 「난중잡록」 권2, 『국역 대동야승』 6, 588.

27) 〈임진년 6월〉, 「난중잡록」 권1, 『국역 대동야승』 6, 392.

28) 〈임진년 10월〉, 「난중잡록」 권2, 『국역 대동야승』 6, 584.

29) 고전연구실 엮음, 〈도내에 발송한 복수문〉, 「정기록」, 『제봉전서』 中, 한국학중앙연구원, 1980, 49.

30) 허준, 「조선 전기 공동체 정체성의 형성」, 『한국학연구』 56, 2020, 418.

걱정되니, "예삿말"로 통문의 대략적 내용을 알려 그들까지 "감격"하게끔 만들어야 한다는 식의 문제의식이 정부 차원에서든 의병 차원에서든 두루 제기되고 있었다는 점이다.[31] 그리고 이런 와중에서 "아! 유독 호서 사람과만 일을 같이할 수 있는 것이 아니라. 다시 생각해 보니 서울 근처 사민士民으로 적을 피해 남녘으로 내려온 이들 가운데 어찌 부자·형제의 원수가 없으랴?"처럼, 원수의식을 매개로 지역이나 신분적인 차이를 넘어선 일체감이 조선 사람 모두를 향해 거듭 호소되었던 것이다.[32]

3. "명위의 고하로써 높이고 낮춤이 있어선 안 됩니다."[33]

이와 같은 '우리 비통한 형제들'로서의 '동지同志'화는, 요컨대 때 이른 '가로벽'의 붕괴[34]를 의미하는 것일까? 그렇지만 실제로는 "백성의 협력"을 얻고자 한 그런 효유나 격문에서조차 신분적 구별의식이 여전히 엄존했던 것으로 보인다. 실제로 김성일의 "다만 무식한 서민들은 임금 섬기는 의를 모를 수도 있은즉, 오직 상벌로 권하고 징계할 수 있거니와, 저들은 조정에서 내린 방목을 보지 못했는가?"[35]와 같은

---

31) 오희문, 황교은 옮김, 〈영동사람이 돌린 통문〉, 「임진남행일록」, 『쇄미록』 1, 국립진주박물관, 2019. 그 밖에도, 예를 들어 『선조실록』 선조25년 8. 1.의, "이두"를 쓰고 "언문"으로 번역해 효유문을 "촌민"이라도 모두 알 수 있도록 하라는 선조 임금의 명령 등.

32) 고전연구실 엮음, 〈도내에 보낸 격서〉, 『제봉전서』 中, 63.

33) 권이진, 〈충렬별사의 사액에 관한 일과 부산자성에 만경리의 사당을 세우는 일에 관한 장계〉, 「유회당집」 권5, 『국역 유회당집』 2, 안동권씨유회당파종중, 2006, 38.

34) 기무라 간, 『조선/한국의 내셔널리즘과 소국의식』, 138-139.

35) 조경남, 〈임진년 6월〉, 「난중잡록」 권1, 『국역 대동야승』 6, 452.

격문 문구에서 여실히 드러나듯, 전통적인 백성관愚民觀에 입각한 발언을 어렵지 않게 찾아볼 수 있다. 설혹 긍정적으로 언급한 경우에도, 작금의 사태에 대해 "비록 어리석은 백성이라 할지라도 다 마음 아파"하거늘, 나라와 임금에 대한 의리를 이미 깨우치고 있을 터인 사족들이 도리어 뒤처진 데 분발을 촉구하려는 의도가 두드러지곤 했다.36)

하지만 이 점에서 오히려 흥미로운 부분은, 그럼에도 불구하고 저런 백성이라는 존재를 전란이 끝난 뒤에도, 심지어 직접적인 전흔이 씻겨나간 뒤에도 '동지'에서 배제시키지 않았다는 데 있다. 노영구의 지적대로, 광해군 및 인조 대를 거치며 본격화 된 의병 활동에 대한 적극적인 의미부여 이래, 이후 시기가 내려올수록 기왕의 이름난 의병장들뿐만 아니라, 이전까진 그리 알려져 있지 않던 평민 의병이나 승군, 기생 및 노비 등속까지를 국가적으로나 민간 차원에서나 현창 대상으로 적극 포괄해 나갔던 것이다.37)

일례로, 『동국신속삼강행실도』에서 고경명과 조헌, 이정암과 더불어서 네 '충렬'의 하나로 위치지어진 송상현의 경우를 살펴보자. 송상현의 전사가 조정에 처음으로 전해진 것은 개전 후 약 반년이 지난 시점으로 보인다. 이때만 하더라도, 혹은 그가 살아있다고도, 또 심지어는 왜의 장수가 됐다는 소문마저 나돌았던 듯하다. 때문에 선조 임금이 부산첨사 정발과 동래부사 송상현이 정말 죽었는지 경상감사 김수에게 물었을 정도였는데, 그는 송상현이 피신하기를 권하는 주변의 권유를 뿌리치고 남문 위에서 팔짱을 끼고 있다 왜병에 살해당했고, 그 목은 대마도로 전송되었다고 답했다.38)

아이러니하게도 송상현이 어떻게 순국했는지를 구체화시켜 준 것

---

36) 〈임진년 6월〉, 「난중잡록」 권1, 『국역 대동야승』 6, 402.
37) 노영구, 「공신선정과 전쟁평가를 통한 임진왜란의 기억」, 『역사와 현실』 51, 2004, 31-32.
38) 『선조실록』 선조 25년 11. 25.

은 일본 측이 제공한 정보였다. 「난중잡록」에 따르면 경상우병사 김응서가 1594년 11월 21일 일본 측과 만나 회담을 가졌는데, 이때 고니시 유키나가小西行長는, 명에 아뢸 일이 있어 문서를 보였어도 공격부터 한지라 어쩔 수 없이 응전했다는 것, 송상현이 의연히 죽음을 맞이했다는 것, 그런데 자신은 일찍이 그에게 은혜를 입었던지라 매장한 뒤 표시를 해 두었으며, 쓰시마로 끌려간 첩(이양녀) 등도 범하지 않고 돌려보내려 한다는 것 등을 발언했다고 전한다.[39]

이러한 '송상현 서사'의 기본 줄거리는, 곧이어 전후 얼마 되지 않아 저술된 것으로 추정[40]되는 신흠의 『송동래전』에 이르러 구체적인 살이 붙기 시작한다. 신흠은, 김응서가 고니시가 아니라 가토 기요마사加藤淸正로부터 송상현 관련 사정을 전해 들었다고 언급한 뒤, 앞서 전문에 더해, 송상현을 따르고자 담을 넘어 달려가다 붙잡혀 살해된 첩 금섬의 장한 처신과, 포로가 됐으되 절개를 지켜낸 이양녀에 대한 더한층 상세해 진 일화들, 그리고 굳이 다시 포위된 성으로 돌아와서까지 충절을 사수한 겸인 신여로에 대한 인물전을 덧붙였다.[41]

1605년 동래부사 윤훤이 사당(송공사)을 설립한 이래, 20여 년 뒤에는 나라로부터 사액(충렬사)을, 그로부터 30여 년이 지난 뒤에는 안락서원이 설립되는 등, 송상현과 '충렬'의 결부는 국가 차원에서든 지역 차원에서든 점점 더 확고하게 형상화돼 갔다. 그런데 주목해 볼 부분은, 이와 동시에 신흠 단계에서도 이미 감지되는 송상현과 함께 의를 완수해 낸 주변 인물들에 대한, 특히 신분적으로 미미한 이들에 대한

---

39) 〈갑오년 11월〉, 「난중잡록」 권3, 차주환 외 옮김, 『국역 대동야승』 7, 민족문화추진회, 1982, 72.

40) 오인택, 「조선후기 '충렬공 송상현 서사'의 사회문화적 성격」, 『역사와 세계』 40, 2011, 39-40.

41) 충렬사안락서원 엮음, 〈송동래전〉, 「충렬사지」 권1, 『충렬사지』, 사단법인 충렬사안락서원, 1997, 35.

현창과 이를 위한 서사의 구축이 점점 더 가속화 되었다는 점이다. 예를 들어, 17세기 중반 경에 동래부사로 부임한 민정중閔鼎重(1628~1692)은, 『임진동래유사』를 지어 나머지 같이 죽은 "의사", "열녀"와 저 "교수(노개방)"의 목숨을 버림과 부민府民 김상 등이 끝내 적과 맞서 싸우다 살해당한 것은 그 "충의와 분격"이 또한 송상현·정발 양 공에 부끄러울 게 없는데도 현창이 제대로 이뤄지지 않고 있다 지적한다. 이에 민간에 "널리 캐어묻고 믿을 만한 증거"를 수집해, 기존의 두 첩과 신여로에 더해, 군관 송봉수와 김희수 등 4, 5인, 그리고 향리 대송백과 소송백, 관노 철수 및 만동 등이 송상현을 모시고 있다가 어떻게 전사했는지, 김상과 그를 도와 기와를 벗겨서 건네주던 이름이 전하지 않는 두 의로운 여성의 투쟁, 그리고 동래부 교수 노개방과 제생諸生 문덕겸, 양통한 등이 어떻게 꿋꿋이 절개를 지켰는지를 묘사[42]하였다. 이에 이르러 송상현 및 그와 뜻을 같이 한 순절자들에 대한 서사는 사실상 완성된 셈이었다.

이런 하층 인물들에 대한 부각은, 40여 년 뒤 동래부사로 부임해 온 권이진權以鎭(1668~1734)에게로 이어진다. 그 역시 민정중처럼, 저들의 확고한 의지와 깨끗한 충성이 송상현, 정발에 못지않음을 역설한다. 따라서 미천한 비장, 향리府吏, 하인輿儓이라도 함께 목숨을 바쳐 의리와 절개를 지킨 이는 모두 숭상하고 장려해, "명위의 고하"로써 높이고 낮춤이 있어서는 안 된다는 것이었다. 이에 그는 충렬 별사別祠를 마련해 이들을 함께 모심으로써, "의리를 지킨 자는 아무리 천해도 빠트리지 않고, 아무리 오래되어도 잊지 않는다는 것"을 지역민 모두에게 깨닫도록 해야 한다고 건의해 올렸다.[43]

---

42) 〈임진동래유사〉, 「충렬사지」 권6, 『충렬사지』, 104-105.

43) 〈충렬별사의 사액에 관한 일과 부산자성에 만경리의 사당을 세우는 일에 관한 장계〉, 「유회당집」 5, 『국역 유회당집』 2, 38-39. 이후 영조 38년 2월에 새로이 다대첨사 윤흥신이 병향되면서, 지금까지 별사에 배향되었던 문덕겸 등을 충렬

〈그림 1〉〈동래부순절도〉 부분　　　　　〈그림 2〉〈동래부순절도〉 1760년[44]

〈그림 3〉〈동래부순절도〉 부분

　　이렇게 하층 순절자들의 절행을 기억의 장에 구체적으로 고정시킨
데 이어, 이번에는 훗날 변박이 모사한 그림으로 잘 알려져 있는 「동

　　사로 합향 하게 된다. 이에 최종적으로 부사 송상현과 첨사 정발, 교수 노계방
　　과 첨사 윤흥신 및 군수 조영규, 그리고 유생 문덕겸과 비장 송봉수 및 김희수,
　　겸인 신여로와 향리 송백, 부민 김상의 11위가 함께 배향된 위에, 충렬사 곁에
　　열녀 금섬과 애향을 정표하는 것으로 낙착됐다.
44) 육군사관학교 육군박물관 엮음, 『육군박물관도록』, 육군박물관, 1985, 85 所收.

래부순절도」를 그리게 해서, 그러한 기억을 백성들에 이르기까지 누구나가 보고 바로 느낄 수 있게끔 형상화시켰다.

> (전략) 송 부사 뒤에 서서 장차 죽음에 나아가려는 자는 겸인 신여로다. 슬기롭고 예쁜 소녀가 관아의 담을 타고 장차 부사에게 나아가려다 적에게 붙잡히게 된 것은 시첩 금섬이니, 비록 기생일지라도 또한 열녀다. ... [김상이] 누구 집 지붕에 올라 기와를 던져 적을 죽임에 두 여인이 이를 도왔는데, 혹은 기와를 걷고 혹은 기와를 건네줬으니, 장부는 장하고 여인은 어찌 기특치 않으랴. ...누구 아내 혹은 딸인지, 이름이 사라져 전하지 않으니 슬프다.[45]

이에 더해 다시 성이 함락된 뒤에도 의병을 일으켜 싸운 24인의 백성들 이름까지를 적어 넣게 한 그는, 또 한 명의 행적, 즉 경상좌병사 이각의 도망을 덧붙여 그려 넣게 했다. 여기서 이각은 "북문 밖에서... 길을 달리는데, 너무 급해 어찌할 바를 모르고 미친 듯 달아나며 돌아보질 않는다." 그는 "높은 벼슬아치"로 평소 국은을 누려왔음에도 이를 저버린 자다. 이에 그림 속에서 성 밖으로 배제되어 묘사된 그는, 순절자들과 대치하고 있는 왜적과 더불어, '우리 됨'의 또 한 경계선을 이루고 있다.

4. 결론을 대신하여:
방편으로서 왜란 기억의 지속적인 활용이라는 문제

『조선책략』의 유포 이래 여론이 비등하던 와중에서, 일본과의 관계를 끊어야만 한다고 주장하던 백락관白樂寬(1876~1883)은, 이에 올린 상소문에서 왜란의 기억을 다음과 같이 호출해 낸다.

---

45) 〈화기〉, 「충렬사지」 권7, 『충렬사지』, 104-105.

...논개, 월선은 먼 지방 천찬 기생의 몸으로도 오히려 나라 위하는 정성이 지극해 능히 적장의 머리를 베어 그 선봉을 꺾었습니다. 유정이나 영혜靈惠는 산 속 승려임에도 또한 임금을 사랑할 줄을 알아 바다를 건너 적을 성토하고, 여인 사람가죽 3백장씩을 세공으로 바치게끔 해 저들 종자를 줄이고자 꾀했으며, 다시 3백 왜인으로 동래 왜관에 번 들게 하였습니다.46)

일본에 대한 임진년 이래의 "불구대천의 원수"로서의 규정 그 자체는, 그간 조선에서의 역대 문헌들을 통해 끊임없이 되풀이되던 바47)였지만, 오히려 주목해 볼 부분은 이를 구성하고 있는 실제 내용물이 역사적 사실 이상으로 앞서와 같이 상식처럼 굳어진 허구적 서사란 점이다. 그리고 우리 가운데서 전란 중에 살해당한 모든 이가 형상화된 "혹은 머리가 없는 자, 혹은 좌우 팔이 끊긴 자...혹은 배를 내밀고 절룩거리는 자가 있는데, 이들은 대개 물에 빠져 죽은 자들"이, "비린내 나는 피"를 서로 토하며 "하늘이 무너지고 땅이 꺼진들, 이 원통함은 끝이 없으리라"48) 외치는 가운데. 혹은 우리 중 피랍된 모든 이를 묶어 "나는 아무 고을 아무 관직 아무의 부모, 처첩, 자녀요. ... 우리 고향을 버리고 우리 부모를 떠나 적에게 몰려 멀리 타국으로 가니, 황천은 우릴 불쌍히 여겨 우리를 살아 돌아오게 해주소서. 장사들은 우릴 불쌍히 여겨 힘을 다해 적을 섬멸해 주소서."49)라 슬피 우는 가운데 펼쳐지는 이런 위인들의 활약담에서는, 설령 그들이 신분적으로 미미할지라도 배제되지 않았던 것이다.

이는 전술한 충렬사의 경우에서도 그랬지만, 고경명을 모신 종용사의 상량문을 지으며, 해당 글의 작자가 "대들보 아래를 보라. 크나큰 절의가 천년 아래까지 밝아 능히 무기를 잡고 임금을 위해 죽을 것이

46) 송상도, 강원모 외 옮김, 「백낙관」, 『기려수필 1』, 도서출판 문진, 2014, 79-80.
47) 이규배, 「조선시대 적대적 대일인식에 관한 고찰」, 43-44.
48) 〈피담자의 달천몽유록〉, 「제하휘록」, 『제봉전서』 下, 34.
49) 〈임진년 9월〉 「난중잡록」 권2, 『국역 대동야승』 6, 542.

니, 불도나 선비나 귀천을 누가 차별하리."50)라 선언한 데서 단적으로 드러나듯, 이후 펼쳐진 공식적인 현창사업에서도 마찬가지였다. 이에 따라, 17세기 후반 이후 적극적으로 전개된 각지의 사우祠宇 설립과 그 정당화 차원에서 해당 관련자들에 대한 인물전의 서술이 더불어 활성화되며 구축된 그들에 대한 '기억'은, 이후 왜란과 저 국난의 극복에 대한 조선사회의 인식 전반에 크나큰 영향을 미치게 된다.51)

물론 이런 귀천을 가로지르는 우리로의 묶기 와중에서도, 앞서 충렬 별사의 철폐 및 합향과 관련해 "존비의 등급"은 말할 것도 없고 "문무의 차별"까지가 논란의 대상이 되었듯, 전통적 신분관에 따른 가로벽 의식이 여전히 엄존해 있던 게 사실이다.52) 그러나 또한 모두의 위기 앞에서 이런 우리 안의 차이는 사라지진 않을지언정, 왜란의 경험으로 복귀하라는 슬로건53)하에서 '우리들'이란 서랍 속으로 넣어둘 수 있었다.

예를 들어 1894년, 공주의 유생 서상철은 반왜 격문을 통해 이렇게 호소한다. "옛날 임진란이 일어나던 해에 어가가 파천하여 임금과 백성이 진흙길에 빠져 죽음에 이르지 않은 사람은 백성 중 한 사람도 없었습니다. 지금 생각하면 위로는 관리와 사족, 아래로는 필부에 이르기까지 그때 사망하신 분들 자손이 많을 것"54)이라고. 요컨대 19세기에 접어들어 외세의 압박이 점증해 감에 따라, 왜란의 기억을 방편으로 한 우리 함께 비통한 형제의 묶기의 수사가 다시금 활용되었음을

---

50) 〈종용당 사우 상량문〉『제봉전서』下, 99.
51) 노영구, 「공신선정과 전쟁평가를 통한 임진왜란의 기억」, 32.
52) 〈관찰사 민응수 장계〉「충렬사지」권8, 『충렬사지』, 132.
53) 이규배, 「임진왜란의 기억과 조선시대의 일본인식」, 167.
54) 〈안동난민거괴 서상철의 격문입수 송부〉(京제87호, 1908. 9. 28.) 「四. 동학당에 관한 건 附순사파견의 일건」 (주한일본공사관기록 제1권, 1986) http://db.history.go.kr/id/jh_001r_0040_0060 (검색일 2021. 2. 23.)

알 수 있다. 그리고 김순덕에 따르면, 이런 '우리들'은 구한말의 후기 의병활동을 통해 함께 투쟁하며 일체감을 더해간 바, 결국 유생 출신 의병들의 전통적인 가로벽 의식 또한 변화하게 되었던 것이다.[55]

스미스의 지적대로, 근대적인 의미에서의 '민족' 창출에 정치적인 제도가 끼치는 영향은 물론 크다고 할 수 있겠지만, 다른 한편으로 장기 지속적 측면에서 볼 때 '주관적인 차원의 민족정체성 인식'과 관련된 문화자원들을 필요로 하는 것 또한 사실이다. 왜냐하면 그처럼 여러 세대에 걸쳐 달성된 상당한 정도의 공동체적, 문화적 동질성이 없었다면, 민족 내지 민족국가라 알려진 것들을 단조해 낼 수 있을 만큼 아주 오랫동안 사람들을 규합해 낼 순 없었을 터이기 때문이다.[56] 그런 의미에서 이상에서 살펴본 임진전쟁 이후 줄곧 축적되어 온 '배타적인 민족적 일체감'은, 분명 이 땅에서의 공동체적 동질성 및 자기정체성 확립과 관련해 지대한 역할을 해 온 요소라 할 수 있으리라. 그렇다면 이를 김자현의 경우처럼 우리 '민족'의 형성과 바로 연결 지어 봄 직한 것일까? 하지만 이와 관련해 오히려 중요한 문제는 상기 요소가 얼마만큼 민족 형성의 충분조건이었는지의 여부가 아니라, 방편으로서의 임진전쟁 기억하기와 그에 따른 우리들 의식의 고양이 다양한 사회적 층위 내에서 실제로 어떻게 구축되어 갔는지에 대한 보다 정밀한 추적이라 할 수 있다. 이에 후속 논고에서는, 대한제국 시기를 전후한 국가적 위기의식의 확산 속에서 이런 우리 의식과 민족의식의 발흥이 어떻게 연동되었는지에 대해 분석하고자 한다.

---

55) 김순덕, 이석규 엮음, 「대한제국 말기 의병지도층의 '국민' 인식」, 『'민'에서 '민족'으로』, 선인, 2006, 112-113.
56) 앤서니 D. 스미스, 『족류-상징주의와 민족주의』, 72.

참고문헌

『선조실록』

〈안동난민거괴 서상철의 격문입수 송부〉(京제87호,1908. 9. 28.) 「四. 동학당에 관한 건 附순사파견의 일건」 (주한일본공사관기록 제1권, 1986) http://db.history.go.kr/id/jh_001r_0040_0060 (검색일 2021. 2. 23.)

E. J. 홉스봄, 강명세 옮김, 『1780년 이후의 민족과 민족주의』, 창비, 2012

J. 던컨, 정두희 외 엮음, 「임진왜란의 기억과 민족의식의 형성」, 『임진왜란 동아시아 삼국전쟁』, 휴머니스트, 2007

고전연구실 엮음, 『제봉전서』 中, 下, 한국학중앙연구원, 1980

국사편찬위원회 엮음, 『統監府文書』 9, 국사편찬위원회, 1999

권이진, 『국역 유회당집』 2, 안동권씨유회당파종중, 2006

기무라 간, 김세덕 옮김, 『조선/한국의 내셔널리즘과 소국의식』, 도서출판 산처럼, 2007

김대환, 『한국인의 민족의식』, 이대출판부, 1985

김순덕, 이석규 엮음, 「대한제국 말기 의병지도층의 '국민' 인식」, 『'민'에서 '민족'으로』, 선인, 2006

김자현, 『임진전쟁과 민족의 탄생』, 너머북스, 2019

노영구, 「공신선정과 전쟁평가를 통한 임진왜란의 기억」, 『역사와 현실』 51, 2004

송상도, 강원모 외 옮김, 『기려수필 1』, 도서출판 문진, 2014

앤서니 D. 스미스, 김인중 옮김, 『족류-상징주의와 민족주의』, 아카넷, 2016

오인택, 「조선후기 '충렬공 송상현 서사'의 사회문화적 성격」, 『역사와 세계』 40, 2011

오희문, 황교은 옮김, 〈영동사람이 돌린 통문〉, 「임진남행일록」, 『쇄미록』 1, 국립진주박물관, 2019

우인수, 「선비들의 임란 창의정신과 의병활동」, 『퇴계학과 유교문화』 56, 2015

육군사관학교 육군박물관 엮음, 『육군박물관도록』, 육군박물관, 1985

윤석산 엮음, 『주해 동학경전』, 동학사, 2009

이규배, 「임진왜란의 기억과 조선시대의 일본인식」, 『동북아시아문화학회 국
　　　제학술대회 발표자료집』, 2008

이규배, 「조선시대 적대적 대일인식에 관한 고찰」, 『군사』 84, 2012

장한철, 정병욱 옮김, 『표해록』, 범우사, 1993

정구복, 「『亂中雜錄』의 사학사적 고찰」 『한국사학사학보』 23, 2011

조경남, 「난중잡록」, 『국역 대동야승』 6, 7, 민족문화추진회, 1982

충렬사안락서원 엮음, 『충렬사지』, 사단법인 충렬사안락서원, 1997

하우봉, 「조선후기한국과 일본의 상호인식」 『한국사상사학』 27, 2006

허준, 「조선 전기 공동체 정체성의 형성」, 『한국학연구』 56, 2020

중국 근대 민족주의와
문화보수주의의 관계에 대한 재고찰

루싱(盧興)
중국 난카이대학 철학원 교수

소위 "문화 보수주의"는 일반적으로 현대화 과정 중 민족문화전통을 지키고 찬양하고 재건하는 것을 주요 임무로 삼은 사조이다. 중국 근현대 사상사의 문화 보수주의 사조에 대해 논의할 때, 연구자들은 종종 그들이 보수적 입장을 취하는 이유를 모종의 민족주의 입장으로 귀결시키거나 심지어 "문화 보수주의"와 "문화 민족주의"를 혼동해서 사용하는 경향이 있다. 역사학계가 위의 두 가지 개념을 분별하여 분석을 시도한 예는 있지만, 철학 이념의 층위에서 양자 관계를 연구한 것은 여전히 부족한 실정이다. 이 글은 중국 현대화가 겪은 두 종류의 질서 시스템의 변화 및 그것이 지향하는 "보편성" 이념의 각도에서부터 이 문제를 광범위하게 토론하여 문화 보수주의와 민족주의의 관계를 규명하고자 한다.

1. "천하체계"에서 "세계체계"로

만청 이래, 중국 역사는 "삼천 년간 겪어보지 못한 대변화"에 직면하였다. 중국 사회는 현대적 사회를 향해 변모하기 시작하여 전통적

생산모델, 제도와 질서, 생활방식이 근본적인 변혁을 겪게 되었다. 중국인은 가치 관념, 사유방식 및 문화 정체성 등의 측면에서 모두 현대적 충격에 직면하게 되었다. 이런 커다란 변화는 질서에 대한 관념의 변화에서 잘 드러난다. 중국인들이 과거 몇 천 년간 답습해 왔던 "천하 시스템"은 서양 근대에 형성된 "세계시스템"으로 바뀌었고, 전통적인 "화하華夏-이적夷狄" 관념은 더는 현실적인 설득력을 갖지 못하게 되었으며, "민족국가nation-state" 관념이 이를 대신하게 되었다. 이는 사람들의 머릿속에 존재하던 중국이 "천하의 중심"으로부터 "만국 가운데 하나"로 바뀌었음을 의미한다.

고대 중국의 질서 관념은 "천하 시스템"으로, 그것의 기본적인 정체성은 화하예악문명華夏禮樂文明이다. "천하"라는 말은 『시경·소아·북산』에 나온다. "온 하늘 아래가 왕의 땅이 아님이 없으며, 땅이 거느린 물가에 왕의 신하가 아님이 없다." 옛날 사람들이 갖고 있던 "천복지재天覆地載"의 우주 도식에서 "온 하늘 아래普天之下"는 가장 큰 지역적 범위를 표시하고 있으며 심지어 경계를 지을 수 없을 정도로 넓은 곳을 나타낸다. 그리고 중국 문화 경전에서 "천하"는 단지 지리적 개념에 그치는 것이 아니라 주로 문화적 개념으로, 화하문명을 중심으로 사방의 이민족 국가로 뻗어 나가는 동심원적 구조를 가리키는 것이다.

하상주 3대 분봉제 하에서, "천자왕기天子王畿-제후국諸侯國-사이四夷-역외사해域外四海"는 "천하체계"의 기본구조를 구성하였는데, 이는 이념적으로는 "화이지변華夷之辨"을 반영하는 것이다. 이러한 구분은 문명 수준의 높고 낮음에 기초하고 있는 것이지 혈연이나 친소, 가깝고 먼 지리적 구분에 따른 것이 아니다. 설령 중앙정권과 오랑캐 사이에 종번宗藩 및 조공 관계가 존재하였다 해도 전체적인 체계에서 중심은 "덕"에 있었지 "힘"에 있는 것이 아니었다.

이런 이해에 기초해, 화하와 오랑캐의 관계는 절대로 고정된 것이 아니며 진퇴 변화가 가능한 것이었다. 다만 관건은 윤리강상과 예교의 존폐 여부였다. 당대 한유韓愈는 『원도原道』에서 화이의 구별이 "예"에 있다고 하였다. "공자는 『춘추』에서 말하기를, 제후가 오랑캐의 예법을 쓰면 오랑캐라 하고, 중국에 나아가면 즉 중국으로 대우한다." 만청시기 왕도王韜는 이에 대해 더욱 분명하게 설명하고 있다. "만약 예가 있다면 오랑캐는 화華가 될 수 있을 것이며, 만약 예가 없다면 비록 중국인이라 해도 오랑캐가 되고 말 것이다." 이렇게 보자면, 고대에 말하는 "중국", "화하"는 주로 문명 단위를 말하는 것이지 현대적 의미의 민족국가 관념이 아니다. 또한 그 정체성도 주로 전장 제도와 예악 교화를 통해 획득되는 것이었다.

역사학자 첸무錢穆가 지적했듯이, "중국인은 종종 민족개념을 인류개념 속에 융해시키고, 국가 관념을 천하 혹은 세계관념 속에 녹여버린다. 그들은 민족과 국가를 단지 하나의 문화적 유기체로만 여기는데, 여기에 좁은 의미의 민족관과 국가관은 존재하지 않으며 '민족'과 '국가'는 단지 문화로서만 존재한다." 미국학자 제임스 해리슨도 이렇게 말했다. "전통적인 중국인의 자아 형상은 '문화주의'로 정의되지 '민족주의'로 정의되지 않는다. 전자는 공동의 역사유산 및 공동신앙의 인정에 기초하지만, 후자는 '민족국가'라는 근대적 관념의 기초에서 세워진다." 비록 중국 고대의 "화이지변"도 모종의 "민족집단"의식과 "화하중심주의"관념을 반영한다 해도 그것은 인종, 지역, 언어상의 차이를 "화/이"로 구분하는 근본 원칙으로 삼지는 않았다. 그에 비해 진정한 의미의 "중화민족"과 "중국민족주의"는 상당 부분 근대 이후 서학동점西學東漸의 산물이다.

"세계체계"의 구성단위는 "민족국가"이며 후자의 형성은 의심할 여지없이 현대적 사건임이 틀림없다. 이 정치형태는 르네상스 시대의 서유럽에서 유래했으며, 인류학적 의미의 "민족"과 정치학적 의미의

"국가"가 지리적 범위와 일치하며 만들어진 결합체이다. 그것은 한편으로는 종족, 언어와 역사문화에 기초한 민족 정체성을 형성하였으며, 다른 한편으로는 영토, 주권과 정권조직에 기초한 국가 정체성을 만들어냈다. 이런 두 가지 정체성 아래 민족국가 간의 경계는 상대적으로 고정되었으며 민족 자결과 국가 독립이 추구해야 할 목표로 상정되었다.

독일의 철학자 하버마스는 민족국가 형성의 내재적 이유와 역사적 의의를 분석하였다. 현대사회의 "합리화"가 진행됨에 따라, 세속화를 완성한 국가는 신앙이 붕괴한 이후의 공백을 메꾸기 위하여 필수적으로 새로운 합법화의 원천과 사회통합의 형식을 찾아내야 했다. 이로 인해 "민족적 자아 이해는 문화적 담론을 형성하였고, 과거의 신민臣民들은 이러한 담론 안에서 정치적 의미에서의 적극적인 시민으로 변모하였다. 민족귀속감民族歸屬感은 과거에 서로 서먹서먹했던 사람들을 단결하도록 만들어 주었다. 따라서 민족국가의 성취는 다음과 같은 두 가지 문제를 동시에 해결했다는 데 있다고 할 수 있다. 하나는 새로운 합법화 형태의 기초에서, 더욱 추상적인 새로운 사회통합 형태를 제공하였다는 것이다." 세계화의 진전에 따라 민족국가는 현대 세계의 가장 기본적인 국가 형태가 되어 세계체계의 기본 단위를 구성하였고, 동시에 국제관계에 참여하는 주체가 되었다.

근대 민족국가의 탄생은 "민족주의nationalism" 사조를 낳았다. "민족주의" 개념은 정치학계에서 매우 많이 논의되는 것으로, 요약하자면 민족 정체성을 정치 합법성의 근거로 삼으며 자기 민족의 독특성과 우월성을 강조하고 민족의 이익과 명예를 지키기 위한 정서 혹은 운동을 구현하는 정치 이데올로기를 가리킨다. 민족주의 사조의 흥기는 공동체의 민족 정체성 형성을 더욱 강화시키며, 근대 민족주의 국가의 형성에 중요한 촉진 작용을 하였다. 또한 제3세계에서는 서구의 현대적 글로벌 확장을 반대하는 강력한 저항력이 되었다. 또한 이 사조 자체에 내포된 비이성적 특징은 역사적으로나 현실적으로 종종 편협화, 극대화되어 일종의 배타적이고 반反민주적인 이데올로기로 변모하기도 하였다.

중국은 근대이래 주동적으로 민족국가 건설을 전개하는 동시에 중국 민족주의 사조를 배양하였다. 량치차오梁啓超는 중국에서 민족주의 사조를 최초로 제시하고 발전시킨 지식인이다. 그는 1902년 발표한 「중국 학술사상 변천의 대세를 논하다論中國學術思想變遷之大勢」라는 글에서 "중화민족"의 개념을 정식으로 제기하며 민족국가를 건립하고 구성하는 기초가 되도록 하였다. 같은 해 「신민설新民說」에서는 민족주의에 대해 다음과 같이 정의하였다. "민족주의자는 어떠한가? 각 지역의 같은 종족, 같은 언어, 같은 종교, 같은 풍습을 가진 사람들로, 서로를 마치 동포와 같이 보고, 독립 자치에 힘쓰며, 완비된 정부를 조직하여 공익을 도모하고 다른 민족을 제어하는 것이다."

다른 글에서 그는 "오늘날 중국을 구하려면 다른 방법이 없고 민족주의 국가부터 건설해야 할 것이다"라고 분명하게 제시하였다. 량치차오의 영향을 받아 이후 사상가들은 대부분 민족주의 운동의 목표가 먼저 독립적이고 자주적인 중화민족과 그 주권국가의 형태를 만드는 데 있다고 강조하였다. 후스胡適는 1935년 비교적 본격적으로 민족주의를 분석하였다. "민족주의에는 세 가지 방면이 있다. 가장 얕은 것은 배타적인 것이고, 그다음은 자국의 고유한 문화를 지키는 것이며, 가장 높고 어려운 것은 민주적인 나라를 세우기 위하여 노력하는 것이다. 마지막 한 걸음이 제일 힘들기 때문에 모든 민족주의 운동들은 종종 먼저 앞의 두 걸음을 내딛기 쉽다." 후스의 구분에 따르면, 민족주의의 가장 낮은 단계는 자기 민족의 자존적 감정을 지킬 것을 호소하는 것인데, 이런 민족주의는 흔히 편협하게 다른 문물과 사상을 배척하고 자기만 잘났다고 뽐내며 남을 업신여기는 것으로 나타난다. 두 번째 단계는 자기 민족 문화전통에 대한 자신감과 비호/두둔으로 민족의 문화적 동질성을 재구축하고자 하는 것이다. 이것은 "문화 민족주의"라고 부를 수 있을 것이다. 세 번째 단계는 자기 민족을 주체로 하여 현대 민주정치적 원칙에 근거하여 독립적 주권국가를 수립하는 것이다. 이것은 "정치 민족주의"라고 부를 수 있다.

중국 사회의 현대화 과정 중에 엄중한 민족국가의 위기에서 벗어나기 위해 한편으로는 현대 주권국가를 세워 독립과 민주주의를 목표로 하는 정치공동체를 지향해야 하고, 다른 한편으로는 중화민족의 현대적 정체성을 재구축하여 공동의 생활방식, 역사기억과 가치 관념으로 구성된 문화공동체를 지향해야 한다.

전자는 "정치 민족주의"로, 그것은 보편주의를 지향하며 중국과 세계의 동시성을 강조한다. 그 근본은 "시대성"의 차원에서 지향하는 것이다. 반면 후자는 "문화 민족주의"로 특수주의를 지향하고 중국과 서양의 차이를 강조한다. 그 근본은 "민족성"의 차원에서 지향하는 것이다.

이 두 측면은 모두 현대 "민족국가" 혹은 전체적 의미에서 "민족주의"라는 주제가 마땅히 담고 있는 의미이다. 중국 근대 이래의 역사 발전에 대해 말하자면, 단지 문화 보수주의 뿐만 아니라 현대 중국 3대 문화사조의 발흥도 모두 "민족주의"의 영향을 받았다고 할 수 있다. 독립된 민족국가를 세우는 것은 보수주의, 자유주의와 급진주의 모두의 공통적인 목표이므로 "정치 민족주의"는 중국 각 사조의 공통된 인식이었다.

미국의 중국학자 벤자민 슈월츠Benjamin I. Schwartz가 말했듯이, 위에서 말한 3가지 사조에 대한 담론은 분리할 수 없는 총체로서 유럽에서는 거의 동시에 출현했다. "그것들은 수많은 공통 관념의 동일한 프레임 안에서 작동한다." 그리고 이러한 삼위일체 모델은 중국문화의 영역에서는 "먼저 민족주의 요소의 우세"로 나타나게 된다.

3대 사조 간의 차이는 다음과 같다. 문화 보수주의자들은 민족국가를 재건해야 한다는 시대적 사명감 외에 문화전통의 민족 정체성을 동시에 강조하는데, 다른 두 파는 이것이 결여되어 있다는 것이다. 이는 "문화 보수주의"와 "문화 민족주의"에 어느 정도 일치성이 있다는 것을 보여주는 것이지만 나중에 논의될 분석에 따르면 이런 일치성은 단지 표면적이고 형식적인 유사성에 불과하다.

2. "천하"와 "세계"가 가리키는 보편성의 차이

문화 보수주의와 민족주의의 관계를 명확하게 설명하기 위하여, 이 글에서는 "보편성"과 "특수성"이라는 철학적 개념으로 분석을 시작할 것이다. 동시에 나아가 "보편성"의 두 가지 형태를 구분함으로써 개념 도구를 더욱 정교화할 것이다.

중국인의 질서관으로서 고대의 "천하체계"와 현대의 "세계체계"의 차이는 다방면에 걸쳐져 있다. 예를 들어 공간 범위에서 경계가 있는 것과 없는 것의 차이, 시간 범위에서 영구성과 변동성의 차이, 문화적 심리에서 중심화中心化와 주변화周邊化의 차이 등을 말할 수 있다. 만약 철학적 이념 차원에 초점을 맞춰 본다면, 양자는 모두 모종의 보편성("공상共相")을 지향하는 것처럼 보이지만 구체적으로 분석해보면 각자의 보편성은 다르다. 한마디로 "천하"는 "형이상적 보편성"을, "세계"는 "논리적 보편성"을 지향한다고 할 수 있다.

필자는 두 종류의 "보편성"을 구분하기 위해 현대 신유학자 머우종산牟宗三 선생으로부터 깨달음을 얻었다. 그는 송명이학을 풀어낸 저작 『심체와 성체心體與性體』에서 두 가지 의미의 "리理"를 구분하고 있는데 그것은 곧 "존재지리存在之理, principle of existence"와 "형구지리形構之理,

principle of formation"이다. 머우종산의 구분 중에서 전자는 형이상학(존유론)의 개념이고 후자는 지식론의 개념이다. 전자는 창조성적 본체로 주자朱子가 말하는 "태극太極" 혹은 라이프니츠가 말하는 "충족이유율"과 유사하다. 후자는 "유개념類概念"으로 아리스토텔레스의 "본질" 혹은 "정의"에 해당한다.

둘 다 일종의 "소이연지리所以然之理"라고 할 수 있다. "존재지리"는 초월적, 추증적推證性이고 형이상의 "소이연所以然"이며, "형구지리"는 경험적, 묘사적이고 형이하의 "소이연"이다. "존재지리"는 개별성이 없고 모든 사물은 모두 차별 없이 "태극"의 이치를 따른다. "형구지리"는 개별 사물의 개념이기 때문에 천차만별이다. 개념의 목적은 이것과 저것을 구별하는 데 있다. 만약 이 같은 구분이 지나치게 추상적이라고 말한다면, 다음의 두 가지 예를 분석해보자. 하나는 "월영만천月映萬川"이고 다른 하나는 "백마비마白馬非馬"이다. 전자에 있어서, "하늘의 달"은 "존재지리"이며, "만천지월"은 지고한 존재의 리가 개별 사물에 체현된 것이라 비유할 수 있다. 이 둘 사이에는 "체體"와 "용用"의 관계가 있다. 후자에서 "말"은 "형구지리"로 비유할 수 있는데, 그것과 "백마" 혹은 "어떤 한 마리 (백)말"간에는 "유명類名"(속개념屬概念)과 "사명私名"(종개념種概念)의 관계이다.

의심의 여지없이, 이 두 가지 "리"는 모두 보편성을 갖는다. 그러나 각 보편성의 원천과 의미는 다르다. "존재지리"는 대자적對自的으로 보편적인데, 그 원인은 그것이 형이상적 초월 본체이기 때문이다. 그 보편성은 절대적이고 무한하며 경험세계가 아무리 변화해도 그 보편성에는 영향을 미치지 않는다. 이것은 주자가 말한 것처럼 "천지가 있기 이전에 필경 먼저 이 이치가 있다未有天地之先, 畢竟是先有此理"는 것이고 "가령 만일 산이나 강, 그리고 대지가 모두 무너지더라도 틀림없이 이치는 그 속에 있을 것이다且如萬一山河大地都陷了, 畢竟理卻只在這裏"와 같은 것이다.

"형구지리"의 보편성은 "전칭명제全稱命題"의 유효성으로 바꾸어 고찰할 수 있다. "속 개념"("말")의 진리값은 그것이 포함하고 있는 "종 개념"("백마", "흑마" 등)의 진리값에 따라 결정되며, 최종적으로 개체 대상("어떤 말")의 실존 여부에 따라 결정된다. 그러므로 "형구지리"의 보편성은 상대적이고 제한적이며, 일단 개체의 예외나 대상의 공집합에 해당하는 경우가 나타나면 성립하지 않는다. "속 개념"의 경우, 그 보편성은 그 안에 포함된 각각의 하위항목에 부합하는지에 의거하고 있는데, 이는 실제로 보편성의 "타자"(즉 "예외")적 존재를 미리 설정해 놓은 것이다. "종 개념"이나 개체에 관해 말하자면, 어떤 집합에서의 하위항목과 다른 하위항목 간의 관계는 외재적, 추상적이고 단지 하나의 성질을 공유할 뿐이며, 하위항목간의 "타자"(즉 기타 하위항목)적 존재를 미리 설정한다. 보편성은 "각 하위항목의 공존"으로 환원된다. 이상의 구분을 바탕으로 이 글에서는 "존재지리"의 보편성을 "형이상학적 보편성metaphysical universality"으로, "형구지리"의 보편성을 "논리적 보편성logical universality"으로 각각 구분하고자 한다. 이 두 가지 차이점의 핵심은 다음과 같다. "보편성"의 구성은 대자적인가 아니면 의존적인가, 보편성과 특수성의 관계가 "체용 관계"인가 아니면 "속종屬種 관계"인가.

이러한 두 가지 보편성의 구분에 근거하여, 우리는 중국 전통의 "천하" 관념과 근대이래 유입된 "세계" 관념의 근본적인 차이를 알 수 있다. 간단히 말해, 전자는 "형이상학적 보편성"이며 후자는 "논리적 보편성"이다. 앞에서 이미 서술했듯이, "천하"는 하나의 문화적인 의미의 개념이다. 이 질서구조 속에서 핵심이 되는 화하 문명은 "세상 어느 곳에 두어도 모두 들어맞는推而放諸四海而皆準" 보편적 의미를 가지며, 이런 효력은 "형상지도形上之道"의 보편성에서 비롯된다고 할 수 있다. 이 "도"를 우주대화宇宙大化, 강상명교綱常名教로 해석하든 예악전장으로 해석하든 이 "도"는 대자적으로 보편적, 무한적, 절대적이다. 그리고 동이東夷, 서융西戎, 남만南蠻, 북적北狄이 "도"를 받들기만 한다면 "중국으로 되는 것"이다. 천하의 "도" 그 자체는 동일하고 나누어지지 않는 것이며, 여기에는 어떠한 "타자의식"도 존재하지 않는다. 따라서 중화와 오랑캐 간의 "도"의 관계는 "체용 관계"로 나타나는 것이라 할 수 있다.

그러나, 서양 근대에 생겨난 "세계World"라는 관념은 이와는 다르다. 그것은 서로 다른 독립적인 "민족국가"로 구성된 지리적 개념으로 각 "민족국가"들은 서로 외재적으로 예속되지 않는다. 이 개념이 지향하는 보편성, 즉 소위 말하는 "세계성"은 각 구성원의 여러 가지 "민족성"에서 뽑아낸 공통성질이기 때문에, 양자 사이에는 개념 외연상의 "속종관계"이다. 따라서 이런 보편성은 상대적이고, 제한적이다. "세계" 관념 아래 "중국"은 "영국", "프랑스"와 동등한 논리적 층위를 차지하고 있으므로, 중국어 환경에서 소위 말하는 "민족성"(즉 "중국성")이라는 개념은 다른 "민족성"의 "타자"의 존재를 상정한다. 따라서 현대적 의미의 "중국" 개념은 "세계" 관념 아래에서의 "타자와의 공존"을 의미한다.

이상의 분석을 통해 다음과 같은 결론을 얻을 수 있다. 근대이래 중국인의 질서관은 "천하체계"에서 "세계체계"로, 철학 이념상으로는 "형이상적 보편성"에서 "논리적 보편성"으로의 변화를 거쳤다. 비록 이러한 변화는 외부의 압력에 의해 수동적으로 이루어졌지만, 중국인들이 새로운 사유방식으로 새로운 세계 질서를 재인식하여 중화민족의 "주체의식"을 배양하고 동시에 "타자의식"과 "공존의식"을 갖게 하여 자신들의 민족국가를 건설하는 동시에 세계의 다른 민족국가와 평등한 관계를 도모하도록 하였다.

3. 문화 보수주의의 이유 및 민족주의와의 차이

　이상의 두 가지 보편성으로 중국 현대 사상사에서의 문화 보수주의 사조를 분석해보면 더욱 분명하게 이 사조의 문화적 특질을 이해할 수 있을 것이며, 민족주의라는 단일한 틀에 갇히지 않을 수 있을 것이다.

　"5.4" 이후에 일어난 현대 신유학은 20세기 문화 보수주의 사조의 주류로, 그것은 전통 유교 문화에서 자원을 발굴하고 중국 사회와 문화의 현대화를 도모하는 데 의의를 두고 있다. 일찍이 학계의 선배 학자들이 지적하였듯이, 현대 신유학은 분명히 "민족 본위의 문화적 입장"을 뚜렷이 함축하고 있다. 특히 문화의 민족성을 강조하여 민족문화의 역사적 가치와 주체의 지위를 수호하고자 하였다.

　미국학자 알리토Guy Salvatore Alitto는 이 사조를 현대화 과정 중의 세계 범위 내 보수적 반응의 일부로 보고, 지역적 문화 민족주의와 연계하여 "반 현대화 사조"로 분류하기도 했다. 이런 관점은 민족문화의 특수성이라는 관점에서 현대 신유학 사조를 분석한 것으로, 보수주의 문화관의 입장을 (문화상의) 민족주의에서 기인한 것으로 간주하고 이 사조가 보수적인 이유를 부분적으로나마 설명하고 있다.

　그러나 단지 민족주의의 "특수성"의 차원에만 주목하는 것은 입체적이고 정확하게 현대 신 유학을 이해하는 데에는 충분하지 않으며 오히려 현대 신유학을 서구문화의 대립으로 간주하게 될 위험성을 안고 있다. 현대 신유학의 대표적인 인물들은 시야가 넓고 동서학문에 조예가 깊은 사상가와 학자들이다. 이 사조가 반대하는 것은 서양문화가 아니라 중국 현대 사상사의 서화파西化派이다. 단순한 민족주의 층위에서는 현대 신유학자들이 왜 열렬히 서구문화가 들여온 과학과 민주주의를 받아들였는지 설명할 수 없다. 이 문제에 대한 논의는 반드시 민족주의적 해석의 틀을 벗어나 "보편성"의 차원에서 접근해야 한다.

현대 신유학의 1세대 대표 인물인 펑유란馮友蘭은 중서문화中西文化 문제를 논하면서 "공상과 수상을 구별할 것別共殊"를 주장하였는데, "류類"(즉 "논리의 보편성")적 의미로부터 중국문화의 현대화 문제에 대응해야 한다고 주장하였다. 그는 "전반서화파全盤西化派"건 "부분서화파部分西化派"건, 혹은 "중국본위문화파中國本位文化派"건 간에, 모두 특수성의 관점에서 문화를 바라본 것이라 생각했다. 이런 입장은 서양문화와 중국문화를 모두 특수한 유형의 문화로 간주한다. 서화파는 "서양의 것으로 중국의 것을 대신以西代中"할 것을 주장하는데, 이는 실질적으로는 하나의 특수한 문화로써 다른 특수한 문화를 대체하자는 것이다. 본위파는 "중국의 것으로 서양의 것을 거부以中拒西"할 것을 주장하는데, 이는 실질적으로는 하나의 특수한 문화로 또 다른 특수한 문화를 배척하는 것이다.

펑유란은 만약 특수성의 시각으로만 문화를 본다면 중국과 서양의 문화는 각자 분리할 수 없는 총체이기 때문에 서양문화에서 어떤 것을 취하고 버릴 것인지 분석할 수 없고, 마찬가지로 중국문화에서 어떤 것을 존속시키고 폐기할 것인지 분석할 수 없다고 주장했다. 이렇게 되면 어떤 판단도 독단적이 될 뿐이라는 것이다. 펑유란은 특수성을 뛰어넘어 보편적인 시각으로 문화를 봐야 한다고 지적하였다. "유類적 관점에서 서양문화를 보면 서양문화가 우월한 바탕을 갖게 된 것은 그것이 서양의 것이기 때문이 아니라 그것이 특정한 문화적 바탕을 갖고 있기 때문이다." "만약 유적 관점에서 중국문화를 보면 근세 백여 년 동안 우리가 고통을 받았던 까닭은 우리 문화가 중국적 바탕을 갖고 있었기 때문이 아니라 그것이 모종의 문화적 바탕을 갖고 있었기 때문이다." 유적 이해에 기초해 "이 방향으로 우리의 문화를 변화시키는 것은 우리의 문화를 어떤 종류를 다른 한 종류로 전환시키는 것이지, 우리의 특수한 문화를 또 다른 종류의 특수한 문화로 변화키는 것은 아니다."

펑유란의 "별공수別共殊"로부터 우리는 그가 "논리적 보편성"에 착안해 그것으로 특수성을 강조한 서화파와 본위 문화파의 문화관을 대체하고자 했다는 것을 분명하게 알 수 있다. 펑유란의 신실재론新實在論적 철학 배경 때문에, 그의 "신리학新理學" 중 "리理"는 "류類"로 이해될 수 있다. 따라서 거기에는 머우종산이 말한 "형구지리"의 의미만 있을 뿐이며, 중서문화 문제를 분석할 때 그가 말한 "류"도 "논리적 보편성"만을 지향할 뿐이다. 만약 이와 같다면 그의 문화 보수주의 입장도 특수성을 강조하는 민족주의 입장과 근본적으로 차이가 있는 것이다.

현대 신유학 제2세대 대표 인물 머우종산은 문화 문제를 토론하면서 "형이상적 보편성"의 의미에서 유가 도덕 원칙이 갖고 있는 "상도常道"의 성격을, "논리적 보편성"의 의미에서 과학과 민주가 대표하는 인류문화의 "공법共法"을 긍정하였다. 두 가지 보편성의 성격이 다르기 때문에 유가 도덕과 과학 민주주의의 위상도 다를 수밖에 없다. 유학을 신봉하는 사상가로서 머우종산은 유가의 가치가 시간, 공간상 보편성을 갖는다는 것을 논증하려 하였고, 그는 이를 유가의 "상도성격常道性格"이라고 불렀다. "유가라는 학문은 예로부터 수천 년간 발전해 왔으며, '상도'라는 항상 변하지 않는 이치를 대표한다. 중국인들이 흔히 '상도'라고 말하는 것에는 두 가지 층위의 의미가 있다. 하나는 영원히 변하지 않는 것으로, 이는 종적인 측면에서 그 불변성을 말하는 것이다. 다른 하나는 각 사람들이 적응할 수 있는 보편적인 것으로, 이는 횡적인 측면에서의 보편성을 말하는 것이다. 즉 이 도리는 전 인류에게 보편적으로 적용할 수 있다."

머우종산의 논리는, 인간이라면 반드시 도덕을 말해야지, 그렇지 않으면 짐승이 된다는 것이다. 유학은 인간의 윤리강상과 덕행을 긍정할 뿐만 아니라 세계 문화 중에서 이에 대해 가장 잘 설명하고 있다. 따라서 시공을 초월한 보편적 가치를 갖게 되는 것이다.

다른 방면으로, "5.4" 이후의 현대 중국인으로서 머우종산은 사상적으로 과학과 민주를 내용으로 하는 "현대성"을 받아들임과 동시에, 이러한 "현대성"이 서양적일 뿐만 아니라 세계적인 것이라 설명하였다. 거기에는 진리성과 보편성이 구비되어 있다. "민주 정치체제와 과학은 보편적 원리共法이지 서양만의 것이 아니다. 비록 서양에서 먼저 발전되었다 하더라도 말이다." "우리가 스스로 결정권을 가져야 하고 계속 생존해야 하며 현대화는 우리가 반드시 성취해야 하는 일이다. 현대화가 비록 서양에서 시작된 것이라고 해도 그것이 일단 나타나면 지역성은 사라진다. 그것이 진리라면 보편성을 갖게 되고, 보편성을 갖게 되면 어떤 민족이라도 그것을 인정해야 한다." 여기서 볼 때, 머우종산이 중화 문화를 보존하고 지키는 이유는 중국문화의 민족적 특징 때문이 아니라 사람에 대한 인간의 내적 도덕성에 대한 긍정에 기초한 것이기 때문이다. 이런 "형이상적 보편성"이 바로 유가 "상도"의 내재적 근거이다.

현대 신유가 제3대 대표 인물 류수셴劉述先은 말년에 송명이학의 "이일분수理一分殊" 명제가 가진 현대적 의의에 대해 설명하면서, "이일理一"("형이상적 보편성")을 인류가 안심 입명할 수 있는 "종극관회終極關懷"라고 강조했다. 그것은 민족국가와 문화전통을 초월하는 보편성을 갖고 있다. 이런 "이일"의 보편성과 초월성에 비추어 볼 때 유가 전통이나 중국 문화도 마찬가지로 "분수"라고 할 수 있다.

류수셴이 구상한 "이일"은 이미 있는 것, 기존에 만들어진 가치형태가 아니라 미래에 대한 이상적 목표로 설정된 것이다. "'이일'에 대해 완벽하게 서술할 수 있는 사람은 없다. 우리는 다만 '이일'의 경지를 향해 나아갈 뿐이다. 그것은 우주의 구성 요소를 실현하는 것이 아니다. 그러므로 '구성원칙constitutive principle'이 아니다. 그것은 우리가 지향하는 목표이니, 바로 '규약원칙regulative principle'이라 해야 할 것이다."

그는 나아가 『장자莊子』 중의 "양행지도兩行之道"를 차용하여 "리일"과 "분수" 간의 상호 보완적인 이상적인 상태를 묘사하였다. "현대적 해석을 통해 초월적 리일에 대한 종극적 기탁을 중시한다고 해서 분수를 말살하는 좋지 않은 결과를 만들어낼 필요는 없다. 또한 분수에 대한 긍정도 우리를 반드시 상대주의의 함정에 빠뜨리지는 않을 것이다. 우리는 분수를 위한 분수를 말하는 것이 아니며, 누구나 자기만의 방식으로 이성의 구체적 결과를 추구한다. 비록 이런 표현에는 한계가 있고 다른 가능성을 배제하지 않을 수 없다. 그러나 서로의 정신은 상호 호응할 수 있다.

송유宋儒가 말한 월인만천月印萬川의 비유는 이런 이상적 경지의 정취를 잘 표현하고 있다. "이일분수" 명제의 함의에 대한 류수셴의 이해는 기본적으로 송명 유학자들과 같다. 이런 구조에서 "통체지리統體之理"와 "분수지리分殊之理" 간에는 체용관계가 있다. 종극관회로서의 "리일"은 보편성을 지니는데 이것이 바로 "형이상적 보편성"으로 그가 인용한 "월인만천"의 비유가 이 점을 더욱 정확히 확증해준다.

지금까지 말한 것을 정리해 보면, 현대 신유학의 3대 학자들은 모두 보편성의 차원에서 중국문화의 영구한 가치를 확증하는 것을 중요하게 생각했으나, 단지 민족문화의 특수성 차원에서 이론을 제기한 것이 아니라 보수주의 문화관의 합리성과 필연성을 설명하기 위해 애썼다. 이런 입장과 문화 민족주의 사조 사이에는 근본적인 차이가 존재한다. 학계 일각의 유능한 연구자들은 이미 이 문제에 주목하였다. 다음에서는 자유주의 입장을 가진 두 사상사학자의 견해를 소개하고자 한다. 장하오張灝는 "중국 지식인들도 보편주의적universalistic이고 초문화적transcultural인 입장에서 자신들을 자신들의 과거 문화와 연관시킬 수 있다. 결론적으로, 중국 지식인 가운데 어떤 이들은 그들의 문제가 중국문화집단 구성원들만이 특별히 가지고 있는 것이 아니라 인류 전체가 갖고 있는 것이라는 점을 이해하고 있다. 더군다나 자신들의 전통 가운데 가장 익숙한 문화적 원류 속에서 인류가 처한 보편성의 문제를 해결할 수 있는 방향과 답안을 끌어낼 수 있다고 본다. 간단히 말해, 중국의 지식인들은 보편성 문제에 대한 관심과 전통에 대한 관심을 하나로 녹여내는 데 가장 탁월하다."

린위성林毓生도 이렇게 말했다. "사실상 그(량지梁濟를 말한다)는 이미 이런 가치들을 인류 가치 가운데 가장 추상적이고 가장 보편적인 층위로 환원시켰다. 그러므로 이런 도덕 가치들은 중국 특유의 것이 아니라 보편적인 인성의 의의를 갖는다고 보았다." "탕쥔이唐君毅와 그의 동료들과 같은 신전통주의자들은 량지의 '보수주의' 문제를 여전히 풀지 못하고 있다. 그들은 보편적 관점에서 중국의 도덕적 전통을 보존하기 위해 변호하지만, 전통 혹은 전통주의적 도덕 가치와 이상의 실현을 위한 새롭고 구체적인 표현 방식을 사회 속에서 창조해내지는 못했다."

이전 사람들이 수행한 연구에 기초해 이 글은 앞부분에서 두 가지 보편성의 구분에 근거하여 이 문제에 대해 진일보한 분석을 시도하였다. 펑유란은 "유類" 개념으로 문화 문제를 논의하였는데, 이는 실제로 중국문화의 현대화 과정 중 중서문화의 존폐취사 문제를 해결하기 위한 것이었다. 이는 머우종산이 "공법"의 측면에서 과학과 민주를 긍정한 것과 같은 차원의 것이다. 즉 그것은 "논리적 보편성" 차원으로 그 이면에는 "세계체계"의 담론 논리가 체현되어 있다. 그뿐만 아니라, 현대 신유학을 문화 보수주의로 만들어 주는 근본적인 특징은 사상 심층에서 "형이상적 보편성"을 긍정하고 있다는 것이다. 이 점에서 보자면 유가가 제창하고 있는, 사람이 사람이 되는 까닭의 본질적인 속성을 긍정하고 있다고 할 수 있다. 이는 머우종산이 지키고자 한 "상도"에 가장 잘 체현되어 있다. 즉 천지간에 변하지 않는 "상도"가 있다고 굳게 믿기 때문에 신유가는 중국 전통의 천하관념을 계승하였을 뿐만 아니라, 유가 학설이 시공간적 초월성을 갖고 있음을 긍정하는 것이다. 현대 신유가의 질서관은 "세계체계"의 배후에 전통 "천하체계"의 깊은 영향을 체현하고 있다고 말할 수 있을 것이다.

4. 결론

현대 중국의 문화 보수주의와 민족주의의 관계는 꽤 복잡하다. 한편으로 안정된 정치질서는 보수주의 담론의 기초이지만 민족 존망의 심각한 위기는 "하늘이 변하지 않으면 도 역시 변하지 않는다天不變道亦不變"는 옛 말씀을 무용지물로 만들었기 때문에 새로운 민족국가는 보수주의 이론을 절박하게 필요로 하게 되었다. 다른 한편으로 질서의 교체가 가져온 정체성의 전환은 중국의 현대성 전환이 서구문화를 참조하였기 때문에 비롯된 것이다. 수천 년 동안 이어져 내려온 세계 중심으로서의 "화하제국"의 신분은 짧은 시간 내에 세계체계의 일원으로서의 "중국국가" 신분으로 변하였다. 이로 인해 지식인들은 심각한 민족 정체성 위기를 느끼게 되었으며 이런 위기를 극복하고 새로운 민족 정체성을 재건하는 것이 문화 보수주의자들의 근본적인 목표가 되었다.

종교적 정서를 가진 어떤 민족 보수주의자들에게 "민족 정체성"은 "같은 근원, 같은 조상"에 기초하여 만들어진 자연적 연계뿐 아니라 고유의 생활방식, 역사 경험과 종교 신앙에 대한 공통의 감정, 그리고 또한 더 높은 층위에서 중화 문명전통의 사유방식, 가치 관념과 형상形

上 지혜에 대한 신봉까지 포함한다. 그들은 자신도 모르는 사이 민족 전통에 감화된 수용자일 뿐만 아니라 자각적으로 전통을 전하는 계승 자로서 "하늘에서 내려준 소임"이라는 도덕적 사명감과 "문화적 담지 자"라는 역사적 주체의식을 깊이 체화하고 있다. 이런 정신은 전통 유학의 "천하" 담론과 "도덕" 관념을 계승한 것으로 민족 문화전통의 깊은 영향력을 체현하고 있다.

　이런 의미에서 문화 보수주의자들은 이미 일반적인 의미의 "민족주의" 범위를 넘어 특수한殊相 의미로서의 중국문화를 보편적共相 의미의 "도"로 격상시키고 "형이상적 보편성"의 층위에서 중국문화의 항구적 가치를 입증하였다. 비록 객관적 효과에서는 문화적 민족성을 지키려는 입장을 보였지만, 사상적 측면에서는 오히려 전통 "천하체계"의 보편주의적 입장을 지향하는 것으로 이해할 수 있다. 이를 감안할때, 단일한 "민족주의" 개념틀로 현대 중국의 "문화 보수주의"를 규정하는 것은 단순화의 오류에 빠지는 것이다.

(번역: 한성구)

中国近代民族主义与文化保守主义之关系再思考

卢兴

南开大学哲学院教授

所谓"文化保守主义"一般指在现代化进程中捍卫、阐扬、重建本民族文化传统的思潮。在讨论中国近现代思想史上的文化保守主义思潮时，研究者往往将其保守的理由归结为某种民族主义立场，甚至有将"文化保守主义"与"文化民族主义"混同使用的倾向。尽管史学界对以上两个概念有所辨析[1]，但从哲学理念层面对两者关系的研究尚不充分。本文不揣浅陋，力图从中国现代化所经历的两种秩序体系的转变及其所指向的"普遍性"理念的角度对这一问题展开探讨，厘清文化保守主义与民族主义的关系，以就正于方家。

1. 从"天下体系"到"世界体系"

晚清以降,中国历史面临"三千年未有之大变局"[2],中国社会开始了面向现代性的社会转型,传统的生产模式、制度安排和生活方式经历了根本变革,中国人的价值观念、思维方式以及文化认同等各个方面都面临着现代性的冲击。这种古今之变在秩序观方面体现得尤为明显,中国人过去几千年所习常的"天下体系"转变为

---

1) 参见何晓明:《近代中国文化民族主义与文化保守主义的关系》,《新视野》2007年第4期; 张世保:《文化民族主义与文化保守主义论析》,《社会科学战线》2008年第12期。

2) 语出李鸿章:《筹议海防折》,《李鸿章全集》第2册,海口:海南出版社, 1993, 第1063页。原文为"数千年未有之变局"。

西方近代形成的"世界体系"， 传统的"华夏-夷狄"观念不再具有现实解释力,而代之以"民族国家"(nation-state)观念， 这意味着在人们心中,中国由原来的"天下之中"转变为"万国之一"。

　　古代中国的秩序观念是"天下体系",其基本认同形式是华夏礼乐文明。 "天下"一语出自《诗经·小雅·北山》: "普天之下,莫非王土,率土之滨,莫非王臣"。在古人"天覆地载"的宇宙图示中,"普天之下"(under the Heaven)表征着最大的地域范围,其广度甚至是没有边界的。而在中国文化经典中, "天下"不仅是一个地理概念,更主要是一个文化概念, 指以华夏文明为中心向四夷辐射的同心圆结构。在三代分封制下, "天子王畿-诸侯国-四夷-域外四海"构成了"天下体系"的基本结构, 其反映在观念上就是"华夷之辨", 这种区分基于文明程度的高低而非血缘亲疏或地域远近, 尽管存在着中央政权与四夷之间的宗藩及朝贡关系,但整个体系关注的重点在"德"而不在"力"。基于这种理解,在华夏与夷狄之间并非绝对固定,而可以进退转化,其关键在于伦常礼教的存废。唐代的韩愈在《原道》中将华夷之别系之于"礼": "孔子之作《春秋》也,诸侯用夷礼,则夷之;进于中国,则中国之。"3) 晚清的王韬更明确地将这个意思表述为"苟有礼也,夷可以进为华;苟无礼也,华则变为夷。"4) 就此而论,古代的"中国"、"华夏"主要是一个文化单位而不是现代意义上的民族国家观念5), 其认同方式主要诉诸典章制度和礼乐教化。 正如史学家钱穆所指出的, "中国人常把民族观念消融在人类观念里, 也常把国家观念消融在天下或世界的观念里。他们只把民族和国家当作一个文化机体,并不存有狭义的民族观与狭义的国家观,'民族'和'国家'都只为文化而存在。"6) 美国学者詹姆士·哈里森

---

3) 韩愈:《原道》, 马其昶《韩昌黎文集校注》卷一, 上海:上海古籍出版社, 1986, 第17页。

4) 王韬:《弢园文新编》, 朱维铮编, 北京:三联书店, 1998, 第148页。关于这一思想, 中国古代比较有代表性的论述引述如下。陈黯《华心》: "夫华夷者, 辨在乎心, 辨心在察其趣向。有生于中州而行戾乎礼义, 是形华而心夷也; 生于夷域而行合乎礼义, 是形夷而心华也。"(《全唐文》卷七百六十七)程晏《内夷檄》: "所谓慕中华之仁义忠信, 虽身出异域, 能驰心于华, 吾不谓之夷", "四夷内向, 乐我仁义忠信, 愿为人伦齿者, 岂不为四夷之华乎?"(《全唐文》卷八百二十一)雍正《大义觉迷录》: "中国而夷狄也也,则夷狄之; 夷狄而中国也,则中国之。"

5) 参见梁漱溟:《中国文化要义》,《梁漱溟全集》第三卷, 济南: 山东人民出版社, 2005, 第162页。

也指出：“传统中国人的自我形象被定义为‘文化主义’而不是‘民族主义’，前者是基于一份对共同的历史遗产以及一种共同信仰的认可，而后者则建立在‘民族国家’这一近代观念的基础上。”7) 尽管中国古代的“华夷之辨”也反映出某种“族群”意识和“华夏中心主义”观念，但其并未将种族、地域或语言上的差别作为划分“华”“夷”的根本原则。相比而论，真正意义上的“中华民族”和“中国民族主义”在很大程度上是近代以来西学东渐的产物。

　　“世界体系”的构成单元是“民族国家”，后者的形成无疑是一个现代性事件。这一政治形态源于文艺复兴时代的西欧，是人类学意义上的“民族”和政治学意义上的“国家”基于地理范围上的一致而产生的结合体，其形成一方面基于种族、语言和历史文化的民族认同，另一方面基于领土、主权和政权组织的国家认同，在这种双重认同之下，民族国家之间的界限相对固定，并且以民族自决和国家独立为追求目标。德国哲学家哈贝马斯分析了民族国家形成的内在理由和历史意义：随着现代社会的“合理化”进程，完成世俗化的国家必须为自己找到新的合法化源泉与社会整合形式，以填补上帝信仰崩溃后的空白，因此“民族的自我理解形成了文化语境，过去的臣民在这个语境下会变成政治意义上的积极公民。民族归属感促使以往彼此生疏的人们团结一致。因此，民族国家的成就在于，它同时解决了这样两个问题：即在一个新的合法化形态的基础上，提供了一种更加抽象的新的社会一体化形式。”8) 随着全球化的开展，民族国家成为当今世界最基本的国家形态，构成了世界体系的基本单元，同时也成为国际关系的参与主体。

　　近代民族国家的产生孕育了“民族主义”(nationalism)思潮。“民族主义”的概念

6) 钱穆：《中国文化史导论》，北京：商务印书馆，1994，第23页。

7) James Harrison: *Modern Chinese Nationalism*, New York: Hunter College of the City of New York, 1969, P2. 转引自[美]詹姆士·汤森：《中国的民族主义》，莫亚军、林昱译，复旦大学历史系、中外现代化进程研究中心编《近代中国的国家形象与国家认同》，上海：上海古籍出版社，2003，第175页。

8) 哈贝马斯：《欧洲民族国家-关于主权和公民资格的过去与未来》，《包容他者》，曹卫东译，上海：上海人民出版社，2002，第131页。

在政治学界有非常多的讨论,概言之, 其指一种政治意识形态, 将民族认同作为政治合法性的依据, 强调本民族的独特性和优越性, 并体现为一种捍卫民族利益和荣誉的情绪或运动。9) 民族主义思潮的兴起进一步强化了共同体的民族认同取向, 对近代民族国家的形成产生了巨大的促进作用, 在第三世界成为抗拒西方现代性全球扩张的强大阻力; 而这一思潮本身所包含的非理性特征也使其在历史上和现实中常常表现出狭隘化和极端化,演变为一种具有排外和反民主倾向的意识形态。

中国近代以来开展了主动的民族国家建构, 同时也孕育了中国的民族主义思潮。梁启超是中国最早提出和宣扬民族主义思潮的知识分子, 他在1902年发表的《论中国学术思想变迁之大势》一文中正式提出了"中华民族"的概念, 使之成为民族国家建构的基础。同年他在《新民说》中对民族主义下了定义: "民族主义者何? 各地同种族、同言语、同宗教、同习俗之人, 相视如同胞, 务独立自治, 组织完备之政府, 以谋公益而御他族是也。"10) 在另一文中他明确指出: "今日欲救中国, 无他术焉, 亦先建设一民族主义之国家而已。"11) 受到梁启超的影响, 其后的思想家大都强调中国民族主义运动的目标首先在于建构独立自主的中华民族及其主权国家形态。胡适在1935年比较全面地分析了民族主义的内涵: "民族主义有三个方面: 最浅的是排外, 其次是拥护本国固有的文化, 最高又最艰难的是努力建立一个民主的国家。因为最后一步是最艰难的, 所以一切民族主义运动往往最容易先走上前面的两步。"12) 根据胡适的划分, 民族主义的最低层次是捍卫本族自尊的情感诉求, 这种民族主义往往表现为狭隘的排外和妄自尊大; 第二个层次是对本民族文化传统的自信和回护, 力图重建本民族的文化认同, 这个层次可以称之"文化民族主义"; 第三个层次是以本民族为主体, 根据现代民主政治的原则建立独立主权国家,这个层次可以称之"政治民族主义"。

---

9) 参见(英)厄内斯特·盖尔纳:《民族与民族主义》,韩红译, 北京: 中央编译出版社, 2002, 第1-2页。

10) 梁启超:《新民说》,《梁启超全集》第三卷,北京:北京出版社, 1997, 第656页

11) 梁启超:《论民族竞争之大势》,《梁启超全集》第四卷, 第899页。

12) 胡适:《个人自由与社会进步:再谈五四运动》,《胡适文集》第11卷,北京大学出版社, 第537页。

在中国社会的现代化进程中，为了摆脱严重的民族国家危机，一方面要建立现代主权国家，指向一个以独立和民主为目标的政治共同体；另一方面要重构中华民族的现代认同，指向一个由共同的生活方式、历史记忆和价值观念所构成的文化共同体。前者是"政治民族主义"，其具有普遍主义的面向，强调中国与世界的同步，其根本诉求指向"时代性"维度；而后者是"文化民族主义"，具有特殊主义的面向，强调中国与西方的差异，其根本诉求指向"民族性"维度。这两方面都是现代"民族国家"或整全意义上的"民族主义"所题中应有之义。就中国近代以来的历史发展而言，不只是文化保守主义，现代中国三大文化思潮的兴起都受到"民族主义"的影响，建构独立的民族国家是保守主义、自由主义和激进主义的共同目标，因此可以说"政治民族主义"是中国各派思潮的共识。正如美国汉学家史华兹所指出的，三种主义话语最为不可分离的整体在欧洲大致同时出现，"他们在许多共同观念的同一框架里运作"，而这种三位一体模式表现在中国文化领域中，"首先感受到的是民族主义成分的优势"。[13] 三大思潮的差别在于：文化保守主义者在重建民族国家的时代性认同之外，同时强调文化传统的民族性认同，后者是其他两派所缺少的。这一点体现出"文化保守主义"与"文化民族主义"的某种一致性，然而根据后文的分析，这种一致性只是表面的、形式上的相似性。

2."天下"与"世界"所指向的普遍性之区别

为了清晰地说明文化保守主义与民族主义之间的关系，本文要引入"普遍性"与"特殊性"这对哲学概念进行分析，同时将更进一步区分"普遍性"的两种形态，以使概念工具更加精细化。

作为中国人秩序观，古代的"天下体系"与现代的"世界体系"的区别是多方面的，比如在空间范围上表现为无边界与有边界的差异，在时间范围上表现为永恒

---

13) 史华兹：《论保守主义》，收入周阳山等编：《近代中国思想人物论·保守主义》，第20、32页。

性与变动性的差异，在文化心态上表现为中心化与去中心化的差异等等。如果聚焦于哲学理念层面，两者都指向某种普遍性("共相")，但具体分析，各自的普遍性有所不同。概言之，"天下"指向于"形而上的普遍性"，而"世界"指向于"逻辑的普遍性"。

　　笔者关于两种"普遍性"的区分受到现代新儒家学者牟宗三先生的启发，他在其疏解宋明理学的著作《心体与性体》中，区分了两种意义上的"理"："存在之理"(principle of existence)与"形构之理"(principle of formation)。在牟先生的区分中，前者是一个形而上学(存有论)的概念,后者是一个知识论概念; 前者是具有创造性的本体，类似于朱子所讲的"太极"或莱布尼茨讲的"充足理由律"，而后者是"类概念"，相当于亚里士多德讲的"本质"或"定义"。两者都可以说是某种"所以然之理"："存在之理"是超越的、推证性的、形而上的"所以然"，而"形构之理"是经验的、描述性的、形而下的"所以然"。"存在之理"是没有个别性的，每一事物都秉承着无差别的"太极"之理；而"形构之理"是每一类事物的概念，因此是千差万别的，概念的目的就在于将此类与彼类区别开来。[14] 如果说以上的区分过于抽象，那么让我们试分析以下两个形象的例子：一个是"月映万川"，另一个是"白马非马"。在前者中，"空中之月"类比为"存在之理"，"万川之月"类比为至高的存在之理在各种具体事物上的体现，两者之间是"体"与"用"的关系；在后者中，"马"类比为"形构之理"，其与"白马"或"某一匹(白)马"之间是"类名"(属概念)与"私名"(种概念)的关系。

　　无庸置疑，这两种"理"都具有普遍性，但其各自的普遍性的来源和含义有所不同。"存在之理"自在自为地就是普遍的，原因在于其是一个形而上的超越本体，其普遍性是绝对的和无限的，无论经验世界如何变化都不影响其普遍性，正如朱子所言："未有天地之先，毕竟是先有此理"，"且如万一山河大地都陷了，毕竟理却只在这里"[15]。"形构之理"的普遍性可以转化为一个"全称命题"的有效性加以

---

14) 参见牟宗三:《心体与性体》(一),《牟宗三先生全集》第5卷, 台北: 联经出版事业有限公司, 第92-105页。

考察，"属概念"("马")的真值取决于其所包含"种概念"("白马"、"黑马"等)的真值，而最终取决于是否有个体对象("某匹马")实存，因此"形构之理"的普遍性是有对待的、有限制的，一旦出现了个体的反例或对象的空集就无法成立：就"属概念"而言，其普遍性依赖于其所包含的每个子项的符合，而这实际上就预设了普遍性之"他者"(即"例外")的存在；就"种概念"或个体而言，其作为某个集合之中的子项与其他子项之间的联系是外在的、抽象的，仅仅在于共享着同一个性质，也预设了子项之"他者"(即其他子项)的存在，而普遍性就还原为"诸子项之共在"。基于以上的区分，本文将"存在之理"的普遍性分别称之为"形而上的普遍性"(metaphysical universality)，将"形构之理"的普遍性称之为"逻辑的普遍性"(logical universality)。两者区别的核心也是两点：其一"普遍性"之构成是自在自为的还是有所依待的，其二普遍性与特殊性之间是"体用关系"还是"属种关系"。

基于以上两种普遍性的区分，我们看以看出中国传统的"天下"观念和近代以来输入的"世界"观念的根本区别，简言之，前者基于"形而上的普遍性"，而后者基于"逻辑的普遍性"。前文已述，"天下"是一个文化意义上的概念，在这个秩序结构之中，作为核心的华夏文明具有"推而放诸四海而皆准"的普遍意义，这种效力来源于形上之"道"的普遍性，无论将这个"道"解释为宇宙大化、纲常名教还是礼乐典章，这个"道"自在自为地就是普遍的、无限的和绝对的，而不管是东夷、西狄、南蛮、北戎只要秉承此"道"就"进而为中国"，而天下之"道"本身是同一不分的，也不存在任何"他者意识"，其与华夷诸国之"道"之间呈现为"体用关系"。然而，产生于西方近代的"世界"(World)观念则与此不同，其是由不同的独立的"民族国家"组成的地理概念，每个"民族国家"之间是相互外在互不隶属的，这一概念所指向的普遍性即所谓"世界性"是由各个成员之诸种"民族性"中抽绎出来的共同性质,因此两者之间是概念外延上的"属种关系"，因而这种普遍性是相对的、有限的。在"世界"观念之下的"中国"与"英国"、"法国"居于同等的逻辑层次上，因而在中国语境中所说的"民族性"(即"中国性")这一概念就预设了其他"民族性"之

---

15) 朱熹:《朱子语类》卷一，黎靖德编，王星贤点校，北京:中华书局,1 986，第1、3页。

"他者"的存在，　因此现代意义上的"中国"的概念意味着在"世界"观念之下"与他者的共在"。

　　从以上的分析可以得出结论，　近代以来中国人的秩序观由"天下体系"到"世界体系"的转变，在哲学理念上就是由"形而上的普遍性"到"逻辑的普遍性"的转变。尽管这个转变是在外力胁迫下被动做出的，　但其促使中国人以新的思维模式重新认识新的世界秩序，培育出中华民族的"主体意识"，同时产生了"他者意识"和"共在意识"，在建构自身民族国家的同时，谋求与世界上的其他民族国家的平等关系。

3.　文化保守主义的理由及其与民族主义的差异

　　以上述两种普遍性来分析中国现代思想史上的文化保守主义思潮，能够更为清晰地理解这一思潮文化观的特质，避免囿于民族主义的单一分析框架。

　　兴起于"五四"之后的现代新儒学是二十世纪文化保守主义思潮的主流，　其思想意旨在于从传统儒家文化中开掘资源，谋求中国社会和文化的现代化。正如学界前辈早已指出的，现代新儒学具有鲜明的"民族本位的文化立场"16)，特别强调文化的民族性，捍卫民族文化的历史价值和主体地位。美国学者艾恺将这一思潮视为现代化过程中的世界范围内的保守反应的一部分，与地方性的文化民族主义相联系，甚至将其直接归入"反现代化思潮"。17) 这种观点从民族文化的特殊性的视角分析现代新儒学思潮，　将其所秉持保守主义文化观立场归因于(文化上的)民族主义，颇有见地，部分地解释了这一思潮的保守的理由。然而，仅仅着眼于民族主义之"特殊性"的维度，对于全面准确地理解现代新儒学尚不充分，而且容易造

---

16)　参见方克立：《现代新儒学的产生、发展及其基本特征》，收入氏著《现代新儒学与中
　　国现代化》，天津：天津人民出版社，1997，第42页。
17)　参见[美]艾恺：《世界范围内的反现代化思潮-论文化守成主义》，贵阳：贵州人民出版
　　社，1991。

成误解，将现代新儒学视为西方文化的对立面。而事实在于，现代新儒家代表人物都是视野宽广、学贯中西的思想家和学者，这一思潮所反对的并非西方文化，而是中国现代思想史上的西化派。单一的民族主义维度无法解释现代新儒家们何以热切地接纳西方文化所带来的科学和民主。对于这个问题的讨论，必须跳出民族主义的解释框架，引入"普遍性"的维度。

现代新儒学第一代代表人物冯友兰在讨论中西文化问题上主张"别共殊"，要从"类"（即"逻辑的普遍性"）的意义上看待中国文化的现代化问题。他认为无论是"全盘西化派""部分西化派"还是"中国本位文化派"，都是从特殊性的方面看待文化的，将西洋文化和中国文化都视为一种特殊类型的文化：西化派主张"以西代中"，实质是以一种特殊文化取代另一种特殊文化；而本位派主张"以中拒西"，实质是以一种特殊文化拒斥另一种特殊文化。冯友兰指出，如果仅仅在特殊性的视角看文化，中西文化各自是不可离析的整体，则不能分析出西洋文化中何者当取何者当舍，同样也不能分析出中国文化中何者当存何者当废，任何判定都是武断的。冯友兰指出应当跳出特殊性而从普遍性的视角看文化，"若从类的观点看，以看西洋文化，则我们可知所谓西洋文化之所以是优越底，并不是因为它是西洋底，而是因为它是某种文化底。""若从类的观点看，以看中国文化，则我们亦可知所谓我们近百年来所以到处吃亏者，并不是因为我们的文化是中国底，而是因为它是某种文化底。"[18] 基于类的理解，"照此方向以改变我们的文化，我们只是将我们的文化，自一类转入另一类，而不是将我们一个特殊底文化，改变为另一个特殊底文化。"[19] 从冯友兰的"别共殊"中可以明显地看到他着眼于"逻辑的普遍性"，以取代西化派和本位文化派了以特殊性立论的文化观。由于冯友兰的新实在论的哲学背景，他的"新理学"中将"理"理解为"类"，因而只有牟宗三所讲的"形构之理"的含义，所以在分析中西文化问题时，他所讲的"类"也仅仅指向"逻辑的普遍性"。尽管如此，他的文化保守主义立场也与强调特殊性的民族主义立场根本有异。

---

18) 冯友兰：《新事论》，《三松堂全集》第4卷，郑州：河南人民出版社，2001，第206页。
19) 冯友兰：《新事论》，《三松堂全集》第4卷，第207页。

现代新儒家第二代代表人物牟宗三在讨论文化问题时，在"形而上的普遍性"的意义上肯定了儒家道德原则所具有的"常道"性格，在"逻辑的普遍性"的意义上肯定了科学与民主所代表的人类文化之"共法"。由于两种普遍性的性质不同，儒家道德与科学民主的地位也有所不同。作为服膺儒学的思想家，牟宗三力图论证儒家价值在时间上和空间上的普遍性，他将其称为儒家的"常道性格"："儒家这个学问，从古至今，发展了几千年，它代表一个'常道'-恒常不变的道理。中国人常说'常道'，它有两层意义：一是恒常不变，这是纵贯地讲它的不变性；一是普遍于每一个人都能适应的，这是横地讲、广扩地讲它的普遍性，即说明这个道理是普遍于全人类的。"[20] 牟氏的逻辑是，只要是人，就必须讲道德，否则就沦为禽兽；而儒学主要肯定人的伦常德行，并且是世界文化中讲到讲得最好的，因此具有超越时空的普遍价值。另一方面，作为"五四"之后的现代中国人，牟宗三在思想上接纳以科学民主为内容的"现代性"的同时，还要说明这种"现代性"不仅是西方的,而且也是世界的，其具有真理性和普遍性："民主政体与科学是共法，不是西方所独有，虽然从他们那里先表现出来。"[21] "我们要自己做主，要继续生存下去，现代化是我们必得做的事。现代化虽先发自于西方，但只要它一旦出现，它就没有地方性，只要它是个真理，它就有普遍性，只要有普遍性，任何一个民族都当该承认它。"[22] 由此可见，牟宗三保守中华文化的理由并非因为中国文化的民族性特质，而是基于对人之为人内在道德性的肯认，这种"形而上的普遍性"正是儒家"常道"的内在依据。

现代新儒家第三代代表人物刘述先晚年注重阐发宋明理学"理一分殊"命题的现代意义，强调"理一"（"形而上的普遍性"）作为人类藉以安身立命的"终极关怀"，具有超越民族国家与文化传统的普遍性。相较之于这种"理一"的普遍性和超越性，儒家传统乃至中国文化也是"分殊"。刘述先所构想的"理一"并不是既有的、现成

---

20) 牟宗三：《从儒家的当前使命说中国文化的现代意义》，《全集》第23卷，第323页。

21) 牟宗三：《略论道统、学统、政统》，收入氏著《生命的学问》，桂林：广西师大出版社，2005，第55页。

22) 牟宗三：《从儒家的当前使命说中国文化的现代意义》，《全集》第23卷，第344页。

的价值形态，而是一个悬设在未来的理想目标："没有人可以给予'理一'以完美的表达，我们只能向往'理一'的境界。它不是实现宇宙的构成分子，故不是'构成原则'(constitutive principle)，而是我们向往的目标，乃是'规约原则'(regulative principle)。"23) 他进一步借用《庄子》书中的"两行之道"来描述"理一"与"分殊"之间并行互补的理想状态："通过现代的诠释，对于超越的理一终极托付并无须造成抹煞分殊的不良的后果。但是对于分殊的肯定也并不会使我们必然堕入相对主义的陷阱。这是因为我们并不是为了分殊而分殊，人人都以自己的方式去追求理性的具体落实与表现，虽然这样的表现是有限的，不能不排斥了其他的可能性，然而彼此的精神是可以互相呼应的。宋儒月印万川之喻很可以充分表现出这样的理想境界的情致。"24) 刘述先对"理一分殊"命题内涵的理解与宋明儒者基本相同，在这个结构中"统体之理"与"分殊之理"之间是体用关系，作为终极关怀的"理一"自在地具有普遍性，这就是"形而上的普遍性"，而他引述"月印万川"的比喻更加确证了这一点。

综上所述，现代新儒学的三代学人都更为重视从普遍性的维度确证中国文化的恒久价值，借以说明保守主义文化观的合理性和必然性，而并不仅仅从民族文化特殊性的维度立论，这个立场与文化民族主义思潮存在着根本差异。此前学界一些眼光敏锐研究者已经注意到这个问题，以下引述两位自由主义立场的思想史家的观点。张灏曾指出："中国知识分子也可能在普遍主义的(universalistic)、超文化的(transcultural)立场将自身关联于自己过去的文化。总之，某些中国知识分子似乎能了解，他们的某些问题不单是中国文化群体的成员所特有，也是人类全体所共有的。甚而，在自家传统中最为熟悉的文化源头里，他们视为人类境况的普遍性问题可能就引导他们寻找到方向和答案。简言之，中国的知识分子同样最能在其思考中将对普遍性问题的关切与对传统的关切融为一体。"25) 林毓生也

---

23) 刘述先：《全球意识觉醒下儒家哲学的典范重构与诠释》，收入氏著《理一分殊与全球地域化》，北京：北京大学出版社，2015，第177页。

24) 刘述先：《"两行之理"与安身立命》，收入氏著《理想与现实的纠结》，台北：台湾学生书局，1993，第237页。

指出"事实上，他(指梁济-引者注)已经把这些价值化约至人类价值最抽象、最普遍的层次-因此，这些道德价值被视为具有普遍的人性意义，而不是中国特有的了。""新传统主义哲学家们，如唐君毅和他的同道，依然担负着梁济的'保守主义'的问题。他们倾向于从普遍的观点，为保存中国道德传统作论辩，却不能为传统或传统主义的道德价值与理想，创造在社会上新的与具体的展现方式。"26)

在前人研究的基础上，本文根据前文所做的两种普遍性的区分，试图对这一问题进一步展开分析。冯友兰着眼于"类"来讨论文化问题，实际上是为了解决中国文化现代化过程中对于中西方文化的存废取舍问题，这实际上与牟宗三在"共法"的意义上肯定科学民主的立场同属于一个层次，即"逻辑的普遍性"层次，这背后实际上体现了"世界体系"的话语逻辑。不仅如此，现代新儒学之为文化保守主义的根本特质在于其在思想深层肯定了"形而上的普遍性"，在这个意义上肯定了儒家所倡导的道德是人之为人的本质属性，这一点牟宗三所捍卫的"常道"体现得最为鲜明。正是坚信天地间有不易的"常道"，新儒家秉承中国传统的天下观念，肯定儒家学说在时间和空间上的超越性。可以说，现代新儒家的秩序观在"世界体系"的背后还体现着传统"天下体系"的深刻影响。

4. 结语

现代中国的文化保守主义与民族主义的关系颇为复杂：一方面，稳定的政治秩序是保守主义的话语基石，而民族存亡的深刻危机迫使他们无法再抱持着"天不变道亦不变"的古训，因此新的民族国家是保守主义理论自身的迫切需要；另一方

---

25) 张灏：《新儒家与当代中国的思想危机》，收入氏著《幽暗意识与民主传统》，北京：新星出版社，2006，第97~98页。

26) 林毓生：《论梁巨川先生的自杀-一个道德保守主义含混性的实例》，收入氏著《中国传统的创造性转化》，北京：三联书店，1988，第221、223页。

面，秩序的更迭带来认同的转换，由于中国的现代性转型是以西方文化为参照的，数千年来延续的作为世界中心的"华夏帝国"身份在数十年之内转变为作为世界体系一员的"中国国家"身份，这给知识分子带来了严重的民族认同危机，因此克服这种危机、重建新的民族认同是文化保守主义的根本目的。在一些具有宗教情怀的文化保守主义者那里，"民族认同"不仅仅是基于"同源同宗"而产生的自然联系，也是对固有生活方式、历史经验和宗教信仰的情感皈依，而且还包括更高层面的对中华文明传统的思维方式、价值观念和形上智慧的理智服膺。他们不仅是在民族传统潜移默化之中的接受者，而且更是其自觉的承载者和接续者，具有一种强烈的"天降大任"的道德使命感和"斯文在身"的历史主体意识。这种精神取向秉承了传统儒学的"天下"话语和"道统"观念，体现出民族文化传统的深刻影响力。在这个意义上，文化保守主义者已然超越了一般意义上的"民族主义"范畴，其将殊相意义上中国文化提升为共相意义之"道"，在"形而上的普遍性"意义上确证中国文化的恒久价值，尽管其在客观效果上表现出保守文化民族性的立场，但在思想意旨上却体现出回归传统"天下体系"的普遍主义取向。有鉴于此，以单一的"民族主义"概念框架来界定现代中国的"文化保守主义"，显然失之于简单化。

2부

동북아
내셔널리즘의
변화

1990년대의 국제화·세계화와 대중 민족주의*

박해남
원광대학교 동북아시아인문사회연구소 HK연구교수

1. 서론

20세기 동안 한국인들은 올림픽 같은 스포츠 이벤트들을 남다른 시선으로 바라보았다. 아직은 한국이라는 존재가 국제 사회 내에서 주목받지 못하던 시절, 스포츠 이벤트는 국제사회로부터 주목을 받을 수 있는 몇 안되는 기회로 여겨졌고, 스포츠 이벤트에서의 순위는 마치 국제 사회 내 국가의 순위 내지 국력의 순위처럼 여겨지기도 했다. 그 정점에는 서울올림픽이 있었다. 1988년 서울올림픽을 앞두고 발전국가는 서구인들 보기에 부끄럽지 않아야 한다며 도시의 외관부터 사람들의 습속까지 다 뜯어고치고자 노력한 바 있다. 올림픽 후에는 식민과 전쟁으로 폐허된 우리 민족이 보여준 승리라며 자축했다.

그런 서울올림픽을 즈음하여 저항적 시민사회는 다른 말을 했다. 우리 민족에게 식민과 전쟁, 그리고 분단이라는 질곡을 안긴 국가들은 여전히 제국주의 국가로 군림하고 있으며, 분단을 이용하여 독재를 일삼는 발전국가는 이들을 비호하고 있다는 것이었다. 이들은 올림픽을 분단 상황에 편승하여 독재를 일삼는 세력의 이벤트라고 보았고, 남한

---

* 이 글은 박해남, 「1990년대의 국제화·세계화와 대중 민족주의」, 『한국민족문화』 77, 2020에 수록된 내용을 보완한 것임.

에서 열리는 올림픽은 민족의 분단을 전 세계에 널리 알리고 고착화시키는 이벤트가 될 것이라 비판했다.[1]

그로부터 30년이 지나 다시 올림픽이 열렸다. 2018년 평창올림픽은 그 사이 많은 것이 바뀌었음을 우리에게 보여주었다. 올림픽의 순위가 국력을 의미한다는 생각은 일반적인 것이 아니게 되었다. 세계인의 시선이 향한다며 도시의 경관 전체를 바꾸거나 사람들의 습속을 바꾸려는 시도도 없었다. 남한에서 열리는 올림픽이 우리 민족의 분단을 널리 알리고 고착화시킨다는 목소리도 없었다. 평창올림픽을 즈음한 한국사회가 서구인들의 시선을 의식하는 방식은 달라져 있었다.

이는 더 이상 서구를 의식하지 않기 때문이 아니라, 서구인의 시선이 일상 속으로 들어왔기 때문이다. 스포츠에서 출발한 한국인의 세계적인 유명세는 2000년대 이후 우리에게 익숙해진 한류K-wave라는 개념과 더불어 드라마, 음악, 영화, 문학, 음식 등 다양한 분야로 확대되었다. 그리고 이는 단순한 대중문화의 영역을 넘어 정치의 영역에까지 영향을 미치고 있다. 2020년 코로나바이러스에 대하여 한국 정부의 대처가 해외로부터 높은 평가를 얻자 정부의 지지율은 껑충 뛰어 오르고 정부 스스로 'K-방역'이라는 말을 홍보하고 있는 것이 대표적 사례다. 2019년 한국 정부는 일본 정부를 향해 '다시는 일본에게 지지 않겠다'는 말로 경쟁의식을 드러냈다. 이처럼 우리는 일상적으로 세계의 시선의 의식하며 살아가고 있고 또 경쟁하며 살아가고 있다. 우리의 일상이 올림픽이 된 것이다.

이는 생각해보면 비교적 최근의 현상이다. 오늘날 우리가 경험하고 있는 일상의 올림픽은, 1980년대 발전국가의 조바심이나, 같은 시기

---

1) PARK Haenam, "The Interaction between Civil Society and the State in the History of Inter-Korean Sports Dialogue, 1988-2018," *Democracy and Human Rights*, Vol. 20, No. 3, 2020, 198-204.

저항적 시민사회가 부르짖었던 반제국주의적인 민족의식과 다른 양상을 보여 준다. 그렇다면 이러한 새로운 형태의 민족주의는 언제, 어떻게 형성된 것인가?

이 글은 위와 같은 새로운 형태의 민족주의의 등장을 1990년대 대중매체의 담론에서 찾아볼 수 있다는 가설을 세웠다. 1990년대는 경제성장에 기초하여 중산층의 폭이 두터워지고 소비를 통해 자신의 성향을 드러내는 이들이 본격적으로 등장하기 시작한 시대다. 소비를 통해 자신의 성향을 드러내는 대중의 자기 표현이 본격화된 시대, 이들이 보여주는 민족주의적 성향을 '대중 민족주의'라 가정하고 그 형성과 변형을 사회사적으로, 또 지식사회학적으로 파악하는 것이 이 글의 목적이다.

1990년대 민족주의의 변화에 대하여는 다양한 논의가 진행되어 왔다. 이들 논의들은 주로 세계화의 등장에 동반한 민족주의의 변화를 논하고 있으며, 민족주의의 쇠퇴, 분화, 재구성 등으로 나눠볼 수 있다. 민족주의의 쇠퇴를 주장하는 연구로는 1990년대 시민운동의 활성화와 더불어 '민족'은 시대에 맞지 않는 퇴물이 되었다는 김동춘의 연구와 세계화론에 입각한 '탈민족주의'가 1990년대 민족주의론의 특징이라고 말하는 홍석률의 연구가 있다.[2] 반면에 분화를 주장하는 연구로는 1990년대 이후의 민족주의가 민족의 공동체적 결속을 강조하는 재민족화와 민족적인 것의 시대착오적 성격을 지적하는 탈민족화라는 두 개의 흐름으로 나뉜다는 박명규의 연구와 1990년대 민족주의 담론을 탈민족주의와 시민적(개방적) 민족주의로 나눌 수 있다고 보는 박찬승의 연구가 있다.[3] 재구성을 강조하는 연구로는 지구화globalisation와

---

2) 김동춘, 「시민운동과 민족, 민족주의」, 『시민과세계』 1, 2002, 68-90; 홍석률, 「민족주의 논쟁과 세계체제, 한반도 분단 문제에 대한 대응」, 『역사비평』 79, 2007, 149-172.

3) 박명규, 「분단체제, 세계화, 그리고 평화민족주의」, 『시민과세계』 8, 2006, 416-430;

민족주의 사이의 상호작용을 1990년대 민족주의의 특징이라고 보는 신기욱Shin Gi-Wook과 1990년대의 국제화와 세계화가 오히려 경제적 민족주의를 강화시켰다고 주장하는 전재호의 연구, 혈연 중심의 민족주의에서 남한만의 정치적 정체성과 문화적 정체성을 강조하는 '대한민국 민족주의'로 이행하였다고 말하는 강원택의 연구, 개인화와 시장화에 기초한 자유주의적 민족주의의 특성을 띤다고 정의하는 홍태영의 연구 등이 있다.4) 이들과 달리 강진웅은 1990년대의 민족주의가 저항적 시민사회의 종족적 민족주의의 연장선상에 있다고 정의한다.5) 이들 연구들은 주로 지식인과 정부 측에서 발신된 민족주의 담론을 활용하고 있으며, 1990년대 들어 부쩍 그 중요성을 더해갔던 대중들의 민족주의 담론 소비 현상을 분석 대상으로 삼고 있지 않다는 점에서 이 글의 분석 내용을 포괄하고 있지는 못하다고 볼 수 있다.

이 글은 1980년대 말부터 소비의 주체로 한국 사회에 가시화된 대중이라는 집단이 보여주는 민족주의 담론 소비 행위를 분석하고자 한다. (2장 참조) 우선 이 글은 사회사적 시각과 지식사회학적인 시각에 기초하여 지식인 집단이 생산한 민족주의 담론과 한국 사회 내·외적 상황의 변화를 대중들의 민족주의 소비에 영향을 미치는 두 변수로 파악하여 보고자 한다. 그 위에서 대중들은 민족주의 담론을 어떠한 방식으로 소비했는지, 생산된 민족주의 담론을 그대로 받아들인 것인지 아니면 전용한 것인지, 1990년대 민족주의 담론 소비에 있어 변화

박찬승, 『민족·민족주의』, 소화, 2010.

4) Shin, Gi-Wook, 이진준 옮김, 『한국 민족주의의 계보와 정치』, 창비, 2006; 전재호, 『민족주의들: 한국 민족주의의 전개와 특성』, 이매진 2019; 강원택, 「한국인의 국가정체성과 민족정체성: 대한민국 민족주의」, 『한국인의 국가정체성과 한국정치』, 2007; 홍태영, 「신자유주의적 통치성과 한국 민족주의의 변환」, 『다문화사회연구』 12-2, 2019, 355-382.

5) 강진웅, 「대한민국 민족 서사시: 종족적 민족주의의 전개와 그 다양한 얼굴」, 『한국사회학』 47-1, 2013, 185-219.

가 있었는지 등을 분석해 보고자 한다.

1990년대는 정치적 자유화, 경제적 풍요, 소비문화의 확산 등으로 특징지어진다. 그리고 이는 1988년 무렵부터 시작되었다고 볼 수 있다.[6] 그래서 이 글은 1988년 올림픽 이후부터 경제적 풍요가 종언을 고한 1998년 IMF경제위기 직후에 이르는 시기를 대상으로 삼았다.

2. 대중 민족주의

이 글은 1990년대 대중들의 민족주의 감정과 실천을 파악하기 위해 '대중 민족주의'라는 개념을 활용하고자 한다. 이 개념은 1990년대 중반 이후의 내셔널리즘 연구에 등장한 한 흐름에 기초하여 명명한 것이다.

한국의 학계에 잘 알려진 민족주의에 관한 연구들은 대부분 민족주의의 기원과 형성에 초점을 맞추었다. 그래서 민족주의를 일상과는 분리된 정치적 프로젝트로 보는 것이 일반적이었고, 당연히 이를 담지하는 이들은 대중보다는 엘리트였다. 특히 민족주의를 근대의 산물로 파악하는 근대주의자들modernists의 논의가 그렇다. 이들은 18세기 이후 민족주의의 등장 과정에 초점을 맞추었고, 민족이라는 동질적인 집단 구성원이 하나의 국가를 이뤄야 한다고 하는, 엘리트들에 의해 주도된 정치적 이데올로기이자 운동으로 정의한다.[7] 최근 고스키Philip

---

6) 그는 1990년대를 정치적 자유화와 소비문화의 본격화로 특징지워지는 시대로 정의한다. 그리고 이러한 흐름은 1987년이라는 정치적 기점과 3저호황 및 88 올림픽이라는 경제적 기점에서 출발하여 1997년의 IMF 외환위기와 더불어 막을 내리는 것으로 보고 있다.
주은우, 「자유와 소비의 시대, 그리고 냉소주의의 시작: 대한민국, 1990년대 일상생활의 조건」, 『사회와역사』 84, 2009, 31-74.

Gorski 같은 이들이 30년 전쟁 당시의 네덜란드의 민족주의를 예로 들며 근대주의를 비판했지만, 이 역시 네덜란드 독립이라는 국가형성기에 등장한 것이었다. 베네딕트 앤더슨Benedict Anderson은 '위로부터'의 민족주의 운동과 대비되는 '아래로부터의' 움직임을 '인민 민족주의 popular nationalism'로 정의한 바 있지만, 이 역시 사회의 전환과 근대국가 형성기의 움직임을 다룬 것이었다.[8] 존재론적 안정성이 붕괴했을 때 내셔널리즘의 감정이 생성된다는 기든스의 정리는,[9] 위와 같은 민족주의 연구 경향을 일반화한 것이라 볼 수 있다.

그런데 1990년대 중반 이후 새로운 민족주의 연구 흐름이 등장하였다. 대표적인 논자는 마이클 빌리그Michael Billig로, 그는 1990년대 당시 동유럽처럼 국가 재구성의 시기에 등장한 명시적 현상만을 민족주의라 부르는 관행을 거부하였다. 그리고 서구처럼 민족국가가 만들어진 이후 오랜 역사를 지나며 이른바 '안정기'에 접어든 곳에서도 민족주의는 지속되고 있으며, 이는 엘리트들의 정치적 프로젝트 보다는 대중들의 일상적 행위를 통해서도 잘 드러난다고 주장하였다. 그러면서 '일상적 국민주의Banal nationalism'라는 개념을 제출했다.[10]

이후 여러 논자들이 이와 유사한 논의를 이어갔다. 코헨Anthony

---

7) 이에 관하여는 다음 연구들을 참조. Craig Calhoun, "Nationalism and ethnicity," *Annual review of sociology* 1-1, 1993, 211-239; Hans Kohn, *Nationalism: Its Meaning and History*, Toronto: Van Nostrand, 1955; Elie Kedourie, *Nationalism*, London: Hutchinson, 1960; Ernst Gellner, *Nations and Nationalism*, Ithaca: Cornell University Press, 1983; Philip Gorski, "The mosaic moment: An early modernist critique of modernist theories of nationalism," *American Journal of Sociology* 105-5, 2000. 1428-1468.

8) Benedict Anderson, *Imagined communities: reflections on the origin and spread of nationalism*, London: Verso, 1991, 103.

9) Anthony Giddens, *The Nation State and Violence*, Cambridge: Polity Press, 1985, 218.

10) Michael Billig, 유충현 옮김, 『일상적 국민주의』, 그린비, 2020.

Cohen은 현대를 살아가는 개인의 자아 정체성 형성에 민족주의가 수행하는 역할에 주목하여 '개인적 민족주의Personal nationalism'라는 개념을 제출하였으며,[11] 폭스Jon Fox와 밀러-이드리스Cynthia Miller-Idriss는 민족주의에 관한 일상적 발화들, 언어학습 등의 민족주의적 선택, 민족주의적 상징의 유통과 공연, 민족주의와 관련된 상품 소비 등의 일상적 행위를 포착하고 이를 '일상적 민족성Everyday nationhood'이라는 개념으로 정의하였다.[12] 조나단 헌Jonathan Hearn의 경우 일상에 뿌리를 내린 민족주의를 정의하기 위해 '배태된 민족주의Embedded nationalism' 개념을 활용한다.[13] 이들 논의들은 모두 확립된 민족국가에서, 대중들의 일상을 관통하는 민족주의 담론 및 민족주의 상징 및 기호에 대한 소비 등의 행위를 연구 대상으로 삼고 있다.

이 글 또한 위 연구들과 마찬가지로 엘리트들의 민족주의 담론 생산 보다는 일상 영역에서 대중이 수행하는 민족주의 소비에 초점을 맞춘다. 하지만 개념의 다양성을 고려하여, 그리고 생산된 담론을 대중들이 소비하는 양상에 초점을 맞춘다는 점에 착안하여, 이 연구는 '대중 민족주의popular nationalism'라는 개념을 활용하기로 하였다.

---

11) Anthony P. Cohen, "Personal nationalism: a Scottish view of some rites, rights, and wrongs," *American Ethnologist*, 23-4, 1996, 802-815.

12) Jon E, Fox and Cynthia Miller-Idriss, "Everyday nationhood," *Ethnicities* 8-4, 2008, 536-563.

13) Jonathan Hearn, "National identity: Banal, personal and embedded," *Nations and nationalism* 13-4, 2007, 657-674. 위 주제에 관한 기타 중요 연구들로는 다음과 같은 것들이 있다. Paul J. Goode and David R, Stroup, "Everyday nationalism: Constructivism for the masses," *Social Science Quarterly* 96-3, 2015, 717-739; Melissa L. Caldwell, "The taste of nationalism: Food politics in postsocialist Moscow," *Ethnos* 67-3, 2002. 295-319; Eleanor Knott, "Everyday nationalism, A review of the literature", *Studies on National Movements* 3, 2016; Kristin Surak, *Making tea, making Japan: Cultural nationalism in practice*. Stanford: Stanford University Press, 2013.

근대주의자들은 근대 전환기 고유의 정체성을 지닌 하나의 민족이 하나의 국가를 설립해야 한다는 주장을 '민족주의'로 정의하였다. 하지만 대중 민족주의를 논하는 이들이 말하는 민족주의는 이보다 다소 범위가 넓다. 논의를 이끈 빌리그의 정의를 빌자면 다음과 같다.

민족국가가 성립된 이후 일상에 자리를 잡은 대중 민족주의는 성립기에 형성된 민족주의 의식에 기초해 있다. 그래서 기본적으로 민족이 하나의 완결적 단위를 이루고, 그 내부의 구성원은 '우리'라 부를 수 있는 동질성을 지니며, '그들'이라 불리는 외부의 구성원들과는 다른 독특성을 지니고, 이러한 동질성은 '우리' 고유의 역사와 내러티브에 의해 만들어진 것이라고 본다. 민족을 하나의 유기적 신체처럼 상상하면서 '우리'를 구성하고 있는 무언가에 대하여 동질감과 연대의식을 지닌다. 그리고 이러한 민족주의적 사고는 인류가 민족들로 구성되어 있으며, 이들은 대부분의 경우 자신들만의 민족국가를 지니고 지구 상의 영토들을 분할하고 있다고 가정한다.[14]

그런데, 이러한 민족주의적 사고는 의식적으로 이뤄지는 것이 아니다. 빌리그는 '민족'에 대하여 '매일의 국민투표plébiscite quotidien'라 말했던 에른스트 르낭Ernest Renan의 표현을 활용하여, 대중 민족주의가 '매일의 국기게양'이라고 말한다.[15] 국민투표와 달리 사소하고 일상적인 실천들을 통해 민족주의적 감정과 상상이 지속된다는 것이다. 빌리그는 '우리'나 '국민'과 같이 민족 전체를 단일한 집합으로 여기는 발화, 일기예보나 국내소식처럼 영토 내부와 외부를 경계 짓는 발화, 우리의 대표자로서의 스포츠 영웅에 대한 발화와 동일시 등을 그러한 일상적 실천의 사례로 들고 있다.[16] 아울러, 구데Goode&Stroup나 폭스

---

14) Michael Billig, 『일상적 국민주의』. 49-56
15) Michael Billig, 『일상적 국민주의』. 23.
16) Michael Billig, 『일상적 국민주의』. 235-257

Fox&Miller-Idriss 같은 이들은 민족주의 담론의 발화만이 아니라 민족주의와 관련된 상품을 소비하는 행위들 역시 대중 민족주의의 중요한 실천 양상이라고 말한다. 이렇게 본다면 대중의 민족주의 실천은 일상적인 담론의 발화와 소비 등의 영역에서 나타날 수 있다.[17]

정리하자면, '우리'의 정체성, '우리'의 정체성을 형성한 역사와 내러티브, '우리'와 '그들' 사이의 차이, '그들'에 대한 평가와 우리와의 비교, '우리'의 대표와 상징 등에 대한 일상적 발화와 소비 속에서 대중 민족주의는 표현된다고 볼 수 있다. 이 글은 이와 관련된 담론을 갖고 있는 도서에 대한 대중들의 소비, 이와 관련된 사건에 관하여 대중들이 보여주는 반응 등을 분석의 대상으로 삼고자 한다.

3. 1960~80년대 민족주의 담론의 두 갈래

19세기 말 이후 현재까지 민족주의는 한국의 '핵심사상'이었다.[18] 시대에 따라 결을 달리하긴 했지만 매우 큰 지속력을 지녔을 뿐만 아니라, 슈테거Manfred Steger가 말하듯 다른 정치·사회 이데올로기들의 근저에서 작동하는 범주적 감각이어서, 민족주의는 다양한 사상들과 접목되었다.[19]

1960년대에서 1980년대에 이르는 시기는 발전주의와 독재로 특징

---

17) 다음을 참조. Jon E, Fox and Cynthia Miller-Idriss, "Everyday nationhood"; Paul J. Goode and David R, Stroup, "Everyday nationalism"; Melissa L. Caldwell, "The taste of nationalism"; Kristin Surak, *Making tea, making Japan*.

18) 박명규, 「세계화와 국민국가: 동아시아적 시각」, 『황해문화』 42, 2004, 168.

19) Steger, Manfred, *The rise of the global imagery: Political ideologies from the French revolution to the global war on terror*, Oxford: Oxford University Press, 2008.

지어지는 시대인 동시에 저항과 민주화의 시대였다. 무력으로 정권을 잡은 후 경제발전을 앞세웠던 발전국가나, 이들의 정치적 독재와 사회 구성원 일반에 대한 억압에 맞서던 저항적 시민사회 모두 민족주의에 기초한 정치·사회 이데올로기를 형성했다.[20] 이데올로기를 담지하는 세력의 이름을 따 보자면 '발전주의적 민족주의'와 '저항적 민족주의'로 나눠 볼 수 있을 것이다.

이 두 갈래의 민족주의는 이 글이 다루는 1990년대 대중 민족주의의 형성과 변형 과정에서 매우 큰 영향을 지닌다. 대중 민족주의는 스스로 체계화된 담론을 생산하기 보다는 생산된 담론을 선택하여 발화하고 소비하며 형성되는 경향이 있다. 따라서, 1990년대 대중 민족주의의 형성과 변형에 있어 매우 중요한 자료를 제공하는 것이 1960-80년대 사이에 생산된 민족주의 담론들이다.[21] 따라서 다소 자세히 설명할 필요가 있다고 판단된다.

발전주의적 민족주의와 저항적 민족주의의 내용은 민족의 현 상황에 대한 정의(정체성), 현 상황에 이르게 된 역사와 내러티브, 해결을 위해 민족 구성원들이 수행해야 할 과제, 주변국에 대한 정의 등의 요소를 통해 그 내용을 확인해 볼 수 있다. 이들은 국제사회 내 민족의 낮은 위치라는 정체성을 공유하고 있었지만, 다른 요소들에 있어서는 서로 다른 의견을 지니고 있었다.

권위주의적 정치세력과 하위파트너인 재벌집단으로 이뤄진 발전국가는 민족의 낮은 위치가 구성원들의 민족 전통으로부터 발현된 습속의 문제로 인하여 형성된 결과라 보았다. 따라서 민족의 특성이라 여

---

20) 오제연, 「1960년대 초 박정희 정권과 학생들의 민족주의 분화-민족적 민주주의를 중심으로」, 『기억과 전망』 16, 2007, 285-323.

21) 종교학자 강인철은 이들 두 세력의 사상이 하나의 '시민종교civil religion'를 이루며, 1950년대에서 출발하여 현재에 이르기까지 대립하고 있다고 말한다. 강인철, 『경합하는 시민종교들: 대한민국의 종교학』, 성균관대학교출판부, 2019.

겨지는 사회 구성원들의 습속을 개조하는 것이 이들의 생각한 해결책이었다. 자신들의 권력을 유지하는 데 필요할 경우에 한정하여 민족 구성원들의 습속에 대한 긍정적 평가를 내리고 민족의 전통을 동원하였다.

1961년 권력을 잡은 뒤 경제성장을 앞세우며 장기 집권을 했던 박정희는 '1960년대 초반 당시 국제사회 내에서 가장 빈곤하고 낙후된 민족으로 한국 민족을 정의한다. 그는 한국 민족을 "나태, 안일, 무사주의로 표현되는 소아병적 봉건사회"로 정의했고,[22] 그 원인은 조선시대로부터 내려온 그릇된 유산들에 있는 것으로 정의하였다.[23] 이들의 민족주의 담론은 국제 사회에서 열등한 지위를 지니고 있다는 판단에 기초하여 경제발전을 통한 추격이라는 과제에 사회를 동원하고자 생산된 것이었다. 이후로 이들은 재벌과 더불어 '발전주의 세력'을 형성하였다.

1970년대 들어 발전국가는 더욱 정치적 독재에 의존했고, 저항을 무마하고 민주주의를 '그들의 것'으로 만들기 위한 정치적 이데올로기로 민족주의를 활용하였다. 이를 위해 민족의 정체성을 동원하고자 전통을 재구성했다. 1971년 박정희는 한국 민족이 "다른 어떤 민족에서도 볼 수 없는 크고 긴 고난과 시련을 받았으나, 들어 독창적이고 고유한 민족문화를 만들어 냈다"면서 부정적으로 보았던 민족의 전통을 재평가하기 시작한다.[24] 그리고 화랑교육원, 충무수련원, 사임당교육원을 잇따라 건립하고 국민의 '충성'과 '단결'을 강조하기 시작한

---

22) 박정희, 「국가와 혁명과 나(1963)」, 『한국 국민에게 고함』, 동서문화사, 2005, 625-626. 박정희는 홍보를 목적으로 선거 직전에 도서들을 출간하였는데, 이 글이 활용하는 자료는 해당 도서들을 모아 2005년도에 간행된 저작이다. 그래서 원 저작 제목과 출간 연도를 함께 표시하고자 한다.
23) 박정희, 「우리민족의 나아갈 길(1962)」, 『한국 국민에게 고함』, 346-366.
24) 박정희, 「민족의 저력(1971)」, 『한국 국민에게 고함』, 665.

다.25) 또한 정권은 서구 사회를 "끊임없는 갈등과 투쟁으로 자기만의 이익을 쫓"고 "물질적인 가치만을 추구하는 퇴폐적인 사회"로 정의하면서 "우리겨레가 지켜온 인화와 협동의 전통"에 기초하여 노사가 '가족 같은 분위기에서 상부상조의 형제애'를 발휘하자며 민족의 전통을 노동자들의 저항 무마에 동원했다.26)

1980년대의 권력집단이었던 신군부 역시 이전 시기와 마찬가지로 민족주의를 이데올로기적 자원으로 동원했다. 이들은 한편으로는 우리 민족이 "굳게 단결하고 서로 돕는 기풍"을 가지고 있다고 말하면서 저항을 무마하기 위해 민족의 전통을 활용한다.27) 전통문화를 활용한 거대이벤트였던 '국풍 81' 역시 마찬가지로 비판과 저항을 회피하기 위한 수단이었다.

1980년대의 발전국가는 국제 사회 내 한국의 낮은 지위를 다시금 상기시킨다. 경제력이 아닌 습속을 중심으로 그렇게 하였다. 이들은 올림픽의 개최와 연동하여 한국인들이 '질서'와 '청결'의 측면에서 이른바 '선진국'의 수준에는 이르지 못한다고 보았다. 그러면서 '그들'은 '우리'가 따라야 할 모범의 자리에 위치하게 되었다.28) 이에 따라 '그들' 즉, 선진국이라 불리는 서구의 시선에 맞춰 한국인들의 습속을 고치려 하는 다양한 캠페인을 수행했다.29)

---

25) 최광승, 「유신체제기 박정희 정권의 애국적 국민 생산 프로젝트」, 『한국학연구』 33, 2014, 237-275; 최연식, 「박정희의 '민족' 창조와 동원된 국민통합」, 『한국정치외교사논총』 28-2, 2007, 43-73; 김수진, 「전통의 창안과 여성의 국민화-신사임당을 중심으로」, 『사회와역사』 80, 2008, 215-255; 김동노, 「박정희 시대 전통의 재창조와 통치체제의 확립」, 『동방학지』 150, 2010, 319-353.

26) 박정희, 「민족 중흥의 길(1978)」, 『한국 국민에게 고함』, 854.

27) 전두환, 「제4313주년 개천절 경축사」, 『대통령기록연구실』, 1981; 「제64주년 3·1절 기념사」, 『대통령기록연구실』, 1983.

28) 박해남, 「한국 발전국가의 습속개조와 사회정치 1961-1988」, 『경제와사회』 123, 2019, 362-365.

그것이다. 이를 자세히 설명하자면 다음과 같다.

첫째, 1980년대 중반의 3저 호황과 올림픽을 거치면서 한국의 경제 성장이 국내외에 널리 알려지게 되었다. 1980년대 초반만 하더라도 한국의 경제는 위태로운 상황이었다. 중화학공업화는 일견 성공적인 과정처럼 보이지만, 1970년대 말에는 기업집단들의 과잉투자로 문제가 불거진 상황이었다. 이는 IMF 경제 위기 이전 한국 경제의 최대 위기였다. 이로 인해 한국 정부는 1980년대 초 IMF의 6억 달러 차관과 일본 정부의 40억달러 차관, 세계은행 및 미국 투자은행의 경제적 지원을 받았다.[37]

그런데 1980년대 중반의 이른바 3저 호황(저유가, 저금리, 저환율)은 한국의 수출액을 늘리고, 수입액은 줄이며, 갚아야 할 금액도 크게 줄이는 효과를 발휘했다. 그리고 1988년에 개최한 올림픽은 한국의 경제성장의 상을 전 세계에 알리는 계기가 되었다. 올림픽 이후 서구 학계에서는 한국에 관한 두 권의 중요한 저서가 등장했다. 미국의 경제학자 앨리스 암스덴Alice Amsden은 1989년작『아시아의 다음 거인Asia's Next Giant』을 통해 한국의 경제성장과 발전국가 사이의 상관성을 주장하였고, 역사학자 카터 에커트는 1991년 작『제국의 후예The Offsprings of Empire』를 통해 한국 자본주의 발전의 식민지적 기원을 주장하였다. 양자 모두 한국이 국제사회 내에서 경제적인 성공을 거두었음을 기정 사실화 하는 가운데 그 기원을 탐구하는 책이었다.

둘째, 1980년대 초만 해도 국제 사회 내에서 고립되었던 한국은 1980년대 말 들어 고립으로부터 완전히 탈피하게 된다. 1970년대 말 당시 미국 대통령 지미 카터가 동아시아의 데땅뜨를 추진하고 박정희가 이에 반대하면서 양국의 관계는 악화되었다. 냉전 속에서 이른바

---

37) 박영대, 「한국의 1980년대 초반 외채위기 극복요인에 관한 연구: '신냉전'의 영향을 중심으로」, 서울대학교 사회학과 석사학위 논문, 2013, 90-99.

'자유진영' 외에는 동맹세력이 없던 한국이었기에 미국과의 관계 악화는 곧 국제 사회 내에서의 고립을 의미했다. 1970년대 말 소련에 접근하려는 박정희 정부의 비밀스런 움직임은 한국이 얼마나 고립되어 있었는지를 보여준다.[38] 신군부의 등장 이후 일본과 미국이 다시 한국의 후견 노릇을 하면서 '자유진영' 내부에서의 고립은 일단 면했지만, 여전히 국제사회로부터 한국은 신뢰를 받지 못하고 있었다. 1984년, 모스크바와 로스앤젤레스에서 열린 두 번의 올림픽이 모두 '반쪽대회'로 치러지자 국제적으로 서울올림픽 반대 여론이 형성되기 시작했다. 그런데 이를 시작한 것은 사회주의권 국가들이 아니라 미국의 신문 뉴욕 타임즈와 프랑스 올림픽위원회 위원장 넬송 빼유Nelson Paillou, 그리고 이탈리아 올림픽위원회 위원장 프랑코 카라로Franco Cararo였다. 이어서 북한을 포함한 사회주의권 국가들의 서울올림픽 보이콧 움직임이 시작되었다.

이후 한국 정부는 사회주의권 국가들과의 접촉을 늘려나갔다. KAL 폭파 사건 이후 소련을 비방하는 티셔츠가 이태원에서 판매되자 이를 금지하고, 희생자 추도식에도 관여하지 않을 정도였다. 이후 지속적으로 스포츠를 중심으로 한 외교적 노력을 수행한 결과 86년 아시안게임에 중국이 참가하고, 1988년 서울올림픽에는 올림픽위원회가 있는 167개국 중 161개국이 참가하게 된다.[39] 이후 한국은 1989년 2월 헝가리를 시작으로 1992년까지 37개의 사회주의권 국가들과 수교를 체결하게 된다. 이러한 탈냉전과 더불어 이뤄진 1991년 UN에의 남북한 동시가입은 한국의 국제적 고립에 대한 우려를 해결하였다.

이 과정에서 빼놓을 수 없는 것은 정치적 민주화로 인하여 국제사

38) 중앙정보부, 「북괴의 남북체육대표회담 제의에 대한 저의 평가 및 대책」, 국가기록원 소장 공문서 번호 CA0330978, 1979.

39) 박해남, 「서울올림픽과 1980년대 한국의 사회정치」, 서울대학교 사회학과 박사학위논문, 2018, 214-221.

회로부터 얻게 된 신뢰이다. 서울올림픽은 전세계 언론의 시선을 한국으로 불러들였고, 이는 역설적으로 1987년 6월 항쟁에 대한 전두환 정부의 대응의 폭을 줄였다. 일례로, 전두환 정부는 가톨릭 국가들의 올림픽 보이콧 선언을 염려하여 명동성당에 진입하지 못했다.40) 국제사회의 한국사회 민주화에 대한 우려는 올림픽의 참가와 연동되어 있던 것이다. 그런 상황에서 이뤄진 6월 항쟁의 성공과 민주화는 국제사회 내 한국의 이미지를 개선하는 데 도움을 주었다.41)

이러한 상황 변화는 한국의 국제 사회 내 위치를 다르게 만들어주었다. 앞서 본 바와 같이 1960년대 이후 한국의 민족주의는 국제 사회 내 한국의 위치에 대한 인식으로부터 출발하였는데, 그 위치가 변화하면서 민족주의의 내용에 변화가 찾아오게 된 것이다. 그리고 그러한 변화 속에서 새로이 형성되는 민족주의의 조류를 담지한 것은 한국 사회의 경제적 성장을 수혜하면서 새로이 가시화된 대중이었다.

2) 제 3세력의 등장

발전주의 세력과 저항적 시민사회 사이에 위치한 중산층 혹은 시민이라는 새로운 세력의 등장은 1980년대와 1990년대 초 한국 사회과학이 가장 주목하는 현상 중 하나였다. 중산층은 빈곤과 격차라는 문제에 대한 해결책으로 발전국가가 육성하려 했던 집합이지만, 이들은 발전국가와 쉽게 결합하지 않고 정치적인 진보성을 띠면서,42) 1987년

---

40) 김윤영, 『박종철: 유월의 전설』, 민주화운동기념사업회, 2006, 152.
41) David Black and Shona Bezanson, "The Olympic Games, human rights and democratisation: Lessons from Seoul and implications for Beijing," *Third World Quarterly* 25-7, 2004, 1245-1261; Chalmers Johnson, "When the Olympics Fostered Democratic Progress in Asia", *LA Times*, 2001. 6. 18.
42) 한상진, 「한국 중산층의 개념화를 위한 시도: 중산층의 규모와 이데올로기적인

에는 저항적 시민사회의 손을 들어 주었다.[43] 하지만 이후 중산층은 저항적 시민사회와 거리를 두기 시작한 것으로 알려져 있다.[44] 이러한 분위기 속에서 '시민'을 발전국가와 저항적 시민사회 어디에도 속하지 않는 새로운 정치 주체로 호명한 운동이 등장하기 시작한다.[45] 중산층 기반의 사회운동을 적극적으로 표방한 경제정의실천시민연합이 대표적으로, 이들은 1989년의 창립취지문에서 "선한 의지를 가진 사람이면 그가 기업인이든 중산층이든 할 것 없이 이 운동의 중요한 구성원"이라 선언하며, 저항적 시민사회와는 다른 노선을 표명하였다.[46] 이 외에도 민주화를위한변호사협회, 공해추방운동연합, 한국여성단체연합, 인도주의실천의사협회 등이 비슷한 시기에 만들어 졌다.

1980년대 말 중산층이 바라보는 세계는 발전주의 세력이나 저항적 시민사회의 그것과 달랐다. 이들은 1980년대 말의 민주화와 올림픽 개최 등 한국사회의 성공담 및 국제화라는 서사와 자신들의 경제적 발전 서사를 중첩시켰다. 그리고 자신의 가족에 대하여서도, 또 민족의 앞날에 대하여서도 자신감을 지니고 있었다. 이에 따라 이들은 억압과 착취의 피해자들로 자신들을 정체화하지 않았고, 문제의 원인을 정의할 필요가 없었다.

1989년과 1990년대 당시 인기를 끌며 TV드라마로 만들어졌던 소설 『우리는 중산층』이나 『말로만 중산층』의 주인공들은 이러한 모습을 전형적으로 보여준다. 전자의 소설에 등장하는 한 인물은 자신이

성격을 중심으로」,『한국사회학』 21-2, 1987, 121-148; 한완상·권태환·홍두승, 『한국의 중산층』, 한국일보사. 1987.

43) 윤상철,『1980년대 한국의 민주화 이행과정』, 서울대학교 출판부, 1997, 142-158.

44) 임현진·김병국,「노동의 좌절, 배반된 민주화-국가, 자본, 노동관계의 한국적 현실」,『계간 사상』 11, 1991, 151.

45) 김성국,「한국 자본주의의 발전과 시민사회의 성격」,『한국의 국가와 시민사회』, 한울, 1992, 162.

46) 박명규,『국민, 인민, 시민: 개념사로 본 한국의 정치 주체』, 소화, 2009, 240-243.

중산층인 이유가 "88올림픽도 얼마 안남았고, GNP쑥쑥 올라가고 물자 풍성해져 선진국 대열에 올라설 날도 내일 모레"인 상황에서 "자가용 가졌겠다, 남부럽지 않게 집 한 채 장만"한 자신이 중산층이라고 정의한다.[47] 후자의 소설에서 자신이 중산층이 맞는지 고민하는 주인공에게 날아든 주변 인물들의 대답은 "역사의 수레바퀴를 누가 감히 거꾸로 돌려요? GNP가 올라가고 생활 수준이 날로 향상되는 우리 앞날을 가로막아요", 그리고 "과거에 비해서 우리가 현저하게 잘살고 있다는 사실을 자네는 부정하는 건가?"라는 자신감 섞인 반문이었다.[48] 1990년대 중반 한 서양 인류학자와의 인터뷰에 응한 아파트 주민들 역시 민족의 발전 서사와 가족의 발전 서사를 일치시키는 모습을 보여준다.[49] 중산층이라는 자의식은 있지만 이를 표현할 구체적 수단이 결여된 상태에서 자신의 정체성과 내셔널 아이덴티티가 긴밀하게 연결되어 있는 것이다.

　이와 같은 경제 성장에 대한 자신감은 대중적으로 매우 광범위하게 확산된 것이어서, 1991년 당시 국가는 중산층을 36.4%로 추계한데 비해, 여론은 무려 61.5%가 중산층에 해당한다고 답할 정도였다.[50] 해외여행 자율화 역시 한국의 위상 변화를 체감하고 자신감을 갖게 해주는 계기였다. 1989년 초부터 시작된 해외여행의 자율화는 예치금이나 나이에 관한 제한을 해제함으로써 해외여행의 문턱을 확 낮추었다. 1992년에는 여행 전 필수로 이수해야 했던 반공교육도 폐지되었다. 이러한 상황에 가장 먼저 반응한 것은 20대의 젊은이들이었다. IMF이전의 높은 환율로 인하여 젊은이들은 과외나 아르바이트를 통해 모은 돈으로도 해외를 여행할 수 있었다.[51]

---

47) 박영한, 『우리는 중산층 1-장미 눈뜰 때』, 세계사, 1990, 219.
48) 윤흥길, 『말로만 중산층』, 청한, 1989, 282-3 및 302-3.
49) Valérie Gelézeau, 길혜연 옮김, 『아파트공화국』, 후마니타스, 2007, 190-191.
50) 「자칭 중산층이 61.5%」, 《경향신문》 (1991. 1. 9.)

3) 저항적 민족주의의 소비와 전유

1990년대 초반의 대중 민족주의는 외형상 저항적 민족주의와 유사한 모습을 보여준다. 그 출발점이 다름에도 불구하고 말이다. 서울올림픽에 대한 반응에서 이미 대중이 민족주의와 관련하여 어떠한 성향을 드러내고 있는지 드러난 바 있다. 여성지나 소비문화 관련 잡지들은 서울올림픽을 정권의 업적으로 상찬하지도 않았고, 올림픽 그 자체를 비판하지도 않았다. 이들이 주목한 것은 선수, 문화이벤트 참여자, 자원봉사자 등이었다. 개인의 노력과 올림픽의 성공을 연결하고 이에 주목했던 것이다.[52] 그러면서도 다른 한편으로는 올림픽 개최국을 무시하는 미국에 대하여 이른바 '반미감정'을 대대적으로 드러내기도 했다. 미국과 소련의 경기에서 일방적으로 소련을 응원했던 이들은 사실 고가의 입장권을 구매한 중산층 관객들이었다. 이들이 보여준 태도는 정치권을 놀라게 할 정도여서, 당황한 정부와 여당은 물론 야 3당까지 이에 관한 성명을 발표하여 반미-친소감정 표현의 자제를 호소할 정도였다.[53]

1988년 서울올림픽 이후 저항적 시민사회는 보다 적극적으로 통일운동을 전개했는데, 이에 대하여도 대중들은 지지를 보냈다.[54] 그래서 노태우 정부는 한편으로는 북한에 방문한 문익환과 임수경을 구속하는 등 저항적 시민사회가 주도하는 남북교류를 차단하면서도, 1990년의 남북 통일축구대회의 개최, 1991년의 세계탁구선수권대회와 세계청소년축구대회 단일팀 결성 등을 통해 남북한의 화해와 평화 무드를

---

51) 김형민, 『접속 1990: 우리가 열광했던 것들』, 한겨레, 2015, 38-42.
52) 박해남, 「서울올림픽과 1980년대 한국의 사회정치」, 250-253.
53) 「여·야, 친소·반미 응원바람 재우기」, 《한겨레》 (1988. 9. 29.)
54) 김민환, 「페레스트로이카, 북방정책, 그리고 임수경」, 『한국현대생활문화사 1980년대편: 스포츠공화국과 양념통닭』, 창비. 2016, 153.

연출하였다. 이 역시 저항적 시민사회가 주도하는 통일운동에 대한 대중의 지지를 간접적으로 보여주는 장면이라 할 수 있다.

서울올림픽과 더불어 한국인들의 일상은 더욱 서구화되었다. 마이카 열풍과 더불어 노동, 휴식, 여가 등을 구별하는 서구적 생활양식이 보편화되어 갔다. 할리우드 영화사들이 영화를 직접 배급하면서 더 많은 미국 영화들이 들어왔고, 보다 '미국적인' 음악들이 만들어지기 시작했다.[55] 1990년대 초 소비문화를 대표하는 지역이었던 압구정동에는 '오렌지족'이라 불리는, 미국 유학을 경험하고 고가 서구 브랜드 의류를 즐겨 입는 이들이 등장하였다.[56]

이와 같은 한국의 국제화와 생활양식 및 소비의 서구화 경향 한켠에서 발견된 매우 중요한 민족주의 현상은 민족의 전통에 대한 관심이자,[57] 종족ethnicity에 대한 강조였다.[58] 예를 들어 1990년대 초반에서 중반까지의 베스트셀러 가운데는 역사 인물을 재조명한 소설들이 눈에 띈다. 1990년에 출간된 소설『동의보감』, 1991년에 출간된 소설『목민심서』, 같은 해 출간된 소설『토정비결』은 모두 역사적 인물들을 조명한 소설로, 연간 베스트셀러 1-3위를 다투는 작품들이었다. 그리

---

55) 조일동, 「1990년대 한국대중음악 상상력의 변화: 전자악기와 샘플링, 그리고 PC통신」, 『음악논단』 43, 2020, 172-178.

56) 이희승, 「오렌지족에 관한 연구」, 『이화여자대학교 연구논집』 26, 1994, 247-276.

57) 권숙인, 「소비사회와 세계체제 확산 속에서의 한국문화론」, 『비교문화연구』 4, 1988, 181-214.

58) 이는 한스 콘Hans Kohn 이후 오래된 민족주의 구분법과도 관련이 있다. 그는 서유럽의 경우 자유, 평등, 박애 같은 시민적 덕성이나 정치적 의지에 기초하여 민족nation이 정의되는 데 비해, 동유럽은 혈통, 언어, 종교 등 종족ethnicity이 강조된다고 말한다. 종족적 민족주의Ethnic nationalism와 시민적 민족주의 Civic nationalism 사이의 구분에 관하여서는 박명규, 『국민, 인민, 시민: 개념사로 본 한국의 정치 주체』, 62-67; Taras Kuzio, "The myth of the civic state: a critical survey of Hans Kohn's framework for understanding nationalism," Ethnic and Racial studies 25-1, 2002, 20-39 참조.

고 1993년에는 영화 『서편제』와 도서 『서편제』, 『나의 문화유산 답사기』 등은 하나의 사회적 현상이라 불릴 정도였다. 영화를 보고 책을 보는 것을 넘어 판소리에 대한 관심이 상승하고, 문화재 답사가 유행이 된 바 있다. 1992년의 한 광고에 나온 "우리의 것은 소중한 것이여"라는 문구는 당대의 유행어가 되었고, 같은 해 등장한 노래 『신토불이』 역시 상당한 인기를 얻었다. 같은 시기 대학가에서는 'MT', 'OT' 같은 외래어를 '모꼬지', '새내기 새로배움터' 같은 순 한국어로 바꾸어갔다.59) '뿌리찾기'라는 단어가 크게 확산된 것도 이 시기였다. 『조선일보』는 1990년부터 3년 연속으로 '한민족 뿌리찾기' 특집 기사들을 연재했다.60) 내용은 사회주의권이 개방되면서 사회주의권에 살던 동포 및 문화유적을 찾아다니는 것이었다. 이는 1990년대 초반 당시 종족으로서의 민족에 대한 관심이 늘어났음을 보여준다.

이는 미국이나 일본에 대한 비판과 배외적인 분위기로도 이어졌다. 예를 들어 1990년대 초반 압구정동이 주목을 받기 시작하자 이에 대한 의견은 둘로 갈렸다. 시인 유하가 압구정을 가리켜 "욕망의 통조립 공장"이라고 말한 이후,61) 이 지역에서 보이는 젊은이들에 대한 평가는 둘로 갈렸다. 조한혜정을 포함한 문화학자들은 '욕망'에 초점을 맞췄다. 전에 볼 수 없었던 자기 표현에 주목하면서 이것이 지니는 의미를 긍정적으로 해석하고자 했다.62) 하지만 전반적인 분위기는 '통조

---

59) 「우리말 쓰기 거센 물결」, 《중앙일보》 (1993. 3. 24.)

60) 1990년에는 "한민족 뿌리찾기 몽골학술기행"이라는 제목으로 1990년 8월 14일부터 12월 29일까지 총 30회에 걸친 연재 기사를 게재했고, 1991년에는 "한민족 문화 뿌리찾기 해양학술기행"이라는 제목으로 3월 5일부터 10월 8일까지 32회에 걸친 연재 기사를 게재했으며, 같은 해 10월 22일부터 이듬해 9월 2일까지 "유라시아의 한국"이라는 제목으로 39회 연재 기사를 게재하였다.

61) 유 하, 「바람부는 날이면 압구정동에 가야 한다 외 4편」, 『문학과사회』 4-1, 1991, 310.

62) 조혜정, 「압구정 '공간'을 바라보는 시선들-문화정치적 실천을 위하여」, 『압구

림'에 초점을 맞췄다. 서구 패션 브랜드나 일본식 술집(로바다야끼)을 들어 비판하기 시작한 것이다. 유하 역시 압구정에 대한 두 번째 시에서 "쩝쩝대는 파리크라상, 흥청대는 현대백화점, 느끼한 연말 만다린, 영계들의 애마 스쿠프, 꼬망딸레브 앙드레 곤드레 만드레 부티크" 같은 표현을 통해 이 지역 젊은 층의 서구 브랜드 소비를 비꼬았다.[63] 소설가 이순원은 1992년과 1993년 연달아 『압구정동에는 비상구가 없다』, 『압구정동엔 무지개가 뜨지 않는다』를 출간하고 이곳을 "이 땅 졸부들의 끝없는 욕망과 타락의 전시장, 아니 왜곡된 한국 자본주의가 미덕(?)처럼 내세우는 환락의 별칭적 대명사"이자,[64] '천박한 욕망'의 땅이라며 비판했다.[65]

1994년 봄 도피성 유학 중 귀국한 강남의 자산가 아들이 부모를 살해하자, 다시 오렌지족에 대한 경계의 목소리가 높아졌다. 이에 놀이동산인 서울랜드에서는 "말꼬랑지 같은 긴 머리를 한 남자, 귀고리를 한쪽만 한 남자, 일부러 우리말을 서투르게 하는 남자, 뒷주머니에 미국 여권을 찔러넣고 다니는 사람, 고급 외제차를 타고 다니는 20대"로 오렌지족을 정의하며 이들의 출입을 금지했다.[66] 미국식 댄스 음악을 국내에서 보여주기 시작하여 인기를 얻은 서태지는 2집 타이틀곡 '하여가'에서 태평소를 활용하고, 3집 타이틀 곡 '발해를 꿈꾸며'에서는 통일을 주제로 삼았다. '민족'과의 화해를 통해 그는 점차로 '문화대통령'으로서의 지위를 확보해 나가게 되었던 것이다.

이와 같은 흐름은 일견 저항적 시민사회의 민족주의가 확산된 것

정동 : 유토피아 디스토피아』, 현실문화연구, 1992, 39-41.

63) 유 하, 앞의 글, 312.

64) 「그곳엔 비상구가 없다, 이순원 작」, 《중앙일보》 (1992. 2. 27.)

65) 「이순원씨 '압구정동' 소설 속편'…무지개가 뜨지않는다' 부패한 권력자'성적 타락상'고발」, 《한겨레》 (1993. 9. 15.)

66) 「수입 오렌지족 입장 사절」, 《경향신문》 (1994. 8. 6.)

으로 보이기도 한다. 강진웅은 저항적 시민사회의 종족적 민족주의 ethnic nationalism가 1990년대에 대중화되었다고 말하였다.[67] 한민족이라는 종족적 민족에 대한 관심, 미국과 일본이라는 존재의 타자화라는 점에서는 일견 설득력이 있다.

하지만, 1990년대 초 대중이 보여준 저항적 민족주의 담론의 소비와 미국 및 일본이라는 존재에 대한 타자화의 근저에는 전혀 다른 의식이 존재했다. 이 시기의 대중 민족주의는 이전 시기의 저항적 민족주의가 지니고 있던, 제국인 미국과 일본에 의한 억압과 수탈, 종속 상태에 있는 한국이라는 위치의식을 공유하고 있다고 보기 어렵다. 오히려 그 근저에 있던 것은 한국의 국제적 위치 상승에 기초한 자신감이었다.

그러기에 '뿌리'와 '우리 것'에 대한 관심은 국제적 지위 상승과 자신감에 기초한 것이었다. 조선일보가 1993년 주최한『아! 고구려』라는 전시회는 1년간 전국에서 총 358만의 관람객을 동원한 것으로 알려져 있는데, 이는 중산층의 자신감과 저항적 민족주의의 종족에 대한 강조라는 특성이 결합한 산물이었다. 전시는 "우리 민족사의 뛰어난 기상과 웅대함을 함께 확인해보자는 뜻"에서 기획되었다.[68] 그랬기에 1990년대 초반의 대중들은 한편으로는 '우리 것'과 '뿌리'에 관심을 지니면서도 다른 한편으로는 국제적인 무대에서의 한국인의 활약에 대하여 많은 관심을 보냈다. 김우중의『세계는 넓고 할 일은 많다』(1989)와 정주영의『시련은 있어도 실패는 없다』(1991) 같은 기업인들의 자서전이나, 신세용의『나는 한국인이야』(1992)와 홍정욱의『7막 7장』(1993) 같은 유학생들의 성공담이 그 대표적인 사례라 볼 수 있다.[69]

---

67) 강진웅,「대한민국 민족 서사시」, 208.

68)「광주 '아! 고구려전' 개막」,《조선일보》(1994. 3. 22.)

69) 김우중의 책은 1989년과 1990년 베스트셀러 1위를 기록했고, 정주영의 책은 1991년 베스트셀러 14위에 올랐으며, 신세용의 책은 1992년 6위, 홍정욱의 책

미국 및 일본에 대한 타자화 역시 저항적 시민사회의 그것과 다르게 제국으로부터의 피해라는 감각에 기초한 것이 아니었다. 한국의 성장에 기초한 자신감과 경쟁의식의 발로였다고 볼 수 있다. 오랜 기간 한국의 발전주의 세력은 북한을 경쟁상대로 여겨왔다. 미국과 일본은 추격 혹은 동경의 대상이었다. 저항적 시민사회는 북한과 일본을 가해자 혹은 지배자로 여겼다. 이와 달리 대중 민족주의는 미국과 일본은 경쟁자로 상정하는 모습을 보여준다.

이러한 감각은 우루과이라운드 타결 문제가 매우 큰 이슈가 되어 있던 1994년에 정점에 달했다.[70] 이 해에 가장 많은 판매고를 올린 베스트셀러 『일본은 없다』가 대표적이었다. 그간 '제국'인 동시에 '선진국'이었던, 어떻게 보더라도 한국보다는 높은 지위에 있는 것으로 여겨지는 일본에 대하여, 이 책은 "별 것 아니다"라고 말하고 있었다.[71] 전례 없는 방식의 일본 비판이었던 것이다. 반론서라 할 수 있는 『일본은 있다』마저 베스트셀러에 오를 정도로 책은 당시의 대중들에게 널리 확산되어 있었다.

그 한켠에서는 미국도 알고 보면 그렇게 대단한 나라가 아니라는 주장을 담은 책 『미국놈 미국인 미국놈』이 화제가 되어 있었다.[72] 이 책의 모티프 역시 『일본은 없다』와 유사했다. 1980년대 저항적 시민사회에게 미국이 부도덕하고 부정의한 제국이었다면, 저자가 바라본 미국은 무서운 면과 우스운 면을 모두 지닌 사회였다. 시선이 도착한 곳은 미국의 부정적 측면에 있었지만, 시선이 출발한 곳은 피해자로서의

은 1993년 8월에 올랐다.

70) 이 해는 일본에 대한 군사적 공격에 대한 상상을 글로 옮겨 적은 김진명의 『무궁화 꽃이 피었습니다』나 이현세의 『남벌』이 등장하여 큰 인기를 얻은 해이기도 했다.

71) 「94 10대문화상품 ❽ 전여옥 지음 '일본은 없다'」, 《한겨레》 (1994. 12. 21.)

72) 「30대가 본 미국과 일본 체험기 2종 화제 '미국분…'」, 《경향신문》 (1994. 4. 27.)

한국이 아니라 경쟁자로서의 한국이라는 자의식에 있었던 것이다.

　요컨대, 1990년대 초반의 대중 민족주의는 종족에 대한 강조와 미국과 일본에 대한 타자화 등, 저항적 시민사회가 생산한 민족주의 담론을 소비하는 모습을 보여준다. 하지만 이는 한국의 국제화와 경제성장에 기초한 자신감과 주변 국가에 대한 경쟁의식에 기초했다는 점에서 차이가 있다. 그랬기에 1990년대 초반의 대중 민족주의에서는 저항적 민족주의와 달리 저항이나 해방 같은 담론에 대한 소비가 두드러지지 않는다. 1990년대 초의 대중 민족주의는 저항적 민족주의를 소비하면서도 일정하게 전용하고 있다고 볼 수 있다.

5. 1990년대 중반의 세계화와 대중 민족주의

　1990년대 중반에 이르러 대중 민족주의에 변화가 찾아오게 된다. 1990년대 초 대중 민족주의의 형성에 중요한 기반을 이루었던 경제성장의 신호등에 붉은 빛이 감돌기 시작했다. 때를 맞춰 국가와 재벌은 발전주의 세력을 재결성하고 세계화라는 발전주의적 민족주의 담론을 대대적으로 확산시키기 시작한다. 1990년대 후반의 대중들은 이에 민족주의 담론을 어떻게 소비하였을까?

1) 성장의 종언

　발전에 대한 자신감이 한껏 고조되었던 그 때부터 자신감에 대한 균열은 존재했다. 1990년대 중반에 발생한 일련의 대형 사고들이 그 시작이었다. 구포역 열차사고, 아시아나항공기 사고, 서해훼리호 침몰 사고, 대구 지하철 사고 등 각종 안전사고들이 이어졌다. 그 중에서도

1994년의 성수대교 사고와 1995년의 삼풍백화점 사고는 상징적이었다. 한국의 경제 발전을 대표하던 강남이라는 지역의 상징과도 같은 구조물이라는 점에서 그렇다. 이 사건들은 발전의 뒤켠에 '부실'과 '위험'이 도사리고 있음을 여지없이 드러냈다. 이 사건 이후로 독일 사회학자 울리히 벡Urlich Beck의 '위험사회Risikogesellscahft'라는 개념이 한국에 본격적으로 수입되어 학자들 사이에서 활용되기 시작하였다.[73]

흔히들 IMF 구제금융 사태를 한국 경제의 성장이 종언을 고한 분기점이라고들 본다. 하지만 대중들이 느끼는 '성장의 종언'은 IMF 구제금융사태보다 먼저 찾아왔다. 많은 이들에게 성장은 사실 불평등과 관련이 있다. 경제성장이 이뤄지더라도 불평등이 심화된다면 성장은 남의 일이 되기 때문이다. 우리는 앞서 1980년대 당시 많은 이들이 자신의 경제 발전을 민족의 경제 발전과 접목시키고, 아직 중산층에 이르지 못했음에도 중산층으로 스스로를 정의한 이들이 많았음을 보았다. 이러한 자신감의 배경에는 경제 성장과 분배 모두가 원활히 이뤄졌다는 사정이 자리를 하고 있다. 지니계수를 통해 알 수 있는 한국의 소득불평등은 1980년부터 1992년까지 지속적으로 감소했다.[74]

1992년을 기점으로 한국의 소득불평등은 증가하기 시작했다. 지니계수가 증가하기 시작했고, 임금소득 하위 10%에 대한 상위 10%의 비율 역시 증가하기 시작했다.[75] 이와 같은 불평등의 증가에 중요한 영향을 미친 요인은 무엇이었는가? 정이환에 따르면 한국의 임금 불평

---

73) 김학성, 「산업사회와 위험사회」, 『황해문화』 7, 1995, 112-136; 김대환, 「돌진적 성장이 낳은 이중 위험사회」, 『계간 사상』 38, 1998, 26-45; 이재열, 「체계 실패로서의 위험사회」, 『한국사회학회 사회학대회 논문집』, 1998, 91-99.

74) 이성균·신희주·김창환, 「한국 사회 가구 소득과 자산의 불평등: 연구 성과와 과제」, 『경제와사회』 127, 2020, 63-65 및 정준호·전병유·장지연, 「1990년대 이후 소득 불평등 변화 요인에 관한 연구」, 『사회복지정책』 44-2, 2017, 38.

75) 장하성, 『왜 분노해야 하는가? 분배의 실패가 만든 한국의 불평등』, 헤이북스, 2015, 50.

등에 있어 가장 큰 요인은 기업 규모에 따른 임금격차다. 기업들 사이의 따른 임금이나 복지의 격차는 1987년 이후 제도화 되었다. 활발한 노동조합의 조직이나 일자리의 증가 등으로 1990년대 초반까지는 이러한 제도화의 효과가 억제되고 사회 전체적인 소득 불평등이 감소했지만, 1990년대 중반 이후 제도화의 효과는 드러나기 시작한다. 일례로, 1992년부터 시작된 명예퇴직은 1996년을 지나면서 활성화된다.[76] 1996년 소설 『아버지』는 연간 베스트셀러 2위에 올랐는데, 신문들은 한결 같이 명예퇴직과 감원으로 부권이 추락하는 사회 상황을 반영한 것이라 평했다.[77] 고용이 불안정한 임시직 근로자의 비중 역시 1993년을 기점으로 다시 증가한다.[78]

이러한 상황은 대기업들의 영향력을 증가시키는 데 일조했다. 1990년대 중반부터 벌어지기 시작한 기업 간 소득 격차는 사회 전반의 소득 격차 확대에 중요한 영향력을 행사하기 시작했다. 중산층은 일반적으로 개인적 노력을 통해 지위를 형성하고 유지하는 성향을 보인다.[79] 높은 소득을 보장하는 대기업 입사가 한국 사회 내에서 자신의 지위를 형성하고 유지하는 매우 중요한 길이 된 상황에서, 중산층을 위시한 대중들에게 대기업이 발신하는 여러 담론의 영향력은 클 수밖에 없었다.

실제로 1990년대 초반 당시 국가와 불화하는 관계에 있던 대기업들은 1990년대 중반 이후 다시금 국가와 동맹관계를 형성하고 세계화 담론을 생산해냈다. 1960-80년대 발전주의 세력이 복원된 것이다.

76) 정이환, 『한국고용체제론』, 후마니타스, 2013, 290-294.
77) 「96얼굴 모두 목메인 우리들 얘기 베스트셀러 「아버지」 작가 김정현씨」, 《경향신문》 (1996. 12. 21.); 「아버지 흔들기 참을 수 없었죠」, 《조선일보》 (1996. 11. 25.)
78) 정이환, 『한국고용체제론』, 296.
79) 조권중·최지원, 『중산층: 흔들리는 신화』, 서울연구원, 2016, 5.

2) 세계화 담론의 생산

1990년대는 이른바 신자유주의 시스템이 보다 전면화 되고 또 전세계적으로 확산되는 시기였다. 서구에서는 북미자유무역협정FTA과 유럽연합EU이 출범했고, 전세계적으로는 1994년 우루과이 라운드 타결 및 1995년 세계무역기구WTO의 출범이 있었다. 이러한 분위기로부터 한국 역시 자유로울 수 없었다. 특히 1986년부터 시작된 우루과이 라운드는 한국인의 주식이었던 쌀 시장의 개방을 요구했는데, 이는 단순한 무역 이상의 상징성을 지닌 일이었다. 그랬기에 1992년 당시 대통령 선거의 쟁점 중 하나가 되었고, 후보자였던 김영삼은 반드시 막아낼 것을 공약하였다. 하지만 1993년 12월, 대통령은 쌀시장 개방과 우루과이 라운드 참여를 발표했다. 이는 1990년대 중반 일련의 신자유주의화 프로젝트의 출발점이었다. 우루과이라운드 협상과 GATT체제의 참여를 선언했던 김영삼 정부는 1995년 1월 1일 출범한 세계무역기구에도 참여했다. 그리고 1996년도에는 1980년대부터 논의가 이어져 오던 경제협력개발기구OECD에 가입했다. 이와 더불어 금융시장 및 자본시장에 대한 개방이 이뤄졌다.

이러한 국제적 신자유주의화 흐름에 편승하는 가운데 등장한 것이 세계화였다. 이 개념이 본격적으로 활용되기 시작한 것은 1995년 초부터였다. 세계화는 한편으로 한국 정부가 워싱턴 컨센서스를 받아들이고 시장을 개방할 의지를 표현하는 개념이었지만, 다른 한편으로는 재벌기업들의 무리한 확장을 용인하는 논리이기도 했다. 재벌기업들은 1990년대 중반 내내 '세계일류(삼성)', '세계경영(대우)', '현대의 세계화, 세계의 현대화(현대)', 'LG의 고객은 세계입니다(LG)' 등의 광고문구들을 생산해 내며 지속적으로 기업의 확장을 정당화하고 사회적인 지지를 획득하고자 하고 있었다.[80] 그러한 가운데 대대적으로 활용된 세계화라는 개념은 이들의 확장을 국가가 뒷받침해야 할 명분을 제공했다. 삼성의 자동차 부문 진출이 대표적 사례였다.

그런데 이 세계화 개념은 신자유주의적 시장 개방이나 재벌기업들의 확장을 옹호하는 개념으로만 활용되지 않고, 발전주의적 민족주의의 계보를 잇는 새로운 민족주의 담론으로 자리를 잡았다.

1993년 '문민정부'라는 이름으로 이전의 발전국가와 차별화하고자 했던 김영삼 정부는 하나회의 해체, 공직사회 부정부패의 척결 같은 정치 개혁, 그리고 금융실명제, 재벌 규제 같은 경제 개혁 조치와 더불어 야심차게 출발하였다.[81] 하지만 1990년대 중반 들어 여론은 기업 등 발전주의를 계승하는 이들의 주장에 보다 기울기 시작했다. 그러한 와중에 만들어 낸 것이 '세계화' 개념이었다. 이 개념을 매개로 국가와 재벌은 다시금 발전주의 세력을 형성했으며, 세계화를 새로운 발전주의적 민족주의 담론으로 생산하였다.

세계화는 얼핏 보면 민족주의와는 반대 방향을 가리키는 담론처럼 보인다. 그래서 김동춘과 홍석률 등은 세계화가 1990년대의 탈민족주의적 흐름을 만들어 낸 것으로 보고 있기도 하다.[82] 하지만, 한국의 세계화 담론은 오히려 민족주의와 매우 긴밀하게 결부되어 있었다. 이들 담론에서 세계화는 '민족'과 반대 방향에 위치하는 것이 아니라 같은 방향을 가리키는 것이었기 때문이다.

발전주의적 민족주의 담론의 계보에 자리를 잡은 세계화 담론은 민족의 위치를 '기로' 혹은 '분기점'에 존재하는 것으로 이야기를 한

---

80) 강명구·박상훈, 「정치적 상징과 담론의 정치: '신한국'에서 '세계화'까지」, 『한국사회학』 31-1, 1997, 144.

81) 윤상우, 「한국 성장지상주의 이데올로기의 역사적 변천과 재생산」, 『한국사회』 17-1, 2016, 22.

82) 김동춘, 「시민운동과 민족, 민족주의」; 홍석률, 「민족주의 논쟁과 세계체제, 한반도 분단 문제에 대한 대응」, 『역사비평』 79, 2007, 149-172.

다. 그리고 문제적 상태를 스스로 해결해야 발전이라는 내러티브가 형성될 것이라 본다. 그리고 '경쟁력'은 문제 해결을 위하여 '우리'가 수행해야 할 과제로 정의된다.

> 저는 두 가지 길 가운데서, 국제사회 속에서의 고립보다는 가트 체제 속의 경쟁과 협력을 선택할 수밖에 없었습니다. (중략) 우리가 국제적인 고아가 되어서는 결코 살아남을 수도, 발전할 수도 없다고 보았습니다. 문을 닫고 지키는 쇄국보다는 문을 열고 나가는 개국이 우리 민족의 나아갈 길일 수밖에 없습니다. 개방과 개혁, 바로 거기에 민족의 활로가 있기 때문입니다. (중략) 우루과이 라운드 협상의 타결이 우리 민족에게 하나의 시련이기는 하지만, 우리가 이 시련을 이겨내기만 한다면, 그것은 우리 민족의 거대한 도약과 발전의 전환점이 될 수 있다고 확신했습니다.[83]

이전 시기 발전주의적 민족주의와의 연속성은 특히 '우리'를 구성하는 이들의 습속을 개조할 때에 문제적 현 상태를 벗어나 발전이라는 내러티브를 현실화할 수 있다는 논리에서 드러난다.

> 우리는 그동안 숱한 역경을 헤치고 경이적인 발전을 거듭하여 이제 선진국 문턱에 이르렀습니다. 우리는 다음 세기로 넘어가기 전에 선진국 도약의 기초를 튼튼히 다져야 할 시대적 소명을 안고 있습니다. 이를 위해서는 국제무대에서 이길 수 있는 힘을 하루빨리 길러야 합니다. (중략) 국가경쟁력을 강화하기 위해서는 경제는 물론 정치, 사회, 문화 등 모든 분야에서 세계화가 이루어져야 합니다.[84]

그리고 습속 개조의 방향은 '생산성'과 '유연성'으로 압축된다. 신자유주의적 논리를 체화해야 한다는 것이었다.[85]

---

83) 김영삼, 「UR 협상 타결과 관련한 대통령 담화문(고립을 택할 것인가, 세계로 나아갈 것인가)」, 『대통령기록연구실』, 1993.
84) 김영삼, 「제31회 무역의 날 치사」, 『대통령기록연구실』, 1994.
85) 서동진, 『자유의 의지 자기계발의 의지: 신자유주의 한국사회에서 자기계발하

요약하여 말씀드리자면, 세계화시대는 정치, 경제, 행정, 사회, 문화, 체육 등 모든 부문의 '생산성'과 '유연성'이 높아져야 발전하는 시대인 것입니다.[86]

이 '세계화'를 위한 온 사회의 변화를 구현하기 위해 정부는 공보처 내에 세계화홍보대책협의회를 만들고 대대적 홍보 활동을 했을 뿐아니라,[87] 각종 제도를 바꾸었다. 정부는 관료들과 민간의 전문가 50인으로 만든 '세계화추진위원회'로 하여금 사회를 규율할 수 있는 다양한 제도를 만들 권한을 주었다. 이 위원회는 행정, 외교, 경제, 과학기술, 지식정보, 환경, 삶의 질, 법질서, 교육문화, 사회통합 등 국정만아니라 사회 전반을 바꿀 목적으로 총 169개의 법령을 1998년 해산 시까지 만들어냈다.[88]

3) 발전주의적 민족주의의 소비와 실천

그렇다면 이러한 세계화 담론에 대하여 대중들은 어떻게 반응했을까? 일각에서는 '제2의 근대화론'이자 오래된 발전국가 논리의 답습이라는 평가를 받았지만,[89] 세계화 개념으로 대표되는 발전주의적 민족주의 계열의 담론은 빠르고도 광범위하게 소비되었다.

보수적 언론사들과 대기업들이 세계화 담론의 확산에 앞장섰다. 대표적으로 조선일보는 이른바 '세계화 선언'으로 불리는 1994년 11월 17일 김영삼의 시드니 기자회견을 직후 "세계화는 말이다", "세계화

는 주체의 탄생』, 돌베개, 2009, 60.

86) 김영삼, 「세계화 구상에 대한 대통령 말씀」, 『대통령기록연구실』, 1995.

87) 「세계화 홍보협의회 국민과의 다매체 커뮤니케이션」,《국정신문》(1995. 3. 27.)

88) Arie Krampf, "Israel's neoliberal turn and its national security paradigm," *Polish Political Science Yearbook* 47-2, 2018, 232.

89) 강명구·박상훈, 「정치적 상징과 담론의 정치」, 149-152 및 박길성, 「세계화와 한국사회의 변화: 굴절과 동형화의 10년」, 『사회과학』 40-1, 2001, 83-109.

경쟁력", "일류시민을 키우자" 등의 기획 기사를 쏟아냈다.[90] 그 첫 번째 기사는 "영어조기교육이 국민경쟁력"이라는 제목으로, 온 국민의 영어 능력이 향상되어야 함을 강조하였다.[91] 이는 1년 뒤 세계화추진위원회에 의하여 초등학교 교육과정에 영어교과를 신설하고 수학능력시험의 영어듣기평가 비중이 높아지는 쪽으로 제도화되었다.[92]

중앙일보 역시 "세계화 속에 내일이 있다"와 "세계화 이제는 실천이다"라는 기획기사로 사회의 구석구석을 바꿔야 함을 피력했다. MBC는 세계화 선언 직후인 1994년 11월 29일 9시간에 걸친 특집방송을 방영했고, KBS는 1995년 3월 3일 "세계로 가자"라는 제목으로 종일 세계화 특집 방송을 방영했다. 대우는 '세계화측정지수'를 발표하였고,[93] LG는 영어웅변대회를 개최하고 '세계 LG인의 밤' 행사를 개최하였으며,[94] 현대는 '세계화 적응연수', '세계화 체험 교육' 등을 실시하며 세계화 담론의 확산에 앞장섰다.[95]

이 시기 '세계화'라는 개념이 갖는 파급력은 발전주의 세력의 담론 정치 역량을 넘어서는 것이었다. 공보처에서 수행한 여론 조사의 결과 대중은 세계화 개념에 대하여 매우 호의적이었다. 1995년 2월에는 62.9%가 세계화에 대한 관심이 있다고 말했는데, 이는 9개월 후 71.1%로 상승한다. 세계화라는 목표에 대한 공감 역시 1995년 8월의 70.1%

---

90) 강명구·박상훈, 「정치적 상징과 담론의 정치」, 144.

91) 「세계화는 '말'이다 〈1〉 영어조기교육이 국민경쟁력」, 《조선일보》 (1994. 11. 29.)

92) 「국교 영어교육 97년 3학년부터」, 《조선일보》 (1995. 11. 1.); 「외국어로 강의 국제고교 세운다-교육부, 세계화교육방안 확정」, 《중앙일보》 (1995. 3. 13.)

93) 「대우그룹 세계화측정지수발표」, 《매일경제》 (1995. 4. 3.)

94) 「LG상사 세계화 영어 웅변대회」, 《매일경제》 (1995. 4. 4.); 「LG 세계고객 만족 실천 다짐 95고객의 달 선포·세계LG인의 밤 행사」, 《매일경제》 (1995. 4. 21.)

95) 「현대중공업 신입사원 연수교육 세계화 적응제 도입」, 《매일경제》 (1995. 11. 3.); 「현대전자 생산직 모범사원 세계화체험교육 실시 눈길」, 《매일경제》 (1995. 5. 17.)

에서 11월에는 86.4%로 상승했다.96) 또한, 대중들 사이에서 '세계화'에 부응하는 것 같은 행위에 나서고 있음이 다수 보고되었다. 대표적인 것이 1995년에 보고된 영어 학습 열풍이었다.97) 어린이부터 직장인까지 영어 학습에 뛰어 들고 있어 사교육 시장이 팽창하고 있으며, 오히려 공교육은 소외되고 있다는 것이 이들 기사가 전하는 당시의 사회상이었다. 세계화를 국제 사회 내 경쟁 행위로 해석하면서 온 국민이 경쟁력을 갖춰야 한다고 말하던 민족주의적인 동원의 수사에 호응하는 다양한 행위들이 대중들 사이에서 발생하고 있었던 것이다.

생산성과 유연성으로 무장한, 경쟁력을 갖춘 주체가 되라는 '세계화' 담론에 대한 호응은 기업가적 주체에 관련된 도서의 소비에서도 드러난다. 1990년대 초반과 중반을 풍미했던 기업가 관련 저작들은 김우중의 『세계는 넓고 할 일은 많다』, 정주영의 『시련은 있어도 실패는 없다』, 이명박의 『신화는 없다』 등 기업인들의 성공스토리였다. 하지만, 서동진에 따르면 1990년대 중반 이후에는 스스로 기업가적 주체가 되어 성공하는 법에 관한 '매뉴얼'이 주류를 차지하기 시작했다.98) 1994년 발행된 『성공하는 사람들의 7가지 습관』을 필두로, 1996년의 『초학습법』, 1997년의 『20대에 하지 않으면 안 되는 50가지』 등이 그것이다.

1990년대 후반의 대중 민족주의를 잘 보여주는 또 다른 현장은 스포츠 셀러브리티에 대한 소비였다. 종래 스포츠 선수들을 통해 민족의 국제적 지위를 상상하던 일은 4년에 한번 열리는 올림픽이나 월드컵 축구 대회를 통해 가능했다. 하지만 1990년대 스포츠의 세계화는 세계

---

96) 김수자, 「민주화 이후 한국 민족주의 담론의 전개: 6월항쟁-김대중 정권」, 『사회과학연구』 14-2, 2006, 44-78,

97) 「학원·서점가 토익 열풍」, 《매일경제》 (1995. 9. 1.); 「공무원 외국어공부열풍」, 《동아일보》 (1995. 11. 3.)

98) 서동진, 『자유의 의지 자기계발의 의지』, 275.

적 스포츠 이벤트를 일상화시켰다. 1990년대 들어 아디다스, 나이키, 리복 등으로 대표되는 스포츠 용품사들은 전 세계로 사업의 범위를 확장시켰다. 같은 시기 미국과 유럽의 스포츠 경기들은 테드 터너Ted Turner나 루퍼트 머독Rupert Murdoch 등이 만든 위성케이블 사업자들의 전파를 타고 전 세계로 중계되기 시작했다.

거의 모든 경기가 전 세계로 중계되고 이들을 모델로 한 광고가 전 세계로 송출되는 상황에서 스포츠 스타의 영향력은 전과 비교 할 수 없게 되었다. 1990년대 초반 미국 프로농구NBA와 마이클 조던Michael Jordan의 전세계적 인기는 바로 이러한 스포츠의 세계화라는 배경 위에서 성립된 것이었다. 1990년대 초 당시 약 100개에 가까운 나라의 관중들이 마이클 조던의 경기를 지켜보았다.[99] 그를 모델로 한 나이키의 광고가 송출되는 국가는 그 이상이었다.

이러한 NBA의 세계화를 지켜본 미국 프로야구MLB 역시 세계화를 선택한다. 이 때 세계화의 일환으로 선택된 것이 외국 선수의 수입이었다. 그 중에서도 메이저리그의 경영진이 주목했던 것은 아시아 선수들이었다.[100] 이에 따라 1994년 한국의 박찬호가, 1995년 일본의 노모 히데오野茂 英雄가 LA다저스와 계약하게 된다. 이들은 메이저리그에서 활약한 1세대 아시아 선수들이 되었다.[101]

메이저리그가 지니는 위상은 독특하다. 야구는 20세기 미국의 헤게

---

99) Walter LaFeber, 이정엽 옮김, 『마이클 조던, 나이키, 지구 자본주의』, 문학과 지성사, 2001, 70-93.

100) Arturo J, Marcano Guevara and David P. Fidler, Stealing lives: *The globalization of baseball and the tragic story of Alexis Quiroz*, Bloomington: Indiana University Press, 2002, 17.

101) 처음으로 메이저리그에 진출했던 아시아 선수는 일본의 무라카미 마사노리로, 1964년 8월부터 약 1년간 메이저리그에서 투수로 활약한 바 있다. 하지만, 1년 남짓의 단발성이었던 관계로 본격적인 메이저리그 선수로서의 활약은 노모 히데오가 처음이라고 보아도 무방하다.

모니 혹은 패권의 상징과도 같다.[102] 미국의 챔피언을 가리는 경기를 '월드 시리즈World Series'라고 부르는 것에 별다른 저항이 없는 것은, 야구에 관한한 미국이 정점에 있다는 것을 다수가 받아들이고 있음을 보여준다. 그런 미국 프로야구 리그는 1개의 국민국가를 대표하는 것이 아니라 전 세계를 대표하는 리그로서의 위상을 갖고, 여기서 활약하는 선수들은 마치 전 세계 스포츠인들이 모이는 올림픽에서 활약하는 것처럼 상상된다. 이와 유사하게, 일본 프로야구 리그는 아시아 최고의 리그로서의 위상을 지니고 있고, 이곳에서의 활약은 '아시아'라는 공간 전체를 아우르는 순위 경쟁에서의 승리와도 같은 위상을 지니는 것으로 상상된다. 1994년 박찬호의 메이저리그 진출과 1995년 선동렬의 일본프로야구 진출 이후 한국인들은 일상의 올림픽, 그리고 일상의 아시안게임을 경험하게 되었다.

그 가운데 미국과 일본, 그리고 한국의 위치에 전환이 일어난다. 『일본은 없다』와 『미국분 미국인 미국놈』을 소비하면서 한국의 대중은 일본을 관찰하고 미국을 관찰했다. 하지만 박찬호와 박세리를 소비하면서 한국의 대중은 한국에 대한 미국과 일본의 관찰을 염탐하고자 했다.[103] 이는 도서로도 나타났다. 1990년대 후반의 대중들은 일본인 저자들이 쓴 『한국이 죽어도 일본을 따라잡지 못하는 18가지 이유』와

---

102) John D. Kelly, "Magin and Reason in the Country of Baseball", in Dyreson, Mark, J, A, Mangan, and Roberta J, Park, eds, *Mapping an Empire of American Sport: Expansion, Assimilation, Adaptation and Resistance*, London: Routledge, 2013, 77-78.

103) 1년의 절반 이상 지속되는 야구와 골프 시즌이기에, 박찬호와 박세리 같은 스포츠 스타들은 미국의 미디어에도 지속적으로 노출 될 수밖에 없었다. 한국의 미디어와 팬들은 미국의 현지 미디어들의 기사를 번역하면서, '타자'의 반응을 살피기 시작했다. 이는 당시 PC통신에서 야구 게시판에서 활동한 경험을 지니고 있는 일간스포츠 최민규 기자가 2019년 8월 26일 필자와 수행한 심층인터뷰에서 밝힌 것이다.

『맞아 죽을 각오를 하고 쓴 한국, 한국인 비판』을 소비했다. 일본에 관찰자의 위치, 평가자의 위치를 다시금 내어 준 것이다.

다시 박찬호로 돌아와 보면, 1997년부터 본격화된 그의 활약은 한국의 대중들에게 매우 큰 호응을 얻었다. 근대 민족국가의 형성과 발전에 기여한 이들에게 주로 붙어왔던, 그래서 한국인들 중 누구에게도 쉽게 붙이지 못했던 '국민영웅'이라는 최고의 민족주의적 수사를 차지한 것이 바로 박찬호였다.[104]

박찬호를 바라보는 한국 대중의 시선은 1994년의 그것과 많이 달랐다. 1994년 당시 마이너리그를 거치지 않고 메이저리그에서 투수로 활약하기 시작한 박찬호의 개인사는 그다지 큰 주목의 대상이 아니었다. 하지만 1997년, 그가 본격적으로 활약하기 시작했을 때 언론은 그의 개인사에 주목하기 시작했다. 특히 공주라는 소도시에서 서민의 아들로 노력을 통해 이룬 성취를 조명하기 시작했다.[105] 1996년에 발간된 박찬호의 자전에세이는 미국 진출 후 메이저리거가 되는 과정을 책의 맨 앞에 두었지만,[106] 1년 후에는 자신의 성장과정과 노력을 맨 앞에 두었다.[107] 조선일보사는 이 같은 스토리를 영어 만화로 만들어 냈다.[108] 1998년부터 이른바 '국민영웅'이 된 박세리 역시 마찬가지였다. 박세리가 수행했던 다양한 훈련방식들과, 아버지의 헌신적인 교육과정이 대중의 큰 주목을 받게 된 것이었다.[109] 이는 1990년대 초반의

104) 네이버 뉴스 라이브러리 검색 결과에 따르면, 국민영웅은 아웅산이나 수카르노 같은 독립의 영웅이나 마라도나 같은 다른 나라의 유명인들에게 붙여져 왔다. 한국인에 대한 '국민영웅' 수사는 1997년 10월 2일 경향신문의 박찬호 기사에서 최초로 발견된다.
105) 「전파사집 아들 10승투수 되기까지…」, 《동아일보》 (1997. 8. 2.)
106) 박찬호, 『Hey, Dude! 세계를 향해 던진 박찬호의 꿈』, 두레박, 1996.
107) 박찬호, 『박찬호, 꿈을 향해 던진 스트라이크』, 두레박, 1997.
108) 박찬호·조화유, 『마운드의 신사 박찬호: 영어 만화로 읽는 그의 성공 스토리』, 조선일보사. 1998.

대중 민족주의와 분명 다른 지점이었다. 1990년대 초의 스포츠 스타 황영조 역시 개인사가 주목을 받았지만 부모로부터 신체조건(폐활량)을 물려받았단 이야기가 결코 적지 않았다. 박찬호에 이르러 선수의 성장과 노력(자기계발)에 대한 담론은 훨씬 더 큰 주목을 받게 되었다. 자기계발과 세계화라는 각도에서 박찬호와 박세리에 접근했던 것이다.[110] 영어를 절반쯤 섞어 쓰는 언어 습관은 1990년대 초 당시 오렌지족을 정의하고 타자화시키는 재료로 활용되었지만, 박찬호의 그것은 노력의 흔적으로 비춰졌다. 이 역시 종족을 강조하던 1990년대 초반의 대중민족주와 1990년대 후반의 민족주의 사이에 드러나는 차이점이었다.

이와 같이 세계화 담론과 결합된 민족주의가 지니는 또 다른 특징은 한반도를 포괄하는 민족주의에서 남한 민족주의 혹은 대한민국 민족주의로의 전환이다. 종족적 민족주의를 구성하는 매우 중요한 요소와의 결별인 것이다. 한국의 경제발전 및 국제 사회 내 위상과 결부되어 있는 민족주의 담론의 확산은 '민족'의 단위에서 북한을 지속적으로 사상捨象하는 데 기여했다. 그리고 1993년 이후 북한과의 대화 단절, 1994년 전쟁 위기, 그리고 뒤이은 북한의 이른바 '고난의 행군'을 지나며 북한과 같은 민족주의 서사를 공유하기 어려워지게 되었다. 김범수는 1990년대 미디어들이 북한의 주민들을 표상이 민족 정체성을 공유하는 이들에서 그렇지 않은 이들로 바뀌어 가는 경향이 드러남을 보여주었는데,[111] 그러한 변화의 근저에는 민족 정체성 구성에 핵심이

---

109) 고은하·이우영, 「박세리에 대한 기업민족주의를 통해 본 한국형 스포츠 셀레브리티의 조건」, 『한국스포츠사회학회지』 17-1, 2004, 126.

110) 김이수, 『자기 경영, 박찬호에게 배워라』, 시대의 창, 2001 및 서정득, 『신문으로 공부하는 박세리 성공학』, 민미디어, 1999.

111) 김범수, 「북한 주민은 우리 국민인가? 1980년대와 1990년대 한국 민족주의와 국민의 경계」, 『통일과 평화』 11-2, 2019, 297-350.

되는 서사가 서로 달라졌다는 사정이 자리를 잡고 있는 것이다.

요컨대, 1990년대 초반의 대중들이 자신감과 경쟁의식에 기초하여 저항적 민족주의를 전유하는 모습을 보여주었다면, 1990년대 후반의 대중 민족주의는 발전주의적 민족주의 담론을 소비하는 쪽으로 기울었다. 경제 성장에 대한 자신감이 상실되는 가운데, 지위를 유지하고 발전시키기 위해서는 습속 개조를 통해 세계 시장에서의 경쟁이 필수라고 말하는 발전주의 세력이 생산한 담론을 보다 적극적으로 소비하기 시작한 것이다. 그러한 가운데 스스로를 점검하고 바꿔나가야 한다는 자기계발론의 실천이 이 시기 대중 민족주의의 내용을 채웠다. 미국과 일본의 위치는 경쟁자에서 다시금 우리를 평가하는 존재로 바뀌게 된다.

6. 결론

이 글은 민족주의 담론을 일상에서 소비하는 대중의 실천을 대중 민족주의라 정의하였다. 그리고 1990년대 소비를 통해 자신의 성향을 드러내기 시작한 대중들의 민족주의 담론 소비와 실천의 윤곽을 그려보고자 하였다. 그 내용은 다음과 같다.

1960년대 이후 한국의 민족주의는 발전주의적 민족주의와 저항적 민족주의로 대별될 수 있다. 이 두 민족주의 담론을 생산한 발전국가와 저항적 시민사회는 민족이 낮은 지위를 지니고 있다고 판단하였다. 하지만 이들이 생각하는 원인과 해결책은 서로 달랐다. 전자는 한국인들이 전통적으로 지녀온 습속이 문제였고, 이를 고칠 때 문제가 해결될 수 있다고 보았다. 반면에, 후자는 외세에의 의존 혹은 외세의 지배가 문제였고, (종족적) 민족의 통일과 강대국에 대한 저항을 해결책으로 보았다. 전자에게 미국과 일본이 따라야 할 스승과도 같았다면, 후자에게 이들 국가는 저항해야 할 지배자였다.

1990년대 초반은 한국의 국제 사회 내 지위가 상승했던 시기였다. 1980년대 초만 하더라도 정치적 실패와 경제적 실패를 경험하고 국제 사회에서의 고립을 두려워했던 한국은 민주화와 경제 성장, 올림픽과 탈냉전을 경험하면서 국제 사회 내 지위의 향상에 성공하게 된다. 이러한 분위기 속에서 시민 혹은 중산층이라 불리는, 국가와 시민사회에 속하지 않는 제 3의 세력이 등장하고, 이들은 소비의 영역에서 자신들의 성향을 드러내게 된다.

1990년대 초반의 대중 민족주의는 저항적 민족주의 담론을 소비하고 전유하는 가운데 그 성격이 형성되었다. 종족에 대한 관심, 미국과 일본이라는 강대국에 대한 타자화에 있어 저항적 민족주의와 유사한 점이 많지만, 경제의 발전과 분배가 모두 이뤄지면서 얻게 된 경제적 성장에 대한 자신감과 경쟁의식이 그 배경을 이루고 있다는 점에 있어서는 차이가 존재한다.

1990년대 중반 대중 민족주의의 변화는 경제 성장의 종언과 세계화 담론의 생산이라는 조건에 기초하여 이뤄졌다. 전자가 발전주의 세력이 생산하는 담론을 소비할 수 있는 조건을 조성한 가운데 후자의 담론이 대대적으로 생산되었던 것이다.

1990년대 중반 이후 대중 민족주의는 발전주의적 민족주의를 소비하고 실천하는 가운데 그 성격이 형성되었다. 대중들은 발전주의 세력이 생산한 세계화 담론은 세계 시장에서 민족의 지위를 유지하고 발전시키기 위해서는 경쟁력이 필수이고, 이를 위해서는 습속이 바뀌어야 한다고 말하는 세계화 담론을 보다 적극적으로 소비하였다. 그러한 가운데 스스로를 점검하고 바꿔나가야 한다는 자기계발론의 실천이 이 시기 대중 민족주의의 내용을 채웠다. 미국과 일본의 위치는 경쟁자에서 다시금 우리를 평가하는 존재로 바뀌게 된다.

이러한 내용은 기존의 연구들이 1990년대 민족주의에 대하여 한 측면을 보고 있음을 드러내준다. 1990년대 민족주의의 쇠퇴나 분화를 논한 기존의 논자들과 달리 이 글은 대중의 민족주의 담론 소비가 형태를 달리하면서도 1990년대 내내 지속되었음을 보여준다. 그리고 민족주의의 재구성 과정을 지식사회학적 관점에서 파악하고자 함으로써 논의를 보다 진전시키고자 하였다.

하지만 대중이 민족주의 담론을 소비하고 전용하는 과정은 보다 다양한 분석 대상을 필요로 하며 그 분석의 과정 역시 더욱 면밀할 필요가 있다 여겨진다. 이글은 이러한 분석 상 필요성을 충족시키지 못한 채 도서에 대한 소비를 중심으로 논의를 진행하였다. 이러한 연구의 한계를 넘어서는 과제가 남았음을 밝히며, 이는 추후 연구를 통하여 보충하고자 한다.

참고문헌

《한겨레》,《동아일보》,《한국일보》,《중앙일보》,《조선일보》,《매일경제》,《국
　　정신문》

중앙정보부, 「북괴의 남북체육대표회담 제의에 대한 저의 평가 및 대책」, 국
　　가기록원 소장 공문서 번호 CA0330978, 1979.

강명구·박상훈, 「정치적 상징과 담론의 정치: '신한국'에서 '세계화'까지」, 『한
　　국사회학』 31-1, 1997

강원택, 「한국인의 국가정체성과 민족정체성: 대한민국 민족주의」, 『한국인의
　　국가정체성과 한국정치』, 2007

강인철, 『경합하는 시민종교들: 대한민국의 종교학』, 성균관대학교출판부, 2019

강진웅, 「대한민국 민족 서사시: 종족적 민족주의의 전개와 그 다양한 얼굴」,
　　『한국사회학』 47-1, 2013

고은하·이우영, 「박세리에 대한 기업민족주의를 통해 본 한국형 스포츠 셀레
　　브리티의 조건」, 『한국스포츠사회학회지』 17-1, 2004.

권숙인, 「소비사회와 세계체제 확산 속에서의 한국문화론」, 『비교문화연구』
　　4, 1988

김대환, 「돌진적 성장이 낳은 이중 위험사회」, 『계간 사상』 38, 1998

김동노, 「박정희 시대 전통의 재창조와 통치체제의 확립」, 『동방학지』 150, 2010

김동춘, 『근대의 그늘-한국의 근대성과 민족주의』, 당대, 2000

김동춘, 「시민운동과 민족, 민족주의」, 『시민과세계』 1, 2002

김민환, 「페레스트로이카, 북방정책, 그리고 임수경」, 『한국현대생활문화사
　　1980년대편: 스포츠공화국과 양념통닭』, 창비. 2016

김범수, 「북한 주민은 우리 국민인가? 1980년대와 1990년대 한국 민족주의와

국민의 경계」,『통일과 평화』 11-2, 2019

김보현, 「박정희정권 시기 저항의 지식-담론, '민족경제론': 그 위상과 의의, 한계」,『상허학보』 43, 2015

김성국, 「한국 자본주의의 발전과 시민사회의 성격」,『한국의 국가와 시민사회』, 한울, 1992

김수자, 「민주화 이후 한국 민족주의 담론의 전개: 6월항쟁~김대중 정권」,『사회과학연구』 14-2, 2006

김수진, 「전통의 창안과 여성의 국민화-신사임당을 중심으로」,『사회와역사』 80, 2008

김윤영, 『박종철: 유월의 전설』, 민주화운동기념사업회, 2006

김이수, 『자기 경영, 박찬호에게 배워라』, 시대의 창, 2001

김학성, 「산업사회와 위험사회」,『황해문화』 7, 새얼문화재단, 1995

김형민, 『접속 1990: 우리가 열광했던 것들』, 한겨레, 2015

박길성, 「세계화와 한국사회의 변화: 굴절과 동형화의 10년」,『사회과학』 40-1, 2001

박명규, 「세계화와 국민국가: 동아시아적 시각」,『황해문화』 42, 새얼문화재단, 2004

박명규, 「분단체제, 세계화, 그리고 평화민족주의」,『시민과세계』 8, 참여연대, 2006

박명규, 『국민, 인민, 시민: 개념사로 본 한국의 정치 주체』, 소화, 2009

박영대, 「한국의 1980년대 초반 외채위기 극복요인에 관한 연구: '신냉전'의 영향을 중심으로」, 서울대학교 사회학과 석사학위 논문, 2013

박영한, 『우리는 중산층 1-장미 눈뜰 때』, 세계사, 1990

박정희, 『한국 국민에게 고함』, 동서문화사, 2005

박찬승, 『민족·민족주의』, 소화, 2010

박찬호, 『Hey, Dude! 세계를 향해 던진 박찬호의 꿈』, 두레박, 1996

박찬호, 『박찬호, 꿈을 향해 던진 스트라이크』, 두레박, 1997

박찬호·조화유, 『마운드의 신사 박찬호: 영어 만화로 읽는 그의 성공 스토리』, 조선일보사, 1998

박해남, 「1988 서울올림픽과 시선의 사회정치」, 『사회와 역사』 110, 2016

박해남, 「서울올림픽과 1980년대 한국의 사회정치」, 서울대학교 사회학과 박사학위논문, 2018

박해남, 「한국 발전국가의 습속개조와 사회정치 1961-1988」, 『경제와사회』 123, 019

박희범, 「중산층육성론에 관한 재론: 임종철교수 소론에 부친다」, 『청맥』 3-4, 1966

서동진, 『자유의 의지 자기계발의 의지: 신자유주의 한국사회에서 자기계발하는 주체의 탄생』, 돌베개, 2009

서정득, 『신문으로 공부하는 박세리 성공학』, 민미디어, 1999

신용하, 「독점의 형성과 중소기업의 위치」, 『정경연구』 2-6, 1966

오제연, 「1960년대 초 박정희 정권과 학생들의 민족주의 분화-민족적 민주주의를 중심으로」, 『기억과 전망』 16, 2007

유 하, 「바람부는 날이면 압구정동에 가야 한다 외 4편」, 『문학과사회』 4-1, 991.

윤상우, 「한국 성장지상주의 이데올로기의 역사적 변천과 재생산」, 『한국사회』 17-1, 2016

윤상철, 『1980년대 한국의 민주화 이행과정』, 서울대학교 출판부, 1997

윤흥길, 『말로만 중산층』, 청한, 1989

이병철·박양수, 「한국 대학생의 학생운동 이념 변천에 관한 정책 연구」, 『울산대학교 연구논문집』 2, 1990

이성균·신희주·김창환, 「한국 사회 가구 소득과 자산의 불평등: 연구 성과와 과제」, 『경제와사회』 127, 2020

이재열, 「체계실패로서의 위험사회」, 『한국사회학회 사회학대회 논문집』, 1998

이희승, 「오렌지족에 관한 연구」, 『이화여자대학교 연구논집』 26, 이화여자대학교 대학원, 1994

임현진·김병국, 「노동의 좌절, 배반된 민주화-국가, 자본, 노동관계의 한국적 현실」, 『계간 사상』 11, 사회과학원, 1991

장하성, 『왜 분노해야 하는가? 분배의 실패가 만든 한국의 불평등』, 헤이북스, 2015

전재호,『민족주의들: 한국 민족주의의 전개와 특성』, 이매진, 2019

정이환,『한국고용체제론』, 후마니타스, 2013

정준호·전병유·장지연,「1990년대 이후 소득 불평등 변화 요인에 관한 연구」,『사회복지정책』 44-2, 2017

조권중·최지원,『중산층: 흔들리는 신화』, 서울연구원, 2016

조일동,「1990년대 한국대중음악 상상력의 변화: 전자악기와 샘플링, 그리고 PC통신」,『음악논단』 43, 2020

조혜정,「압구정'공간'을 바라보는 시선들-문화정치적 실천을 위하여」,『압구정동: 유토피아 디스토피아』, 현실문화연구, 1992

주은우,「자유와 소비의 시대, 그리고 냉소주의의 시작: 대한민국, 1990년대 일상생활의 조건」,『사회와역사』 84, 2009

최광승,「유신체제기 박정희 정권의 애국적 국민 생산 프로젝트」,『한국학연구』 33, 2014

최연식,「박정희의 '민족' 창조와 동원된 국민통합」,『한국정치외교사논총』 28-2, 2007

한상진,「한국 중산층의 개념화를 위한 시도: 중산층의 규모와 이데올로기적인 성격을 중심으로」,『한국사회학』 21-2, 1987

한완상·권태환·홍두승,『한국의 중산층』, 한국일보사. 1987

홍석률,「민족주의 논쟁과 세계체제, 한반도 분단 문제에 대한 대응」,『역사비평』 79, 2007

홍태영,「신자유주의적 통치성과 한국 민족주의의 변환」,『다문화사회연구』 12-2, 2019

Anderson, Benedict, *Imagined communities: reflections on the origin and spread of nationalism*, London: Verso, 1991

Billig, Michael, 유충현 옮김,『일상적 국민주의』, 그린비, 2020

Black, David & Shona Bezanson, "The Olympic Games, human rights and democratisation: Lessons from Seoul and implications for Beijing," *Third World Quarterly* 25-7, 2004

Caldwell, Melissa L., "The taste of nationalism: Food politics in postsocialist Moscow," *Ethnos* 67-3, 2002

Calhoun, Craig, "Nationalism and ethnicity," *Annual review of sociology* 1-1, 1993

Cohen, Anthony P., "Personal nationalism: a Scottish view of some rites, rights, and wrongs," *American Ethnologist* 23-4, 1996

Fox, Jon E. & Cynthia Miller-Idriss, "Everyday nationhood," *Ethnicities* 8-4, 2008

Gellner, Ernst, *Nations and Nationalism*, Ithaca: Cornell University Press, 1983

Gelézeau, Valérie, 길혜연 옮김, 『아파트공화국』, 후마니타스, 2007

Giddens, Anthony, *The Nation State and Violence*, Cambridge: Polity Press, 1985

Goode, Paul J. & David R, Stroup, ""Everyday nationalism: Constructivism for the masses," *Social Science Quarterly* 96-3, 2015

Gorski, Philip, "The mosaic moment: An early modernist critique of modernist theories of nationalism," *American Journal of Sociolog* 105-5, 2000

Hearn, Jonathan, "National identity: Banal, personal and embedded," *Nations and nationalism* 13-4, 2007.

Kedourie, Elie, Nationalism, London: Hutchinson, 1960

Kelly, John D., "Magin and Reason in the Country of Baseball", in Dyreson, Mark, J, A, Mangan, and Roberta J, Park, eds, *Mapping an Empire of American Sport: Expansion, Assimilation, Adaptation and Resistance*, London: Routledge, 2013

Kohn, Hans, *Nationalism: Its Meaning and History*, Toronto: Van Nostrand, 1955.

Krampf, Arie, "Israel's neoliberal turn and its national security paradigm," *Polish Political Science Yearbook* 47-2, 2018

Kuzio, Taras, "The myth of the civic state: a critical survey of Hans Kohn's framework for understanding nationalism," *Ethnic and Racial studies*

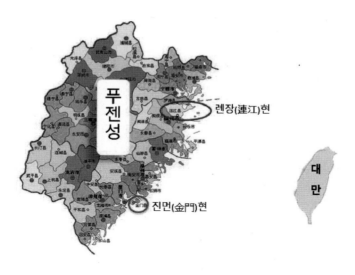

〈그림 1〉 중국과 대만이 접경하는 행정 구역

하지만 '성정부省政府'라는 행정구역 명칭이 대만이 중국의 한 성省임을 뜻하고, 또한 업무상 대만중앙정부와 자주 갈등을 빚는다는 이유로 1998년부터 일부의 업무만 남긴 데 이어 2018년에는 실질적으로 모든 업무를 폐지하였다. 푸젠성정부도 2018년 12월 31일에 본격적으로 운영이 중단되었지만, 진먼인의 신분증에는 여전히 '푸젠성 진먼현'이 표기되어 있다. 이 또한 양안 인민은 물론이고 외국인까지도 혼란스럽게 만들었다. 특히 1985년 중국이 진먼현을 취안저우泉州시에 추가시켜 중국대륙 주민도 진먼현 호적을 신청할 수 있게 한 이후 혼란은 더욱 커졌다.

진먼과 마주 열도는 냉전시기에 지정학적 위치로 인해 중공과 미국, 대만의 싸움장이 된 양안 대치의 최전선이었다. 섬 전체가 요새화되었을 뿐만 아니라 주민들도 군사적으로 동원되었다. 탈냉전 이후, 현대 정세의 변화에 따라 진먼의 전략적 가치와 중요성은 이미 상대적으로 많이 떨어졌지만 진먼의 지정학적 문제는 정체성 문제로 내화

되었다.

우선, 정치적 정체성 문제에 직면했다. 대만은 1980년 말부터 '하나의 중국'에 대한 입장을 적게 언급하거나 회피하기 시작하였다. 이는 민주화운동과 본토화운동, 그리고 국제사회에서 인정하는 '중국'이 '중화인민공화국'이라는 점 등 여러 가지 원인이 있다. 그리고 '일국론'이나 '양국론'에서 파생된 본성인/외성인의 성적省籍문제나 통일/독립 문제는 예로부터 중화민국의 체제에 예속되어왔던 진먼과 마주 같은 접경지역 섬들을 '대만'이라는 정치적 공동체에 있어 애매한 존재로 만들었다.

중화민국은 1912년에 설립되었다. 그 당시에는 대만이 아직 일본의 식민지였다. 그리고 1930년대 대만인들은 민남어閩南語(푸젠성 남부 지방의 방언)나 중국어를 알았기 때문에 일본군이 진먼도를 비롯한 중국 남부 지방을 침략하는 것을 도와줬다. 1937년 일본군은 대만인의 도움으로 진먼도를 점령하고 그 후에 동남아국가들을 침략하기 시작했다. 그런데 사실 진먼인들은 16세기부터 더 나은 삶을 위해 동남아 국가들로 일하러 가곤 했다. 그래서 동남아에 있는 진먼인들은 전쟁의 수해자이기도 했다. 따라서 진먼인들은 당시의 대만인을 좋아할 수가 없었다. '중화민국'에 대한 진먼인의 감정은 대만인과 다를 수밖에 없었고, 진먼인이 대만독립이라는 주장을 지지하기도 힘들었다.

1988년부터는 리 덩후이 정부가 '실무 외교'정책을 실행했다. 이는 국제 조직에 참여하는 기회와 외교관계를 맺을 수 있는 나라를 쟁취하기 위한 것으로, 주로 '해협 양안은 하나의 중국이며 대등한 두 개의 정치적 실체political entity'임을 주장했다. 즉 '하나의 중국' 원칙을 부인하지 않았다. 하지만 1980년대에 중국문화민족주의와 대립하는 대만문화민족주의가 흥기하면서 '대만민족주의-다원화주의, 국민당권위체제-대한쇼비니즘大漢族主義(Han chauvinism)-중공'의 논리가 형성되었다

(林竣達 2009, 144-145). 게다가 1996년 대만에서 거행한 총통 직선이 대만 민주화의 완성을 상징하며, 대만은 '민주 공고democratic consolidation' 단계에 본격적으로 접어들었다. 이로 인해 대만인의 국가정체성 변화를 가속시켰다.(陳亮智 1999; 王宏文 2003) 국제적으로는 지위미정론, 대내적으로는 '민족 구축nation-building'[1], 그리고 대만인의 '대만 정체성'은 민족적 정체성인가 지역적 정체성인가 라는 등의 문제들이 정치의 민주화와 중국의 통전統戰 논술에 따라 대만 내부의 중요한 의제가 되어 양안 교류시의 조건이 되기도 했다.

대만 본섬 주민들이 중국의 무력 위협을 직접 느끼게 된 것은 1996년 대만에서 최초의 민선 대통령, 부통령의 선거를 거행할 때부터다. 그 당시 중국은 양안양회兩岸兩會의 협상을 중단시킬 뿐만 아니라 1995년부터 대만을 무력으로 위협하기 시작했다. 1996년 투표를 진행한 3월에만 세 차례 군사훈련을 했고, 대만 외해에서 미사일 시험 발사와 상륙 훈련을 진행하며 제3차 대만해협 위기를 일으켰다(郭添漢 2013, 98-99). 대만정치대학교 선거연구센터의 여론 조사에 따르면 1996년 이전에는 대부분의 대만인이 '대만인이자 중국인'이라는 이중적 정체성을 갖고 있었지만, 1996년 이후 '대만인 정체성'이 높아졌다. 특히 1996년 24.1%에서 1997년 34.0%로 9.9%가 상승한 반면에 '대만인이자 중국인' 정체성의 비율은 7.9%가 하락했다.

마 잉주 정부가 집권한 8년 동안 양안 관계는 전례 없이 호전되었지만, 대만인의 '중국인 정체성'은 크게 증가하지 않았다. 또한 차이잉원 정부가 출범한 후 92공식을 인정하지 않아 중국은 이를 대만 해협의 현황에 대한 도전으로 여긴다. 이로 인해 중국 정부와 인민들 사이에서는 '무통武統(무력으로 통일함)'에 찬성하는 목소리가 높아지고 있다. 원래 양안 3당은 민진당의 2차 집권 하에서 '대만인 정체성'은

---

1) 施正鋒, 「民族自決權-台灣獨立建國的民族主義觀點」.

계속 고조될 것이라고 예측했다. 2018년 대만의 '천하天下잡지'와 정치대선거연구센터가 각각 실시한 여론 조사 결과에 따르면, '대만인 정체성'의 비율(56.4%)은 여전히 가장 높지만, '대만인이자 중국인 정체성'은 34.1%로 상승했다. 2017년의 여론 조사와 비교해 보면, 이는 20대와 30대의 정체성이 변동한 결과로 나타난다. 특히 30대의 변동 폭이 가장 크다. 하지만 '중국인 정체성'은 이미 소외되었다. 송 원디宋文迪는 이 현상에 대해 두 가지의 해석이 있을 수 있다고 본다. 하나는 대만사회의 국족國族 정체성 분포가 해바라기 운동 이전의 기본 수치로 돌아갔다는 것이다. 또 하나는 중국의 '무력 위협 책략'이 대만인의 타협주의accommodationism를 불러일으켜 생긴 결과라는 것이다2).

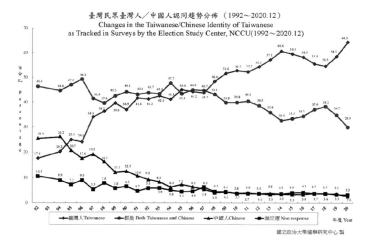

〈그림 2〉 1992년~2020년 대만 민중의 대만인/중국인 정체성 변화 추세
(출처: 대만국립정치대학교 선거연구센터)

다음으로 문화적 정체성에 관한 문제이다. 중국이 최근 수십 년 동

---

2) 宋文迪,「『後太陽花時代』的終結?」,《自由時報》2018. 1. 27.

안 중화문화中華文化식의 민족주의를 강력하게 수출해 왔으며 대만에 있는 현지 조력자 네트워크가 확대되면서 영향력이 점차 커졌다. '신동원·인동근神同源·人同根'의 문화근원론文化根源論은 중국 공산당의 가장 유리한 대 대만 문화 통전 관점이다. 문화근원론을 보면, 대만의 중화문화는 중국 공산당에 의해 단지 '지역적 특수성'을 지닌 중화문화로 인식되고 있다. 이를 바탕으로 하면 대만 독립파 인사들이 중국과 역사·문화적으로 완전히 단절되기는 불가능하고 허용될 수도 없는 것이다. 그러나 중국이 대만의 독립파 혹은 본토파本土派의 '문화 독립' 작업을 결코 만만하게 보아서는 안된다. 민진당이 두 번 집권하는 과정에서, 각 영역에서 대대적으로 '본토화'와 '탈중국화'을 진행시켰다. 특히 본토화 교육을 강화하였다. 역사 과목에서 중국사 비중을 줄였을 뿐만 아니라 중국사를 동아시아사로 편입시키기도 한다. 이를 통해 점차 민진당 인사들이 말하는 '천연독天然獨(타고난 독립파)' 세대가 형성되어, 중국의 상당한 불만을 사고 있다. 하지만 중국은 직접적으로 대만의 교육과 교과서의 수정을 개입하거나 요구할 수 없기 때문에 문화근원론을 효과적으로 전달하는 경로로 '관광'을 선택했고, 진먼은 최고의 매개체가 되었다.

잦아지는 소양안 교류로 인해 진먼도가 샤먼을 비롯한 중국 푸젠성 각지와 다시 동일 생활권으로 복구되었다. 이 과정에서 중국의 문화 통일 전략으로 인해 진먼인은 이중적인 문화정체성을 갖게 된다. 국공내전으로 인해 '조국'과 분리된 진먼도에 있어 '중화민국'이라는 국호는 '조국'의 상징이자 중화문화의 보존자이기도 하다. 진먼인은 새로운 대만공동체의 문화를 받아들이면서도 조국의 중화문화도 동경한다. 특히 이들은 진먼은 물론이고 대만 문화의 근원이 중국에서 나온다고 생각하기 때문에 본토화 교육을 통해 문화독립을 추진하는 독립파를 싫어한다.

이로 인해 진먼인들이 어느 정도 중화문화와 중국을 연결시키게 되면서 대만 본섬인과 다른 '친중親中'의 경향이 드러난다. 이런 문화 동경도 정치적 경향에 반영된다. 일반적으로 진먼인의 정치적 경향은 통일을 원하는 친중파로 본다. 그래서 진먼현의 현장縣長은 대부분 친중하는 국민당 후보가 당선되며, 총통 선거 때도 국민당 후보의 득표율이 역시 더 높다. 〈그림 3〉을 보면 대만 본섬의 정치 판도가 계속 변화되어 있지만 진먼도와 마주도는 한결같이 파란색3)(국민당의 대표색깔)이다.

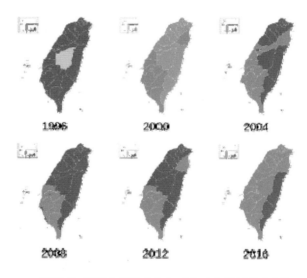

〈그림 3〉 1996년~2016년 총통 선거 결과 (출처:위키백과)

---

3) 대만에서는 일반적으로 국민당을 파란색, 민진당을 초록색으로 표시한다. 예외적으로 2000년의 선거 결과도는 국민당을 주황색으로 표시하였다.

3. 진먼도의 평화 자원

한때는 양안 간 대치의 최전선이자 가장 치열하게 전투했던 진먼도와 샤먼도였지만, 1980년대 샤먼이 중국의 개혁개방 '시험전試驗田'과 조국의 평화통일을 촉진하는 특수한 사명을 부여했을 때부터 중국정부는 진먼과 마주 군도에 대한 포격을 중지했다. 중국 측의 '구랑위鼓浪嶼'호가 36년만에 샤먼항에서 출발하여 무사히 '포화의 복도砲火走廊'라고 불리는 진샤金廈 수역을 통과하였다. 그리고 중국의 평화교류호소에 대해 대만정부가 먼저 중국대륙 친척방문을 개방하며, 진먼의 계엄령을 해제하여 철군시키고 '양문(진먼과 샤먼)·양마(마주와 마위)'의 소삼통小三通을 실시했다. 소양안의 전쟁 분위기가 점차 평화 분위기로 전환되었다.

1992년 진먼도가 계엄령을 해제한 이후, 진하 수역에서는 양안의 밀수가 빈번해지기 시작했다. 대륙의 상품이 비교적 저렴하다는 것이 밀수의 주 원인이지만 소양안 동포간의 서로 돕고자 하는 마음도 컸다. 과거에 공격당하기 쉬웠던 곳이 이제 민간인들이 군사 경계를 넘어 밀수를 하는 인기 장소가 되었다는 것은 접경지역의 역설을 보여준다. 그러나 이런 거래는 불법이었으므로 1999년 중국 정부는 따등도에서 대만 상품을 구매할 수 있는 '대대소액상품거래시장對台小額商品交易市場'을 특별히 개설했다. 하지만 한 번에 10만 달러 이상 거래할 수 없었으므로 민간인의 '소액무역'이 여전히 빈번했다. 2001년 양안은 '양문·양마'의 소양안 직항을 실시했다. 이 '소삼통'은 중국이 해협 양안의 '대삼통大三通'을 추진하는 정책의 교량이 되었으며, 관광은 양안이 인적 교류의 판도를 넓히는 중요한 방식이 되었다. 2003년 샤먼시 관광국廈門市旅遊局은 진먼관광협회金門旅遊協會와 관광협력 합의서를 체결하였다. 이 합의서의 체결은 '진하관광권'이라는 행정 구역의 경계를 넘는 다차원적 관광협력 체계로서 과거에 대만 상인들에게만 '진샤 직항' 서비스를 제공했던 한계를 넘어서 샤먼을 민대閩台(푸젠성과 대만) 관광객 교류의 유통 센터와 중계점으로 삼을 전망이다.[4] 2004년 중국공산당 주석 후 진타오의 대만사무를 진마사무와 분리하는 원칙에 의해 중국은 진먼을 '진샤관광권金廈旅遊圈'으로 포장된 중공의 통일 전선 전략에 포함시키기도 한다.

2004년 9월 푸젠성의 '진먼유金門遊' 개방 선언, 10월 진먼 고량주가 중국에 상표를 등록하여 판매되며 12월 푸젠성 주민의 첫 '진먼유'의 시작에 따라 진샤항로가 마침내 다시 활성화되었다. 소양안의 많은 산업은 '관광'을 중심으로 투자하기 시작했는데, 예를 들면 관광업과 부동산업이다. 2005년 11월 7일 크게 증가한 중국 관광객을 위해 진먼의 새로운 수이터우 여객터미널이 낙성되었다. 당시의 진먼 현장인 리주펑李炷烽은 소삼통을 통해 양안의 대삼통을 추진하고 중화민족의 평화통일을 추진하기 바란다고 기대했다.[5] 이는 2005년 2월에 진먼 현 정부와 현 의회 방문단이 샤먼과 중국 각지의 진먼 동포 연의회와 좌담회를 열었을 때 푸젠성진먼동포연의회福建省金門同胞聯誼會 명예회장이 진먼에 대해 제시한 다섯 가지 전망에 호응하는 것이라고 볼 수 있다. 즉, 소양안은 진샤 관광권을 구축하는 방향으로 나아가야 양안의 인적왕래·교류의 중계점과 양안 동포의 감정을 연결하는 평화의 다리를 놓고, 중화민족의 전통문화를 선양하는 문화현, 그리고 '대만 독립'을 반대하는 근거지가 될 수 있다[6].

2000년부터 지금까지 샤먼의 관광 상품 중 '하이상칸진먼海上看金門 (바다에서 진먼을 바라본다)'라는 상품은 여전히 유명한 관광 브랜드

---

4) 《中新福建网》, 「厦门着力打造"厦金旅游牌"」, 2004. 2. 19.

5) 《金門日報》, 「水頭客服中心十一月七日啟用」, 2005. 11. 5.

6) 《厦门日报》, 「金门参访团访厦门 "两门"同胞热议两岸合作」, 2006. 2. 14.

의 하나다. 진먼이 양안의 국경 관광에 있어 아직까지 매력을 가지고 있음을 알 수 있다. 샤먼은 진먼을 거점으로 삼아, 펑후澎湖 군도나 대만과의 직항 관광을 단계적으로 이룸으로써 푸젠성의 대내 관광권과 해협의 대對대만 관광권을 구축하는 데 중심 역할을 확고히 했다. 개혁개방 이래, 샤먼은 경제 무역으로 양안 교류의 문을 열었고 양안문화관광권 구축을 통해 대對대만 교류의 인솔자로서의 지위를 다지게 되었다. 반면에 진먼은 줄곧 민남문화의 전통 건축물과 문물을 보존해 왔기 때문에 소양안의 민남문화 부흥 사업에서 '근본'을 지키는 중요한 역할을 하고 있다.

소삼통의 실시는 탈냉전으로 인한 경제 쇠퇴에 직면하는 진먼도 경제를 호전시켰다. 그리고 냉전 시기의 전쟁유산과 고유의 민남문화를 관광 자원으로 삼아 전후戰後 관광이 발전하기 시작하였다. 진먼도의 관광 자원은 전쟁 유산, 민남문화, 자연 경관을 주축으로 해 왔으며, 이는 오랜 군사적 통제 하에 생겨나고 보존되어 왔다. 민남문화는 중국 푸젠福建성 남방의 문화를 의미하며, 현재 중국은 이를 대만에 대한 문화 통전의 도구로 활용하기 위해 극력으로 보존하고 있다. 전쟁 시기에 진먼에 주둔한 군대가 지방 종족宗族을 이용해 진먼 사회를 관리하려 했기 때문에 전통적인 종교와 종족 활동은 최대한 유보했다. 이 때문에 진먼의 민남문화는 중국 공산당이 푸젠 지역의 전통문화를 파괴한 것에 비해 여전히 전통의 모습을 유지하고 있다. 그래서 민남문화의 유전자은행이라고 자부한다.

또한 과거 전쟁터가 평화 교류의 실천 지역으로 전환된 것을 가장 잘 증명하는 방식이 관광이다. 특히 최근 몇 년 동안, 중국 정부는 관광을 통전 및 외교의 제재 수단으로 삼으면서 탈냉전 이후 관광에 의존했던 진먼도는 중국 관광객을 잡기 위해 평화관광의 요소와 선의를 최대한 조성해야 했다. 그래서 전쟁 유산을 보존하기 위해 1995년 진먼도는 계엄령을 해제하자마자 국가공원으로 지정되었다. 또한, 중국 관광객의 예민한 정치 신경을 건드리지 않기 위해 곳곳에서 볼 수 있던 반공反共 구호를 점차 없앴다. 진먼을 단체로 방문하는 중국 관광객으로 인해 진먼인은 '양안일가친兩岸一家親'이라는 주장을 더욱 강조한다. 그리고 교류를 중단하지 않도록 진먼을 양안의 평화 관광 실험장으로 적극적으로 구축해 왔다. 전쟁의 분위기를 최소화하는 한편 평화의 분위기를 향상시키는 관광 무대를 만들면서 진먼도는 점차 평화의 섬으로 탈바꿈했다.

4. 나오며

진먼도는 1949년부터 대만 본섬과 정치 공동체로 형성되었고, 냉전 시기에 대만을 지키는 중요한 최전선이 되었다. 군사적 통치와 지정학적 영향으로 인해 진먼도는 냉전시기에 오히려 현대화가 이루어졌다. 하지만 냉전이 끝나고 진먼도에 주둔했던 군대가 철수하면서 진먼도는 '최전선'의 역할에서 벗어나 점점 주변화되었다. 또한 대만 본섬의 본토화 운동으로 인해 진먼도는 이 공동체에서 어색한 존재가 되었다. 그리하여 어떻게 '대만'이라는 공동체에서 자신의 정체성을 재확립하는지가 탈냉전 이후 접경 지역인 진먼도의 큰 과제였다. 하지만 관광을 개방하면서 진먼인은 정치 공동체 외에 중국과의 경제 공동체도 구축해야 했다. 이는 진먼인에게 있어 전쟁은 이미 끝났으며, 그들은 전쟁이 다시 일어나지 않기를 바란다는 것이다. 따라서 양안의 평화 교류 지역 역할을 잘 해내고 중국과 대만 사이의 긴장 관계를 완화시키며 중립된 평화의 섬이 되는 것이 진먼도의 희망이다. 소양안은 소삼통을 통해 생활권과 경제무역권, 문화권, 그리고 관광권을 회복했다.

그리고 정부의 정책을 넘어 시민 사회의 역량으로 소양안의 평화교류를 안정시키며, 오늘날 양안관계의 교류를 유지해 오는 중요한 요인이 되었다.

그리하여 '평화'라는 보편적인 가치는 진먼도의 이중 정체성이 가져온 갈등과 어색함을 해소시키는 방법이라고 본다. 공교롭게도 '문화'도 진먼에 '평화' 분위기를 구축하는 요소를 제공한다. 냉전 시기에 모택동이 진먼도를 양안이 완전히 분단되지 않도록 양안을 연결하는 연결고리로 삼았고, 현재의 진먼도도 중국 정부에 의해 경제통일전선의 본보기로 간주된다. 이는 탈냉전 이후 관광산업이 주요 경제원이 된 진먼도가 평화관광 무대를 구축하는 데 큰 영향을 준다고 본다.

〈그림 4〉 소양안小兩岸이라 불리는 대만 진먼과 중국 샤먼의 위치도

참고문헌

林竣達, 2009,「政治主體的誕生: 戰後台灣政治論述及民主概念1970s-1980s」, 碩士論文
陳亮智, 1999, 「民主化下的外交政策: 論台灣的政治民主化對其務實外交的影響
       (1986~1998)」, 碩士論文
王宏文, 2003, 「台灣民主化與務實外交政策(一九八八~二000)」, 碩士論文
郭添漢, 2013, 『熱線: 兩岸軍事互信機制建構』, 臺北: 新銳文創

근대 시기 한국인의 민족 인식과 민족주의
: 안창호를 중심으로

이나미
경희사이버대학교 외래교수

1. "우리가 어떤 민족입니까"

코로나19 감염병으로 배달서비스가 일상이 되기 훨씬 이전, '우리가 어떤 민족이냐'고 물으며 기업의 민족성을 강조하여 시선을 끈 한 업체가 사실은 우리 기업이라고 하기 어렵다는 것을 안 것은 아이러니다. 그러한 광고문구가 효과가 있었는지는 모르겠으나 현재 '동학개미,' '존봉준' 등 이윤과 관련된 행위나 인물에 민족적 용어가 종종 붙여지는 것을 볼 수 있다. 또한 일본상품 불매운동, 김치유래 논쟁은 어떠한가. BTS, 영화 〈기생충〉, 드라마 〈오징어게임〉 등은, 우리 문화가 종종 중국, 일본의 그것과 비교되면서, 우리 것의 우수함을 증명하는 근거로 제시되곤 한다. 이러한 현상은, 한국인이 '민족주의적'임을 보여주는 증거들인가.

이 글의 목적 중 하나는 이러한 질문에 답해보고자 하는 것이다. 그간 한국 민족주의에 대한 연구는 주로, 항일독립운동, 사회주의, 민주공화국, 권력의 지배담론 등과 관련되어 진행되어왔는데 이 글에서는 해방 전 한국인의 자민족 인식을 살펴봄으로써 한국 민족주의의 특징을 가늠해보고자 한다. 그리고 그것을 통해 현재 또는 앞으로 우리는 어떤 민족주의를 지향하게 될지, 또는 어떤 민족주의가 바람직할지 전망해 보고자 한다.

결론을 먼저 말하자면, 요즘 흔히 말해지는 '국뽕'과 같은 현재의 민족애 내지 민족주의는 아주 최근의 현상이라는 것이다. 벌써 '국뽕'이라는 용어 자체가 마약에 취한 것 같은 맹목적 민족주의, 애국심을 뜻하고 있어 과도한 민족주의의 위험성을 경계하고 있다. 과거 우리의 역사와 문화를 돌이켜 볼 때 한국인은 각자 가진 자신의 능력에 대한 확신은 큰 반면, 한국이나 한민족의 우수함에 대한 믿음은 별로 크지 않았다. 한국인은 많은 경우 자기 자신은 과대평가하는 반면, 자신이 속한 한민족은 과소평가했다. 현재에도 적지 않은 이들이 자신은 본래 세계의 주류인 백인사회에 어울리는 사람이라고 생각하며 그들의 관심과 칭찬을 들어야 진짜 인정받았다고 느낀다. 얼마 전까지도 백인들이 지켜보는 가운데 길거리 공연을 한다든지 한식당을 차려 그들의 평가를 듣는 프로그램이 인기를 끌었다. 영화 〈기생충〉, 〈미나리〉도 미국 할리우드에 진출하여 각종 상을 휩쓸고, BTS 노래와 드라마 〈오징어 게임〉이 자체 신기록을 계속 갈아치우며 백인들의 관심을 받자, 비로소 우리 민족의 특별함이 한국인들 사이에 공감을 얻고 있다.

따라서, 필자가 보기에 한국인은 본래 민족보다는 각자 자신의 능력을 더 크게 생각한다. 그리고 그 능력은 주로 노력과 무관한 '타고난' 능력이다. 한중일 문화 모두 메리토크라시적 요소가 있고 이것이 동아시아 발전의 이유 중 하나로 여겨지지만 그것이 중시하는 지점이 나라마다 각각 다르다고 생각된다. 후천적 노력에 의한 업적은 중국인들의 자부심이며, 노력의 과정 즉 성심(마코토)을 다하는 것은 일본인들의 자부심이다. 이를 시간적 흐름에 대입해보면, 출발점에 대한 자부심은 한국인, 과정에 대한 자부심은 일본인, 결과에 대한 자부심은 중국인이 강한 듯하다. 아버지의 원수를 갚기 위해 무술을 십수 년 수

련하여 결국 원수를 쓰러뜨리거나, 고된 노력 끝에 거부가 되는 것이 중국적 서사라면, 자신은 뛰어난 인재인데 그것을 알아보지 못하는 가족을 탓하거나 신분을 탓하거나 시대를 탓하다가 결국 기회를 만나 자신의 큰 인물됨을 세상에 드러내는 것이 한국적 서사다. 홍길동, 임꺽정, 장길산 등이 그러하다. 일본적 서사가 우동집이 변함없이 몇 대째 내려오는 것이라면, 한국적 서사는 맛의 비법을 개발하여 크게 성공하고 프랜차이즈를 내는 백종원식 스토리가 전형이다.

한국인은 노력으로 성취한 업적이나 노력 그 자체에 큰 가치를 두지 않는다. 한국의 고전소설을 보면 주인공은 대체로 노력 없이 타고난 능력을 갖춘 이들이다. 노력은 오히려 악인들의 특징이 된다. 한국인들은 노력이 자신들의 인생을 크게 바꾸지도 못한다고 생각하며 따라서 '인생은 한방'이라는 말을 즐겨 쓴다. 한국인들의, 자신에 대한 인식은, 자신은 본래 능력자인데 노력을 안 했거나 부모를 잘못 만났거나 친구를 잘못 만났거나 때를 잘못 만났거나 나라를 잘못 만나서 성공하지 못했다는 것이다. 한국인이 세계에서 자살율 1위인 것은 어쩌면, 자신에 대한 인식과 자신의 세상 속 실제 모습 간 괴리가 너무 커서일 수 있다. 또한 한국인들이 생산하는 온갖 이야기 컨텐츠가 기발하고 흥미로운 것도 자신에 대한 인식과 세상이 자기를 보는 인식 간 괴리를 메우기 위해 판타지를 키운 결과일 수 있다.

2. '민족성'에 대한 관점과 연구 방법

특정의 민족성이 있다고 하는 주장은 국수주의라고 비판받기도 한다. 민족의 '실체' 자체가 늘 논란의 대상이 된다. 베네딕트 앤더슨 Benedict Anderson의 말대로 민족은 '상상의 공동체'라고 해야 무난한,

또 세련된 현대인이 된다. 그러나 상상의 공동체로 규정되는 서구의 '네이션nation'은 우리의 '민족' 개념에 딱 들어맞지는 않는다. 용어의 용례를 볼 때 영어 nation은 우리말 '민족'과 '국민' 사이에, '민족'은 'ethnic group(종족)'과 nation 사이에 위치한다. 막 중앙집권적 민족국가를 건설하려는 서구에서 네이션은 상상을 통해 형성해야 하는 공동체이겠지만 오랜 중앙집권적 국가의 역사를 가진 우리에게 민족, 국민, 네이션은 이미 '실체'로서 당연시되는 공동체이다.

우리에게 실체로 여겨지는 민족이 있다고 했을 때 다음으로 할 수 있는 질문은, 우리 민족이 공유하는 성질, 즉 민족성이 있는가 하는 것이다. 이에 대해서는 그레고리 베이트슨의 '민족성national character' 개념에 의지하고자 한다.[1] 그는, "서로 다른 문화적 배경을 가진 개인들에게 똑같은 상황은 결코 발생하지 않기 때문에 민족성과 같은 추상적인 것을 거론하는 것이 불필요하다"는 지적에 대해, 이는 '학습에 대해 알려진 사실들을 무시'하는 것이라고 지적한다. 그는 우선 "포유류와 인간 행동의 특징은 이전의 개인적 경험과 행동에 좌우된다"는 것을 지적한다. 따라서 인간은 행동에 있어 체계적으로 계속 연결되는 특징을 보이며 이것이 "상황과 함께 성격도 반드시 고려되어야" 할 필요성이 된다. 즉 우리는 "학습된 성격의 중요성에 대해 알고 있으며, 이 지식은 부가적 '실체'를 고려하지 않을 수 없게 한다"는 것이다. 따라서 그에 의하면 한 공동체의 구성원들은 공통적으로 받은 학습을 통해 공유된 성질을 갖고 있으며 이것이 부가적 실체로서의 민족성을 형성했다고 할 수 있다.

둘째, 민족성에 어떤 획일성이 있는가 하는 의심에 대해서 그는, "일단 획일성은 분명 없다고 인정"하고, 대신 "어떤 종류의 규칙성이

---

1) 그레고리 베이트슨, 『마음의 생태학』, 책세상, 2006. 번역서는 national character 을 '국민성'으로 번역하였다.

기대되는지를" 생각해 보자고 한다.

셋째, 민족성이 있다고 하더라도 이는 변화하는 것이기 때문에 고정적인 특성을 말할 수 없다고 할 수 있다. 이러한 주장에 대해서는, 변화도 물론 발생하지만 "변화의 방향은 필연적으로 이전 상태를 조건으로 해서 일어나기 때문에 과거에 대한 반작용적인 새로운 패턴들도 과거와 체계적으로 관계된다"는 것이다. 그리고 '체계적 관계'라는 주제에 한정한다면 "우리는 개인에게서 성격의 규칙성을 예측"할 수 있다고 그는 주장한다. 또한 "공동체가 어느 정도 평형에 도달하거나, 공동체가 인간 환경의 특성으로서 변화나 이질성을 수용"하는 것에는 '충분한 시간'이 필요하다는 것도 민족성을 발견할 수 있는 조건이 된다.

이렇듯 민족이나 민족성이 실체로서 발견될 수 있다고 했을 때 우리는 이를 어떻게 대해야 할 것인지의 문제가 남아있다. 필자는 이에 대해 '제도화' 방식과 '내러티브' 방식을 제시하고자 한다. 들뢰즈·가타리는 "형식을 부여받지 않은 불안정한 질료들, 모든 방향으로 가는 흐름들, 자유로운 강렬함들 또는 유목민과 같은 독자성들, 순간적으로 나타났다 사라지는 미친 입자들"과, 이러한 "질료에 형식을 부여"하고, "시스템들 속에 강렬함들을 가둬두거나 독자성들을 붙들어 매고," "지나가는 모든 것을 부여잡으려고 애쓰는 '검은 구멍' 또는 폐색 작용"을 구분한다.[2] 전자의 경우는 내러티브, 후자의 경우는 제도화와 유사하다.

민족성의 제도화는, 예를 들면 국가가 "우리는 민족중흥의 역사적 사명을 띠고 이 땅에 태어났다."로 시작하는 국민교육헌장을 외우게 하거나, 단군이 우리의 시조라고 공식적으로 선언하거나, '우리는 단일민족'이라는 순혈주의를 강조하는 것이다. 국정교과서를 만들어 일체의 다른 논의를 차단하는 것도 같은 방식이다. 이는 민족성을 박제

---

[2] 질 들뢰즈·펠릭스 가타리, 김재인 옮김, 『천개의 고원』, 새물결, 2001, 85.

화, 코드화, 국수주의화하는 것이다. 내러티브 방식은, 전해져 오는 민족의 공통된 유산을 전설로, 이야기로, 문화 컨텐츠로 풍부하게 활용하고 변용하는 것이다. 국가가 특정 사실과 특정 이념을 공식적으로 인정하고 다른 것들을 배제한다면 오히려 그것은 어느 순간 통째로 부정당할 위험을 갖게 된다. 전해져 오는 기록을 여러 가능성을 품은 이야기로 전하고 변용시킬 때 이것이 오히려 더욱 생명력을 갖고 이어지게 된다.

기원을 묻는 것도 민족과 역사를 가두고 고정하는 방식이다. 예를 들면 드라마 〈오징어 게임〉의 각종 놀이들이 사실은 일본에서 들어온 것이라는 주장은 국수적, 고정적 설명방식이다. 이를 반박하지만 또 다른 국수주의가 되는 설명 방식은, 일본의 많은 문화는 한국에서 넘어갔으므로 그 놀이의 기원 역시 우리 것일 수 있다는 것이다. 이에 반해 내러티브 방식이란 모든 문화는 분자적으로 자유롭게 흘러다니는 것으로, 기원이 어디인지 묻는 것은 의미가 없으며 그것을 어떻게 풍부하고 다양하게 변화시킬 것인가가 더 중요하다는 것이다.

이 글은 민족성에 대한 국수주의적 접근을 경계하면서, 베이트슨적 관점에서 볼 때 우리 민족이 비교적 공통적으로 갖고 있다고 여겨지는 성격이 있는지 살펴보고자 한다. 또한 그것은 '불안정한 질료들', '자유로운 흐름들,' 즉 내러티브로서, 앞으로 어떤 이야기와 문화로 이어지는지가 관심사가 될 것이다. 이를 통해 비교적 오래 관찰되고 있는 한국인의 특정 민족성이 동아시아 더 나아가 세계에서 '긍정적 이질성'의 문화적 조화를 어떻게 이룰 것인지 추론해보고자 한다.

연구 방법은, 해방 이전 시기 한민족의 특성을 언급한 자료를 분석하되 안창호의 글을 많이 참조하였다. 그 이유는 첫째, 그가 미국, 중국 등 해외에서 활동하면서 한국인이 타민족과 어떻게 다른지 외부의 시선으로 비교의 관점을 가진 점, 둘째, 그가 미국에서 한국 노동자로 살아가면서 독립운동 등 공식적 영역 뿐 아니라 일상의 영역에서의 한국인의 인식도 경험했다는 점, 셋째, 이념이나 정파적으로 좌우 어느 한 편에 치우치지 않고 좌우를 아우르는 관점을 견지했으며 독립운동 노선에서도 실력양성 뿐 아니라, 외교와 무장항쟁도 중시하는 통합적인 입장을 보여준 점, 넷째, 흥사단을 설립한 것에서도 알 수 있듯이 한민족이 장차 어떤 방향으로 나아가야 하는지의 발전적 전망을 갖고 실천했다는 점 때문이다. 더불어 한국을 방문한 서구인의 시각도 덧붙였다. 이들은 한국뿐 아니라 중국, 일본에 대해서도 잘 알고 있어 한·중·일을 비교할 수 있고, 또한 특별히 한국을 옹호하고 중국이나 일본을 비판할 이유가 없어 객관적 시각을 볼 수 있기 때문이다.

3. 자신自信주의

한국인은 역사적으로 볼 때 특정 지도자나 이념의 지도 아래 하나로 뭉치는 경우를 보기 어렵다. 한국의 독립운동, 민주화운동의 특징 중 하나는 오히려 운동 과정에서의 분열과 갈등이다. 결정적 국면에서 함께 뭉치는 모습을 보이지만 그러한 경우에도 특정의 지도자, 이념, 정파를 위한 것이 아니며 '독립' 또는 '민주주의' 그 가치 자체가 구호였고 목표였다. '금 모으기' 운동과 촛불집회도 자신의 시민됨의 믿음과 그 표현으로도 볼 수 있다.

외세와 봉건주의에 맞선 전국적 봉기의 토대가 된 동학의 창시자 최제우는 모든 사람이 자신 안에 신을 모셨다고 했으며 하늘의 마음이 곧 인간의 마음이라고 했다. 2대 교주 최시형은 "사람은 한 사람이라도 썩었다고 버릴 것이 없나니, 한 사람을 한 번 버리면 큰일에 해로우"며 "일을 하는 데 있어 사람은 다 특별한 기술과 전문적 능력이 있으니, 적재적소를 가려 정하면 공을 이루지 못할 것이 없"[3])다고 하여 각 개인이 모두 특별한 능력을 갖고 있음을 강조했다. 또한 "내 마음을 공경함이 곧 한울을 공경하는 도를 바르게 아는 길"이라 했으며 "한울을 공경함으로써 모든 사람과 만물이 다 나의 동포라는 전체의 진리를 깨달을 것"이라고 했다.[4]) 즉 각각의 모든 사람, 모든 물체가 다 신성을 내포한 중요한 존재인 것이다.

이렇듯 자신自信은 자신自神으로 나아간다. 이돈화는, 미래의 종교는 '자기 안의 신自神'을 신앙하는 형태이며 천도교가 그러한 신앙 형태에 부합된다고 했다. 손병희도 인내천주의를 자신自神 또는 자천自天신앙으로 불렀다.[5])

독립운동 시기, 민족의 통합과 단결이 중요한 과제였지만 안창호는 그 와중에도 개개인의 의사를 중시했다. 안창호는 "민족 사회는 각개 분자인 인민으로 구성된 것이므로, 그 인민 각개의 방침과 계획, 즉 합동의 목표가 생기는 것은 민족 사회에서는 피치 못할 원칙"이라고 했다.[6]) 특히 공화정치에서는 국민 각각의 의사 표시가 중요하다고 했다. "공화시대는 국가의 사업을 그 국민 전체 의사에 의하여 행하는 것이 원칙"이어서 "국민 각각 자기의 의사를 표시하여 어느 의사가 국민 다수, 곧 전체의 의사임을 알아야" 한다는 것이다.[7]) 국민대표회 운영에 있어서도 그릇된 의사가 있다면 "그 그릇된 길을 교정키 위하여 각각 자기의 의사를 그 대표회에 줄 것이며, 또한 일이 그릇되기 전에 각각 자기의 지력을 다하고 성력을 다하여 좋은 방침을 제공"하라고 했다.[8])

3) 최시형, 『해월신사법설』, 「오도지운」.
4) 최시형, 『해월신사법설』, 「삼경」; 김용휘, 「해월 최시형의 공경과 살림의 평화사상」, 서보혁·이찬수 편, 『한국인의 평화사상 I』, 인간사랑, 2018.
5) 조성환·이우진, 「이돈화의 미래종교론」, 『종교연구』, 80-3.
6) 안창호, 「민족에게 드리는 글」(1924)
7) 안창호, 「정부에서 사퇴하면서」(1921. 5. 12.)(1921. 5. 17.).

그는 각각의 대한 사람이 모두 나라의 일에 책임이 있다고 했다. "어떠한 직책, 어떠한 지위를 물론하고 대한 사람인 이상에는 동일한 책임이 있"다는 것이다. 동시에, "모두 다 자기가 할 수 있는 일을 찾아서 각각 자기의 능력을 다"할 것을 주문했다.[9]

그는 우리 민족의 "공통적 조건의 방침과 목표를 세우는 근본 방법"은 "대한 사람 각 개인이 머릿속에 방침과 계획을 세움에 있"다고 하면서, 이는 "얼른 생각하면 모순처럼 생각될 것"이라고 했다. 왜냐하면 "사람마다 각각 제 방침과 계획을 세워 가지고 각각 제 의견만 주장한다 하면 합동이 되기는커녕 더욱 분리가 될 염려"가 있기 때문이라는 것이다. 그러나 민족 사회 자체가 인민 개개인으로 구성된 것이므로 인민 개개인이 자신의 방침과 계획을 가져야 하는 것이 원칙이라고 했다.

또한 그는 한국인이 '발전하기에 합당한' 성질을 가졌다고 보았다.

> 일본 민족은 섬나라 같은 성질이 있고, 중국 민족은 대륙적 성질이 있는데, 우리 민족은 가장 발전하기에 합당한 반도적 성질을 가진 민족입니다. 근본이 우수한 지위에 처한 우리 민족으로서 이와 같이 불행한 경우에 처하여, 남들이 열등한 민족으로 오해함을 당함에 대하여 스스로 분해하고 서로 측은히 여길 수밖에 없습니다[10]

한반도는 중국처럼 너무 넓거나 또는 일본처럼 섬들로 구성된 나라가 아니어서 비교적 공통된 문화적 특성을 가질 가능성이 크다. 또한 반도라는 지형은 자연적으로, 사회적으로, 문화적으로 독특한 생태계를 형성하게 하는 장소성을 가진다. 우선 흔히 이야기되듯이 대륙과 해양의 문화가 만나 복합적인 문화를 형성할 수 있다. 반도는 대륙과

---

8) 안창호, 「국민대표회를 맞이하면서」(1923. 1. 24.).
9) 안창호, 「정부에서 사퇴하면서」.
10) 안창호, 「민족에게 드리는 글」.

해양의 경계면이며 동시에 혼재면이다. 갯벌과 같은 곳으로 문화적 생명체가 풍성히 자랄 수 있는 곳이다.

대륙과 해양의 경계에 있는 한반도는 무조건 뭉치는 '군중'보다는 개개인이 살아 있는 '무리'를 형성하기에 적합한 곳이다. 들뢰즈와 가타리에 의하면 '군중'은 안전하게 다수 속에 묻혀 있으며 되도록 권력 중앙에 가까이 가고자 하고 가장자리에 있기를 꺼리는 반면, '무리'는 "사냥하는 늑대"와 같이 자신이 "타자들과 함께 있을 때에도 혼자라는 점을 주목"한다. 공자가 말한 화이부동和而不同, 즉 화합하되 같아지지 않는 덕성을 지녔다. 이들의 위치는 중앙이 아닌 가장자리이다.[11] 가장자리에 있으면 외부의 공격에는 취약하나 내부 전체를 지켜보기는 용이하다. 교실에서 모범생은 주로 교사 바로 앞 가운데 자리에, 삐딱한 학생은 가장자리나 뒤에 앉는다. 가장자리에 앉은 학생은 교사의 경계 대상이다. 이들은 중앙이 갖는 권력의 크기에 관계 없이 자신들의 영향력을 갖는 이들로서 허준이 말하는, 권력이 두려워해야 할 '호민'과 유사하다. 호민은 아래와 같은 자들이다.

> 자취를 푸줏간 속에 숨기고 몰래 딴 마음을 품고서, 천지간天地間을 흘겨보다가 혹시 시대적인 변고라도 있다면 자기의 소원을 실현하고 싶어 하는 사람들이란 호민豪民이다. 대저 호민이란 몹시 두려워해야 할 사람이다.
>
> 호민은 나라의 허술한 틈을 엿보고 일의 형세가 편승할 만한가를 노리다가, 팔을 휘두르며 밭두렁 위에서 한 차례 소리 지르면, 저들 원민이란 자들이 소리만 듣고도 모여들어 모의하지 않고도 함께 외쳐대기 마련이다. 저들 항민이란 자들도 역시 살아갈 길을 찾느라 호미·고무래·창자루를 들고 따라와서 무도한 놈들을 쳐 죽이지 않을 수 없는 것이다.

그러나 이렇듯 자기 자신을 믿고 또한 안창호의 표현대로 발전의 욕구를 가진 한국인들은 그 성향으로 인해 직업의 귀천을 나누고, 보

---

11) 질 들뢰즈·펠릭스 가타리, 『천개의 고원』.

다 높아 보이는 일, 공적으로 중요해 보이는 일을 서로 하고자 했다. 따라서 독립운동 시기에 '지사'란 직업이 가장 인기가 있었다. 지사란 독립운동을 전문으로 하는 독립운동가인데 안창호는 이들을 '소비자'라고 불렀다. 즉 그는 독립운동을 하는 데 있어 모두 소비자뿐이고 생산자가 없다고 한탄했다. 서북간도, 러시아, 북경, 상해 등을 보면 독립운동을 하는 이 중 생산자가 없고 모두 소비자뿐이라는 것이다. 이는 독립운동 장래에 큰 문제라고 지적했다. 그러면서 만일 독립운동가들이 다 각각 생산자가 되어 그들의 수입이 임시정부의 금고로 들어오면 독립 사업도 잘 진흥될 것이라고 했다.[12] 따라서 그는 독립운동에 있어서도, 다양한 분야에 종사하는 것이 독립운동이 될 수 있다고 강조했다. 즉 공부, 농사, 상업에 종사하면 독립운동을 안 하는 것으로 여겨 비난받기도 하는데 "총 메고 전장에 나선 사람만을 전쟁하는 사람이라 하고, 뒤에 남아서 군기軍器를 만들고 군량을 장만하는 사람을 전쟁하는 사람이 아니라" 하겠느냐고 반문한다.[13] 그러면서 누구든 한 가지 이상의 전문 지식 또는 전문적 기술을 갖자고 주장했다.[14]

지나친 자신감은 무모함으로 연결되기도 한다. 안창호는 한국인들이 아무 계획 없이 일하는 스타일이라고 지적했다. "우리의 병통病痛은 먼저 아무 계획도 정하지 않고 되는 대로 덤벼"보는 것으로 "계획은 정하지 않고 행여나 될까 하고 마구 해"본다고 했다. 어떤 이는 "혁명 사업을 언제 일일이 계획을 정하여 가지고 하나"고 말한다고 했다.[15] 이는 매뉴얼과 절차를 중시하는 매사에 신중한 일본인의 행동과 정반대의 모습이라 하겠다.

---

12) 안창호, 「정부에서 사퇴하면서」.
13) 안창호, 「나의 사랑하는 젊은이들에게」, 『동광』, 1927년 1월호
14) 안창호, 「나의 사랑하는 젊은이들에게」 『동광』, 1926년 12월호
15) 안창호, 「따스한 공기」(1924)

4. 타인은 지옥

한국인은 자신은 특별하게 여긴 반면 자신의 민족은 그렇게 보지 않았다. 오히려 우리 민족에 대한 열등감이 컸다. 그래서 안창호는 다음과 같이 부르짖었다.

> 자기의 민족이 아무리 못나고, 약하고, 불미하게 보이더라도, 사람의 천연天然한 정으로 측은히 여겨야 함을 물론이거니와, 그 밖에 우리는 우리 민족이 처한 경우를 보아서도 측은히 여길 만하외다. 지금의 우리 민족이 도덕적으로, 지식으로, 여러 가지 처사하는 것이 부족하다 하여 무시하는 이가 있으나 우리의 민족은 무시할 민족이 아닙니다.[16]

더 나아가 한국인은 타국 사람을 대할 때보다 동포를 대할 때 더 경계심을 가졌던 모양이다.

> 우리가 미국 사람이나, 영국 사람이나, 어느 나라 사람을 대할 때엔 어떠한 공포심이 없습니다. 심지어는 내지의 일본인을 대할 때에도 공포심이 없습니다. 그런데 우리 한인이 한인을 대할 때에는 공포심이 있고, 질투심이 있음은 그 무슨 까닭입니까.[17]

안창호는 서양의 신문기자와의 대화를 소개했다. 기자는 한국인이 서로 싸우기 때문에 독립운동의 전망이 비관적이라고 지적했고, 이에 안창호가 "그대네 나라 사람들은 싸움을 더 많이 한다"고 답했다고 한다. 그러자 기자는, "우리는 싸우되 공론에 복종할 줄을 알므로 좋은 결과를 얻고, 그대들의 싸움은 시작한 뒤에 지는 편이 없는 것을 보니 공론에 복종할 줄을 모르는 싸움이라"고 했다는 것이다.[18] 안창호는

---

16) 안창호, 「민족에게 드리는 글」.
17) 안창호, 「따스한 공기」.

한국인이 '합동적'이 아니고 '분리적'이라고 보았다.

> 오늘 우리 대한을 보면 합해야 되겠다 하면서 어찌하여 합하지 아니하고 편
> 당을 짓는가, 왜 싸움만 하는가 하고 서로 원망하고, 서로 꾸짖는 소리가 대한
> 천지에 가득 찼습니다. 이것만 보더라도 우리 대한 사람은 합동적이 아닌 분리
> 적이라는 사실을 잘 알 수 있습니다.[19]

안창호는, 한인들은 믿음보다 의심, 사랑보다 미움, 공경보다 무시,
축복보다 저주를 좋아한다고 했다. "입도둑", "입방아" 등으로, 잘 될
일도 저주 때문에 망한다고 보았다. "나쁜 입방아가 우리 대한 사람의
큰 습관을 이루었다 하여도 과언이 아"니라고 했다.[20]

> 지금 우리 사회 중에 누가 무슨 말을 하든지, 누가 무슨 글을 쓰던지 그 말
> 과 그 글을 정면으로 듣거나 보지 않고, 그 뒤에 무슨 딴 흑막이 있는가 하고
> 찾으려 합니다. 어떤 사람이 동지·친구라 생각하고 무엇을 같이 하기를 간청하
> 더라도, 그 간청을 받는 사람은 이것이 또 무슨 협잡이나 아닌가 하고 참마음으
> 로 응하지 아니합니다.[21]

그런데 이는 일반 평민이 아닌 상층계급의 탓이라고 그는 보았다.

> 슬프다! 우리 민족의 역사를 돌아보면, 우리 민족의 생활이 소위 하급이라고
> 일컫는 평민들은 실지로 노동을 힘들여 하며 살아왔습니다. 그런데 소위 중류
> 이상 상류 인사라는 이들의 생활은 농사나, 장사, 자신의 역작力作을 의뢰하지
> 않는 생활이었습니다. 때문에 그 생활의 유일한 일은 협잡이었습니다. 그네들
> 은 거짓말하는 것이 자기의 생명을 유지하는 유일한 방법이었습니다. 거짓말하
> 고 속이는 것이 가죽과 뼈에 젖어서 양심에 아무 거리낌 없이 사람을 대하고

---

18) 안창호, 「정부에 사퇴하면서」.
19) 안창호, 「민족에게 드리는 글」.
20) 안창호, 「국민대표회를 맞이하면서」(1923. 1. 24.).
21) 안창호, 「민족에게 드리는 글」.

일에 임함에 속일 궁리부터 먼저 하게 되었습니다. 이것이 후진인 청년에게까지 전염이 되어 대한 사회가 거짓말 잘하는 사회가 되고 말았습니다.[22]

　자신을 믿는 믿음의 그림자는 타인을 불신하는 것이다. 안창호는 개인 자신의 영역과 개성을 중시해야 정의情誼를 기를 수 있다고 하면서 경계해야 할 것으로 타인 불신을 들었다. 구체적으로 일곱 가지를 제시했는데 첫째는 "남의 일에 개의치 말라"는 것이다. 우리는 "남의 허물이 있으면 이것을 적발하기를 좋아"하는데, "우리는 각각 자기 일만 살피고, 자기의 허물만 스스로 고칠 뿐, 결코 남의 일이나 허물에 개의치 말"라고 했다. 둘째, "개성을 존중하라"고 했다. "모난 돌이나, 둥근 돌이나 다 쓰이는 장처長處가 있는 법이니, 다른 사람의 성격이 나의 성격과 같지 않다 하여 나무랄 것이 아니"라고 했다. 셋째, "자유를 침범치 말라"는 것이다. "아무리 같은 동지라 하더라도 각 개인의 자유가 있는 것인데, 이제 남을 내 마음대로 이용하려다가 듣지 않는다고 동지가 아니라 함은 심히 어리석을 일"이라고 했다. "서양 사람은 비록 자기 자녀에 대하여도 무엇을 시킬 때에는 하겠느냐(Will you?)고 물어보는 의미로 말하여 그 자녀의 자유를 존중"한다는 것이다. 넷째는 "물질적 의뢰를 말라"고 했다. 우리들 중에는 "돈 같은 것을 달라는데 주지 아니하면 그만 틀어"지는데 "우리는 친구에게 물질적 의뢰를 하지 아니함이 옳고, 설혹 의뢰하였더라도 자기의 요구대로 되지 않는다고 정의를 상할 것은 아니"라고 했다. 다섯째는 "정의를 혼동치 말라"는 것이다. "부자·부부·친구·동지의 정의가 다 각각 다른 것"으로 "부자간의 정의와 친구간의 정의"는 다른 것이라고 했다. 또한 "같은 동지끼리라도 더 친한 사분私分이 있을 것"이므로 "누구는 더 사랑한다고 나무라지 말"라고 했다. 여섯째, "신의信義를 확수確守"

---

22) 안창호, 「민족에게 드리는 글」.

하라는 것이다. "서로 약속한 것을 꼭꼭 지켜야 정의가 무너지지 않"으며, 약속을 안 지키면 서운한 마음이 생긴다는 것이다. 일곱 번째 "예절을 존중히 하라"고 했다. "우리나라 사람들은 좀 친해지면 예절이 문란해"져 "친구간에 무례히 하는 것이 서로 친애하는 표가 되는 줄" 안다는 것이다. 그러나 무례는 호감을 주는 것이 아니라 염증을 생기게 한다고 했다.[23]

안창호는 "서로 남의 자유를 존중하면 싸움의 대부분은 없어질 것"으로 "내가 한 옳음이 있으면 남에게도 한 옳음이 있는 것을 인정하여, 남의 의견이 나와 틀린다 하여 그를 미워하는 편협한 일을 아니하면 세상에는 화평이 있을 것"이라고 했다.[24]

한국인들의 싸움은 변화될 수 없는 고질적인 것이 아니다. 미국에 공부하러 온 안창호는 동포끼리 서로 상투 잡고 싸우는 것을 보고 동포들의 생활개선부터 해야겠다고 생각했다. 그래서 그는 교민들 집 앞을 청소하고 화장실까지 청소해 주었고, 그러자 교민사회가 깨끗해지고 사람들도 달라졌다.

헐버트는, "한국인은 매우 평화를 사랑하는 사람들로서 두 사람 사이의 싸움이 패싸움으로 변하여 난투극을 벌이는 예란 거의 없다"고 했다. 한국인은 화가 나면 본 정신이 아닌 것 같으나 "다소간이라도 술을 마시지 않고서 다투는 일이란 비교적 드물다는 점을 나는 지적하고 싶다"고 했다.[25] 알렌은 한국인들이 싸움을 할 때도 소통이 중요한 구실을 한다고 보았다. 한국인들은 훌륭하고 당당한 입씨름꾼들로 실제로 치고받고 싸우기보다는 주로 말로 싸운다는 것이다. 싸움이 심각해지면 싸움을 말리는 사람이 군중 속에서 나와 난폭한 행동을 하

---

23) 안창호, 「무정한 사회와 유정한 사회」 『흥사단보』, 1946년 7월호.
24) 흥사단출판부, 『도산 안창호』, 흥사단출판부, 2004.
25) H. B. 헐버트, 신복룡 옮김, 『대한제국멸망사』, 집문당, 2006.

지 못하게 제지한다. 혹시 그가 말리는 데 실패하게 되더라도 당사자들이 코피를 흘리게 되는 것이 고작이라는 것이다.[26]

5. 타고난 이야기꾼

몸싸움이 아닌 말싸움에 능한 한국인은 '쑤군대는 것'을 좋아했다. 안창호는 한국 사람은 "무슨 일에든지 찬성하고 반대할 때 정면으로 나서서 이론을 주장하지 않고 어두운 방 안에서 쑤군쑤군하여 서로 꾀고 이간하고 중상하는 흉책譎策을 사용하며 요언부설謠言浮說을 암전暗傳하기에 크게 힘"쓴다고 했다.[27] 알렌도 여인들이 다듬이질을 같이 하려고 모였다가 끝내면 남의 뒷얘기를 한다고 한다. 조선 여인들처럼 은둔 생활을 하는 사람들에게 남의 흉을 보는 것이란 매우 중요한 일이라고 그는 보았다.[28] 일본도 조선인은 "음흉하고 정치를 좋아하는 게으름뱅이"라고 평가했다.[29]

그러나 의심은 관심, 호기심의 다른 모습이다. 홀 선장은 1816년 백령도에 상륙하여 이승렬 현감을 만나 같이 술자리를 했다. 그는 모든 사람의 술잔이 찰 때까지 기다리는 것을 보면서 한국인들이 정중한 사람들이란 것을 알았다고 했다. 서로 언어가 안 통해도 손짓발짓으로 얘기했다. 한국인들은 서양인들에 대해 적의를 갖거나 오랑캐라고 비하하지 않았고 대영백과사전을 갖고 싶어 했다고 한다. 현감 일행 중 환자가 생겨 서양인이 고쳐주자 신기해했고, 대포의 시범 발사를 보고

---

26) H. N. 알렌, 신복룡 옮김, 『조선견문기』, 집문당, 1999.
27) 안창호, 「정부에 사퇴하면서」.
28) H. N. 알렌, 『조선견문기』.
29) 강동진, 『일본언론계와 조선』, 지식산업사, 1987.

즐거워했다고 한다. 신미양요 때에도 전쟁 발발 전 미군들은 주민들과 술을 마시면서 수화로 친교를 나눴고, 주민들은 맥주병을 소중하게 싸가지고 집으로 돌아갔다.[30]

알렌은 자신이 자전거에 바람을 넣거나 수리할 때 군중이 모여드는데 그럴 때면 자진해서 한 사람이 나와 다른 사람들에게 자전거의 원리에 대해 설명하는 것을 신기하게 생각했다. 또한 가마로 몇 시간씩 가야할 때가 있는데 그럴 때면 가마꾼 중 한 명쯤 이야기를 잘하는 사람이 끼어 있어 그가 계속해서 이야기를 들려준다고 했다. 이렇게 해서 지루함을 잊게 하고 가끔 폭소가 터져 나오게도 하며, 이렇게 상쾌한 기분으로 목적지까지 간다고 했다.[31] 그리피스는 천주교가 빨리 전파된 이유도 조선인들의 소통 능력 때문이라고 생각한다.

> 천주교가 이토록 빨리 전파된 이유를 찾으려 한다면 달레가 지적하고 있는 바와 같이, 그들의 풍습의 측면에서 이해할 수도 있다. 조선의 가옥을 보면, 어느 집이건 간에 거리를 향해 앉은 방이 있고 그 방안에서는 친구든 손님이든, 구면이든 초면이든 간에 모여 앉아 세상 소식을 말하고 듣고 또 논의한다. 이 자리에서는 비밀이 없다. 또 조선은 남의 얘기를 잘하고 빈들거리는 사람이 많은 나라여서 어떤 사건에 관한 소식이나 새로운 사상이 나타나면 초원의 불길처럼 퍼져 나간다. 천주교와 같이 그토록 놀라우리만큼 새로운 교리가 더구나 이미 학식이 높기로 이름난 사람들의 입으로 설교되자 이 교리는 즉시 민중들의 호기심을 불러일으켜 많은 사람들의 혀를 바쁘게 만드는 동시에 가슴에 불을 질러 놓았다.[32]

새비지 랜도어는 조선인의 언어 능력의 탁월함에 주목했다.

> 대다수의 조선 사람들이 찌들고 미개한 상태에 있었더라도 그들이 본래부터

---

30) 신복룡, 『이방인이 본 조선 다시 읽기』, 풀빛, 2002.
31) H. N. 알렌, 『조선견문기』.
32) W. E. 그리피스, 신복룡 옮김, 『은자의 나라 한국』, 집문당, 1999.

어리석었던 것은 결코 아니다. 내가 만난 총명한 조선 사람들은 어느 나라 사람들보다 우수했다. 그들은 무엇을 알려고만 마음먹으면 그것을 알 때까지 쉬지 않고 노력하면서도 전에 전혀 들은 바도 없는 것까지 쉽고 빠르게 이해했던 사실을 밝혀 두고 싶다. 그들은 언어를 손쉽게 익혔는데, 외국어 발음은 일본이나 중국 같은 주변국 사람들보다 더 정확하고 뛰어났다.[33]

비숍 역시 "한국인들은 대단히 명민하고 똑똑한 민족"으로 "외국인 교사들은 한결같이 입을 모아 한국인들의 능숙하고 기민한 인지 능력과 외국어를 빨리 습득하는 탁월한 재능, 나아가 중국인과 일본인보다 한국인들이 훨씬 더 좋은 억양으로 더 유창하게 말한다는 사실을 증언한다"고 기록하고 있다.[34] 그리피스는 "조선 사람들은 우물 안의 물고기처럼 외계와는 두절되어" 있음에도 불구하고 "그들은 소박한 지혜들을 많이 짜내어 일상 언어에서 막히지 않고 표현한다"고 했다. 이들의 "속담은 그 어원을 나타내어 줄 뿐만 아니라 그것을 사용하는 사람들의 생각이나 뜻을 여실하게 반영해 준다"고 보았다.[35] 스콧은 한국인들이 아시아에서 언어 능력이 제일 뛰어나다는 것은 널리 인정되는 사실이라고 언급했다. 일본을 가보지도 못한 한국인이 일본말을 너무 잘해 그가 일본인인지 한국인인지 구분이 안 될 정도라는 것이다.[36]

헐버트는, 한국은 중국처럼 장사를 못하고 일본처럼 전쟁을 못하지만 문화적 유산이 뛰어난 나라라고 소개하면서 왜 이러한 동방의 아일랜드가 역사 속에서 사라져야 하냐고 반문했다. 이야기꾼 한국인은

---

33) A. H. 새비지 랜도어, 신복룡 옮김, 『고요한 아침의 나라 조선』, 집문당, 1999.
34) 끌라르 보티에·이뽀리트 프랑뎅, 김상희·김성언 옮김, 『프랑스 외교관이 본 개화기 조선』, 태학사, 2002.
35) W. E. 그리피스, 『은자의 나라 한국』.
36) 엘리자베스 키스·엘스펫 K. 로버트슨 스콧, 송영달 옮김, 『영국화가 엘리자베스 키스의 코리아 1920-1940』, 책과함께, 2006; 이나미, 「서양인이 본 근대 한국의 공공성」, 『동양정치사상사』 13-1, 2014.

소통에 능했고 또 다른 소통방식인 노래, 춤, 그림을 좋아했다. 뒤 알드도 한국인들이 음악을 매우 즐기며 예술적 감각이 뛰어나다고 했다. 화가인 새비지 랜도어는 이집 저집 초대받아 그림을 그려 주었다. 서구인들은 자신의 모습만 보여 주거나 재주를 보여 주면서 돈을 벌었다. 블랭크 선장은 자신의 의치를 뺏다 꼈다 하는 공연을 통해 돈을 벌었다.37)

1653년 하멜 일행도 효종을 알현하여 서양의 춤과 노래를 선보였고 그 대가로 푸짐한 상을 받았다. 또한 고관대작의 집에 불려 다니면서 춤과 노래를 불렀다. 하멜이 보기에 조선은 감당해야 할 전쟁을 회피하고 용맹한 군인이 모멸을 당하는 나라였다. 조선인들은 자신들이 가지고 온 총포와 도검을 녹여 농기구로 썼다. 반면, 똑같은 난파선을 받아들인 일본은 선원들로부터 조총 기술, 조선술, 항해술을 배워 난학Dutch Science이라는 학문체계를 완성했고 이것이 근대 일본의 개명에 결정적 기여를 한다. 또한 이러한 난학이 조선 침략의 유용한 도구가 되었다.38)

한국인은 춤, 노래, 그림, 이야기를 좋아하고 과학이나 군사력을 무시하여 이로 인해 일본에게 강점당했지만 지금은 같은 이유로 전 세계를 문화로 점령했다. 그리하여 세계인들은 이를 '한국의 침공Korean Invasion'이라 부르고 있다.

6. 인정과 평판 중시

자신을 믿고 소통을 중시한다면 당연히 타인으로부터 인정받고 좋

---

37) 신복룡, 『이방인이 본 조선 다시 읽기』.
38) 신복룡. 『이방인이 본 조선 다시 읽기』.

은 평판을 얻는 것에 신경 쓰기 마련이다. 대체로 현실적인 중국인들은 타인의 시선에 관심이 없고 일본인은 주목받는 것을 오히려 부담스러워하는데 한국인은 봐주지 않는 것을 기분 나빠한다. 종종 싸움의 원인이 되곤 하는 '무시한다'는 말도 '보지 않는다'는 뜻이다. 안창호에 의하면 한국인들은 특히 칭찬받는 것을 좋아한다.

> 동양 사람만 많이 부려본 미국 부인의 말에, 일본인은 매사에 일일이 간섭을 해야 하고, 중국인은 간섭하면 골을 내므로 무엇을 맡기고는 뒤로만 보살펴야 하고, 한국인은 다만 칭찬만 해주면 죽을지 살지 모르고 일한다 합니다.[39]

언더우드는, 조선 정부가 격리소와 검역소에서 간호하고 봉사했던 조선 사람들에게 후하게 보상하자 이들은 그 상금을 받은 즉시 자진해서 그 돈을 교회를 짓기 위한 자금으로 헌금했다고 칭송했다. 또한 콜레라 병을 고치는 것을 돕기 위해 찾아온 남자들은 어떤 노동을 해본 적도 없는 학자와 양반이었는데 처음에는 망설이다가 "약간의 훈련을 거친 뒤 충실하고 헌신적이면서 가장 어렵고도 혐오스러운 일을 기피하지 않는 더할 나위 없는 간호원이 되었다"고 했다.[40]

언더우드가 교회를 지으면서 조선인들에게 도움을 청했을 때, "펜보다 더 무거운 것을 들어본 적이 없던 조선의 양반, 학자와 선생들도 자진해서 건축에 동참했으며, 목수들은 이틀 중 하루만을 생계 유지를 위해 일하면서 하루 걸러 숙달된 노동을 제공했다." 또한 "여자들은 가족당 준비된 각 그릇에 쌀을 조금씩 비축해서 충분히 모아지면 팔아 헌금했다."[41] 헐버트는, "한국인들은 의로운 일이라면 돈을 우습게

---

39) 안창호, 「나라 사랑의 6대 사업」(1920. 1. 5.)
40) L. H. 언더우드, 신복룡 옮김, 『상투의 나라』, 집문당, 1999; 이나미, 「서양인이 본 근대 한국의 공공성」.
41) L. H. 언더우드, 『상투의 나라』; 이나미, 「서양인이 본 근대 한국의 공공성」.

아아, 슬프다! 내 말이 너무한지 모르겠지만, 오늘 우리 사회 현상은 과연 지
도자를 원하지 않는 것이 극도에 달하였습니다.[54]

그런데 이는 달리 말하면 지배-복종의 심성이 아닌 세력균형적 심
성이며[55] 이는 결과적으로 수평적 사회를 이루는데 기여한다. 우리
민족은 유달리 평등에 관심이 많았고 독립선언에도 평등은 강조되었
다. 조소앙이 작성하여 1918년 11월 만주에서 발표된 대한독립선언은,
민족간 평등, 평등한 부, 평등한 권리, 남녀빈부의 차별 없애는 것이
건국 정신이라고 강조했다.

평등은 국제사회에서도 실현되어야 하는 것이었고 민족주의도 그
런 점에서 지향되었다. 특히 아나키스트들에게 '민족'은 국제사회를
구성하는 단위 주체로서의 민족으로, 민족주의를 내세우는 배타적 민
족을 의미하는 것은 아니었다. 그들은 민족해방투쟁을 통해 식민통치
국가의 모든 강권과 억압을 일소하고 개인의 완전한 자유와 독립이
보장되는 공동체사회 건설을 목표로 했다.[56] 신채호가 주장한 이상적
조선은 "고유적 조선의, 자유적 조선민중의, 민중적 경제의, 민중적 사
회의, 민중적 문화의 조선"이었다. "우리 생활에 불합리한 일절 제도
를 개조하여 인류로써 인류를 압박치 못하며 사회로써 사회를 박삭剝
削치 못하는 이상적 조선의 건설"이었다.[57]

무교회주의자들 역시 비지배와 평등을 주장했다. 『성서조선』의 김
교신, 함석헌, 양인성, 류석동, 정상훈, 송두용은 우치무라 간조의 제자
들로서, 우치무라는 전쟁반대론자, 국가주의 반대자, 무교회주의 창도

---

54) 안창호, 「민족에게 드리는 글」.
55) 베이트슨은 전자를 '보완적', 후자를 '대칭적'인 것으로 설명한다. 그레고리 베
이트슨, 『마음의 생태학』.
56) 전상숙, 「아나키즘」, 『현대정치사상과 한국적 수용』, 법문사, 2009.
57) 신채호, 「조선혁명선언」(1923).

자였다. 한 일본인 형사가『성서조선』필자들에 대해 "독립운동 하는 놈들보다 더한 최악질들"이라고 할 정도로 이들은 비타협적이었다. 이들은 제도권 교회와도 갈등관계에 있었고, 성직자도, 예배당도 필요 없다고 생각했다. 루터의 '만인제사장'론을 내세우고 "교회 밖에도 구원이 있다"고 주장했다.58)

기독교도로서 안창호는 바울이 "무죄한 자는 한 사람도 없다"고 말한 것을 상기시켰다. 그런 점에서 모든 이는 평등한 것이었고 따라서 흥사단원은 "천연하고 평범하게" 행동해야 한다고 했다.59) "위인이란 별물건이 아니요, 위인의 마음으로 위인의 일을 하는 자가 위인"이라고 했다. 또한 "남이야 알거나 모르거나, 욕을 듣고 압박을 받아가면서 자기의 금전과 지식, 시간과 자기의 정열을 다 내놓고 우리 민족을 위하여 일하는" 사람이 "곧 위인의 마음으로 위인의 일을 하는 우리의 지도자가" 되기에 충분하다고 했다.60)

무엇보다 모든 국민이 주권자란 점이 강조되었다. "대한 나라의 과거에는 황제가 하나밖에 없었지만 금일에는 2천만 국민이 다 황제"로서, 과거의 주권자는 하나뿐이었으나 이제는 인민이 주권자라는 것이다. 또한 "과거에 주권자가 하나뿐이었을 때는 국가의 흥망은 1인에 있었"으나 현재 "인민 전체에 책임이 있"다고 했다. "정부 직원은 노복이니" 따라서 대통령, 국무총리, 모두 인민의 노복이라고 했다. 그러므로 "군주인 인민은 그 노복을 선히 인도하는 방법을 연구해야 하고, 노복인 정부 직원은 군주인 인민을 선히 섬기는 방법을 연구해야" 한다는 것이었다.61)

이제 한국인은 "자유의 인민이므로 결코 노예적이어서는 안" 된다

---

58) 김건우,『대한민국의 설계자들』, 느티나무책방, 2017.
59) 안창호,「흥사단의 발전책」(1921. 7. 1.).
60) 안창호,「민족에게 드리는 글」.
61) 안창호,「나라 사랑의 6대 사업」.

고 했다. 우리에게 "명령할 수 있는 것은 오직 각자의 양심과 이성뿐"이며 "결코 어떤 개인이나, 어떤 단체에 맹종하여서는 안" 되었다. 자신을 개조하는 권리는 오로지 자신에게만 있는 것이었다.[62] "민족 사회의 근본 문제가 주인이 있고, 없는 데 있"는데 "내가 스스로 주인의 자격을 찾고, 또한 많은 사람으로 하여금 주인의 자격을 갖게 하는 그 일부터 해야 되겠"다고 했다.[63] 대한 사람의 수준이 낮다고 미국이나 영국에게 위임하거나 또는 잘난 몇 사람이 전제를 할 수는 없는 일이라고 하면서 "싸우거나 안 싸우거나, 잘되거나 안 되거나, 대한의 일은 대한 사람이 저희 자유로 의논하여 일하는 것이 원리 원칙"이라고 했다.[64]

지도자란 군림하는 자가 아니라 '섬기는 사람'이 되어야 하는 것이다. 안창호는 1919년에 자신은 "내무총장으로 있는 것보다 한 평민이 되어 어떤 분이 총장이 되든지 그분을 섬겨서 우리 통일을 위하여 힘쓰고 싶"다고 했고[65], 1921년에도 자신은 "노동총판으로서 일하는 것보다 평민으로서 일하는 것이 독립운동에 좀더 유익함이 될"것 같다고 했다. 즉 인민들과 함께 "한 백성으로서 일하기를 시작"한다는 것이다.[66] 자신은 머리가 되려 하지 않으며, 국민들을 섬기러 왔다고 했는데,[67] 이를 '서번트 리더십'으로 부를 만하다.

또한 안창호는 여성의 권리를 강조하여 남성의 지배와 남성중심주의를 극복하는 모습을 보여 주었다. 그는 "한국 부인을 존경하고 사랑하는 마음이 많"다고 했다. 또한 여성들 "스스로 생각하기를 사나이의 부속물로 여겨 여자도 떳떳한 사람의 권리를 가진 것을 깨닫지 못한

---

62) 안창호, 「개조」(1919).
63) 안창호, 「민족에게 드리는 글」.
64) 안창호, 「정부에서 사퇴하면서」.
65) 안창호, 「독립운동 방침」(1919. 6. 25.)
66) 안창호, 「정부에서 사퇴하면서」.
67) 안창호, 「제1차 북경로 예배당 연설」(1919. 5. 26.)

것"을 아쉬워했다. 또한 남성들도 여성을 부속물로 생각해왔다고 비판하면서 "그동안 한국 여자가 받은 욕을 온 세상에서 광포"할 것이라고 했다. 그러나 "여자 가운데서 새로운 정신이 일어나 이번 독립운동에 사나이보다도 먼저 부인들이 시작하고 피를 흘리는 가운데서 끝끝내 유지해온" 것에 여성들을 존경하고 사랑한다고 했다. 또한 그는 여성이 독립에 기여하는 것보다, 여성의 권리와 지위가 제대로 인정되는 것을 더 기뻐한다고 했다.[68]

8. 우리는 어떤 민족이어야 하나

한때 쟁점이 되었던 윤동주의 국적 문제는 '민족'의 중요성을 다시 생각하게 한다. 안창호는 "민족적 감정을 기초로 하여 이루어진 민족주의가 옳다, 옳지 않다 하는" 의견이 있지만, "어느 민족이든지 '우리 민족', '우리 민족'하고 부를 때에 벌써 민족적 감정을 기초로 한 합동이 천연적으로 있는 것"이라고 했다.[69] 이 말은, 민족주의를 지향하는 것은 찬반의 논란이 있지만 민족적 감정까지 부정하기는 어렵다는 것을 의미한다. 그렇다면 우리는 어떤 민족의식을 갖는 것이 현대와 미래사회에 바람직할까.

필자는 우선 화이부동의 정신을 제안해본다. 이는 앞서 말한 한국인의 '자신주의'적 심성과도 맞는다. 화이부동和而不同은 『논어』의 「자로」에서 "군자는 다른 사람과 화합하되 뇌동하지는 않는다. 소인은 다른 사람과 뇌동하되 화합하지 못한다."[70]는 구절에서 나온 말이다. 화

---

68) 안창호, 「한국 여자의 장래」(1919. 6. 6.)
69) 안창호, 「민족에게 드리는 글」.
70) 안외순, 「다문화시대 동아시아 전통에 기초한 공존 가치」, 『동방학』 38, 2018.

이부동에 대해 하안何晏은 "군자는 조화로움을 마음에 두지만 개인의 관점이 각각 다르므로 부동不同이라고 한다"[71]고 설명했고, 황간皇侃은 "화는 다투지 않음을 마음에 두는 것"이고 "부동은 세운 뜻이 각기 다른 것"[72]이라고 해석했다. 군자는 모두가 조화로우면서도 각기 배움을 통해 세운 뜻이 같지 않다는 것이다. 이러한 화이부동의 의미를 정치 또는 사회 관계와 관련하여 풀어 보면 첫째, 개체성과 다양성의 강조, 둘째, 비지배와 탈중심, 셋째, 약육강식이 아닌 상호부조의 세가지로 그 특징을 제시할 수 있다. 개체성과 다양성, 비지배와 탈중심, 상호부조는 각각 자유, 평등, 박애로 표현되는 프랑스 혁명의 이념 및 공화주의 정신과도 맥을 같이 한다.[73]

현재 한국의 공동체 운동가들 사이에서도 '무조건 단결하자'는 조직문화는 지양해야 한다는 주장이 제기되고 있다. 주요섭은 과거의 공동체가 개인을 구속하고 개성을 억압했다면 새로운 공동체는 '개체성을 살리는 자유의 공동체,' '개체 안의 정체성과 신명을 길러주고 고양하는' 공동체여야 한다고 주장한다. 현대의 공동체는 '대동단결大同團結'이 아니라 '화이부동和而不同'의 공동체여야 한다는 것이다. "한 사람 한 사람이 귀하게 자기실현하면서도" 서로 호혜의 그물로 연결된 네트워크가 바람직한 조직 형식이라는 것이다.[74]

둘째, '성찰적 민족주의'를 제안해 본다. 한국인의 능력은 이제 충분히 전 세계에 증명되었고 세계인이 찬탄을 아끼지 않으므로 이제는 겸손하게 우리를 돌아보고 자중할 때이다. 한국이 가장 힘들었던 시절, 안창호는 당시 유행했던 '개조론'을 제시하는데 이때 개조는 성찰과 회복을 의미했다. 즉 그의 개조론은 경쟁이나 사회진화론적인 것이

71) 정상봉, 「개인과 공동체의 관계에 대한 유기적 성찰」, 『통일인문학』 61, 2015.
72) 정상봉, 「개인과 공동체의 관계에 대한 유기적 성찰」.
73) 이나미, 「'화이부동'을 본 한국 공화주의」, 『동방학』 44, 2021.
74) 주요섭, 『전환이야기』, 모시는사람들, 2015.

아닌, 상호부조, 평화, 생태회복에 강조를 둔 것으로, 그 바탕은 공자, 석가, 소크라테스, 톨스토이, 예수의 사상이다. 특히 요한과 예수가 크게 외친 말이 '회개'인데 이 회개가 곧 개조라는 것이다. 그가 말한 '회개로서의 개조'는 일부 다른 개조론자의 주장처럼 우리 민족성에 대한 비하나 부정이 아니다. 오히려 우리의 선조들은 개조의 사업을 잘하여 문명과 행복이 있었으나 근대의 조상과 현대의 한국인들이 개조 사업을 하지 않았다고 비판했다. 또한 4대강사업 등 개발론으로 인용된 적 있는 그의 강산개조론 역시 개조를 회개로 본 것처럼 '자연의 회복'을 의미했다. 그는 강산의 개조를 통해 "산에는 나무가 가득히 서 있고, 강에는 물이 풍만하게 흘러"가며 "금수·곤충·어별魚鼈이 번식"되어야 한다고 했다. "울창한 숲속과 잔잔한 물가에는 철인과 도사, 시인 묵객이 자연히" 생길 것이고 그렇게 되면 "그 민족은 자연을 즐거워하며 만물을 사랑하는 마음이 점점 높아"질 것이라는 것이다.75)

셋째, 대결이나 대적이 아닌 통합적이고 시너지적인 민족주의를 제안하고자 한다. 그레이브스의 이론에 의하면 현대는 투쟁, 대결의 시대에서 시너지의 시대로 넘어가고 있다. 이러한 시대적 요청에 반하여 중국인은 김치가 중국에서 유래했다고 하고 일본인은 일본군위안부의 존재를 부정한다. 이에 대해 우리는 명확히 사실을 지적하고 이를 비판해야겠지만 그와 동시에 그들의 고유한 전통과 문화를 칭찬하는 방법은 어떨까. 오랜 세월 한국인들이 특별한 날에 먹어온 짜장면은 이미 한국화가 많이 된 것이지만 그럼에도 불구하고 그 어느 누구도 짜장면을 우리 고유의 음식이라고 주장하지 않는다. 짜장면 옆에 놓이는 단무지도 일본의 것으로 여기지, 우리의 것이라고 우기지 않는다. 중국과 일본이 짜장면과 단무지를 발명한 것을 한번 칭찬해 보자.

어떤 중국집은 김치를 내놓기도 한다. 짜장면과 단무지와 김치가

---

75) 안창호, 「개조」; 이나미, 「'화이부동'을 본 한국 공화주의」.

평화롭게 식탁 위에 함께 있듯이 한중일이 평화롭고 조화롭게 공존하며 서로를 발전시키는 '시너지의 동아시아'를 꿈꿔 본다.

참고문헌

신채호, 「조선혁명선언」(1923)

안창호, 「개조」(1919)

안창호, 「제1차 북경로 예배당 연설」(1919. 5. 26.)

안창호, 「한국 여자의 장래」(1919. 6. 6.)

안창호, 「독립운동 방침」(1919. 6. 25.)

안창호, 「나라 사랑의 6대 사업」(1920. 1. 5.)

안창호, 「정부에서 사퇴하면서」(1921. 5. 12.) (1921. 5. 17.)

안창호, 「흥사단의 발전책」(1921. 7. 1.)

안창호, 「국민대표회를 맞이하면서」(1923. 1. 24.)

안창호, 「민족에게 드리는 글」(1924)

안창호, 「따스한 공기」(1924)

안창호, 「나의 사랑하는 젊은이들에게」, 『동광』, 1926년 12월호

안창호, 「나의 사랑하는 젊은이들에게」, 『동광』, 1927년 1월호.

안창호, 「무정한 사회와 유정한 사회」, 『흥사단보』, 1946년 7월호.

최시형, 『해월신사법설』

강동진, 『일본언론계와 조선』, 지식산업사, 1987

그레고리 베이트슨, 『마음의 생태학』, 책세상, 2006

김건우, 『대한민국의 설계자들』, 느티나무책방, 2017

김용휘, 「해월 최시형의 공경과 살림의 평화사상」, 서보혁·이찬수 편, 『한국
    인의 평화사상 I』, 인간사랑, 2018

끌라르 보티에·이뽀리트 프랑뎅, 김상희·김성언 옮김, 『프랑스 외교관이 본
    개화기 조선』, 태학사, 2002

신복룡, 『이방인이 본 조선 다시 읽기』, 풀빛, 2002

안외순, 「다문화시대 동아시아 전통에 기초한 공존 가치」, 『동방학』38, 2018

엘리자베스 키스·엘스펫 K. 로버트슨 스콧, 송영달 옮김, 『영국화가 엘리자베스 키스의 코리아 1920-1940』, 책과 함께, 2006

이나미, 「서양인이 본 근대 한국의 공공성」, 『동양정치사상사』 13-1, 2014

이나미, 「'화이부동'을 본 한국 공화주의」, 『동방학』 44, 2021

전상숙, 「아나키즘」, 『현대정시사상과 한국적 수용』, 법문사, 2009

정상봉, 「개인과 공동체의 관계에 대한 유기적 성찰」, 『통일인문학』, 61, 2015

조성환·이우진, 「이돈화의 미래종교론」, 『종교연구』 80-3, 2020

주요섭, 『전환이야기』, 모시는사람들, 2015

질 들뢰즈·펠릭스 가타리, 김재인 옮김, 『천개의 고원』. 새물결, 2001

홍사단출판부, 『도산 안창호』, 홍사단출판부, 2004

A. H. 새비지 랜도어, 신복룡 옮김, 『고요한 아침의 나라 조선』, 집문당, 1999

F. A. 매켄지, 신복룡 옮김, 『대한제국의 비극』, 집문당, 1999

H. B. 헐버트, 신복룡 옮김, 『대한제국멸망사』, 집문당, 2006

H. N. 알렌, 신복룡 옮김, 『조선견문기』, 집문당, 1999

L. H. 언더우드, 신복룡 옮김, 『상투의 나라』, 집문당, 1999

W. E. 그리피스, 신복룡 옮김, 『은자의 나라 한국』, 집문당, 1999

동이족과 기마민족

: 동북아시아 맥락에서의 한국 범민족주의Pan-nationalism

한승훈

원광대학교 동북아시아인문사회연구소 HK연구교수

1. 머리말

내셔널리즘이라는 복잡한 현상을 다루는 데 있어, 민족nation과 국가state가 불일치하는 '자연적'인 상황과 민족국가nation-state라는 '이상적'인 상황 사이의 불일치를 어떻게 처리하는가 하는 것은 중요한 논점이다. 근대국가의 발생에 있어 표준적인 모델인 '민족과 국가의 일치'란 사실 좀처럼 일어나기 힘든 상황이기 때문이다. 민족이 단일한 집단 정체성이고, 국가가 특정한 통치 기구 혹은 정치체를 가리키는 것이라면, 대부분의 경우 하나의 국가는 여러 민족을 통치하며, 하나의 민족은 여러 국가에 흩어져 있다.[1]

내셔널리즘에 대한 근대주의자의 입장에서 보면, 민족의 단일한 정체성은 근대국가에 의한 통치의 결과이지 그 반대가 아니다. 한편 원초주의자의 시각을 따르면 민족은 특정한 언어나 문화를 공유하는 역사적 실체로, 근대국가는 단지 그것을 조직화했을 뿐이다. 이 두 가지 관점의 절충을 시도한 앤서니 D. 스미스Anthony D. Smith는 민족이란 전근대부터 역사적으로 형성된 종족 집단ethnic group이 근대의 사회적

---

1) Bruce Lincoln, *Holy Terror*, 『거룩한 테러』, 김윤성 옮김, 돌베개, 2005, 136-137.

운동을 통해 재구성된 것이라 규정한다.[2] 이에 따르면 분명 민족은 근대에 만들어진 인공적, 인위적인 구성물이지만 그 재료는 이전부터 작동해 온 종족성ethnicity이다. 즉, 민족국가의 형성이란 하나의 국가 내에서 헤게모니를 쥔 종족 집단이 자신들의 문화적 유산을 국가를 대표한 단일한 민족성의 자리로 격상시키려는 운동이 된다.

이 글에서 다루려고 하는 범凡민족주의pan-nationalism는 그와는 다른 전선에서 수행되는 운동이다. 이는 전통적인, 혹은 현재의 국가 단위와 일치하지 않는 보다 광범위한 '원'민족을 상정하는 담론이다. 그러나 각각의 운동이 가진 정치적, 이데올로기적 맥락에는 상당한 차이가 있다. 일례로 19세기의 범게르만주의는 통일 독일의 범위를 독일어권 전체로 확장하려는 대독일주의를 지지하였으며 20세기 이후에는 나치의 확장주의 및 오스트리아의 파시즘과 결합하였다. 범슬라브주의는 동유럽 지역의 민족 자결과 상호 연대를 지향하는 한편, 이 지역에 대한 러시아의 영향력 확대에도 이용되었다. 범튀르크주의는 터키 공화국의 확장을 위한 이념으로도, 주변 튀르크계 국가들과의 협력을 위한 이상으로도 거론되었다.[3] 어느 경우에든 범민족주의는 민족국가를 구성하는 '상상의 공동체'를 뛰어넘는, 초국가적인 민족적 실체를 상정

---

2) 스미스의 에트노스Ethnos 개념은 한국에는 '족류', '인종', '종족' 등 다양한 용어로 번역되고 있다. Anthony D. Smith, *Nationalism: Theory, Ideology, History*, 강철구 옮김, 『민족주의란 무엇인가』, 용의숲, 2012; *Ethno-symbolism and Nationalism*, 김인중 옮김, 『족류 상징주의와 민족주의』, 아카넷, 2016; The Ethnic Origins of Nations, 이재석 옮김, 『민족의 인종적 기원』, 그린비, 2018. 이 글에서는 좀 더 이른 시기에 소개되어 학계에서 널리 쓰이는 용례에 따라 '종족 집단', '종족성'이라는 번역어를 택하겠다.

3) Julie Thorpe, *Pan-Germanism and the Austrofascist State*, 1933-38, Manchester: Manchester University Press, 2011; Olga Pavlenko, "Pan-Slavism and Its Models". *Novaia i noveishaia istoriia* 5, 2016; Jacob M. Landau, *Pan-Turkism: From Irredentism to Cooperation*, Bloomington: Indiana University Press, 1995.

하는 경향이 있다.

근현대 동북아시아 및 한국에서 이 형태의 담론이 어떻게 형성, 전개되었는지를 검토하는 것이 이 연구의 목적이다. 이것은 제국주의적 팽창논리들, 쇼비니즘적 유사역사학, 그리고 가까이는 소모적인 문화적 원조元祖 주장들의 근원이 되어 왔다. 이 문제와 관련해서는 크게 세 가지 질문을 검토할 필요가 있다. 첫째는 범민족주의의 이론적 기반이 된 아이디어들에 대해서이다. 민족들 사이의 계통과 그들을 포괄하는 고대의 원민족에 대한 관념의 유행은 19세기 당시 세계적인 현상이었다.4) 여기에는 역사비교언어학, 인종담론 등 당시의 지적인 성과들이 반영되어 있었다. 그것은 한국과 동북아시아에서 어떤 방식으로 수용, 재구성되었는가? 둘째, 서구 아리안주의의 악명 높은 반셈족주의에서 볼 수 있듯이, 범민족주의에는 범민족의 범주에 포함되지 않은 집단에 대한 배제와 혐오가 일반적으로 나타난다. 동북아시아 상황에서 그 집단은 무엇이었던가? 셋째, 1950년대 이후의 학문적, 대중적 신화에서 범민족주의는 어떤 방식으로 전개되었는가?

이런 의문들에 답하는 과정에서 부각되는 것이 고대의 민족적 실체로 이해된 '동이족東夷族'과 국가형성 및 민족이동과 관련된 '기마민족騎馬民族'이라는 개념들이다. 이들 담론은 동북아시아의 지성사, 문화사적 맥락 속에서 20세기 중반 이후에 유행한 한국 범민족주의의 특수한 형태들로, 동북공정이나 임나일본부 등과 같은 정치적, 학술적 이슈에까지 직·간접적으로 관련되어 있다. 이들을 포함한 동북아시아의 많은 '민족주의적' 현안들은 사실상 일국적 내셔널리즘의 문제들을 뛰어넘어 있다.

---

4) 여기에서 말하는 원민족이란 근대민족주의의 형성 이전에 형성된 정치적, 문화적 공동체 의식을 공유하는 집단proto-nation을 가리키는 것이 아니라, 후대의 다양한 민족의 원형이 되는 것으로 여겨진 상상된 고대 민족집단proto-people을 뜻한다.

2. 우랄알타이어족과 몽골인종

월리엄 존스William Jones는 다년간의 인도 체류와 산스크리트어 연구의 성과를 발표한 1786년의 아시아학회The Asiatic Society의 연례 강연에서 산스크리트어와 유럽언어, 페르시아 언어 사이의 동족 관계를 최초로 주장하였다. 인도유럽어 가설의 출발이다.5) 그리고 이보다 덜 알려진 후속 강연에서 존스는 세 개의 '원형 민족'을 히브리성서에 등장하는 노아의 세 아들과 연결시켜 제시하였다. 이에 의하면 인도유럽어를 사용하는 이들은 함의 자손이고, 유대인, 아랍인, 아시리아인 등은 셈의 자손이며, 타타르, 슬라브, 북아시아인 등은 야벳의 자손이다. 흥미롭게도 그는 중국인, 일본인, 나아가 고대 멕시코인과 페루인까지 인도유럽인과 같은 '함의 자손'으로 포함시키고 있다.6) 이런 분류는 오늘날의 관점에서 보면 다소 기이하지만, 인류를 세 부류로 나누는 담론은 19세기 이후의 학자들에게까지 이어지게 된다.

19세기 중엽에 등장한 우랄알타이어족 가설은 마티아스 카스트렌 M. A. Catstren에 의해서 제기되었다. 그는 알타이어족(만주·퉁구스어, 몽골어, 튀르크어 등), 우랄어족(핀·우글어, 사모예드어 등)을 연결시켰으며, 19세기 말에는 일본어와 한국어를 여기에 포함시키려는 시도가 있었다. 20세기 이후에는 개별 언어에 대한 연구가 진척되면서 우랄어족과 알타이어족 사이의 친연관계가 입증되지 않는다는 점, 그리고 한국어와 일본어 등이 알타이어족에 속하는지의 여부가 의심스럽다는 점 등이 지적되었다.7) 그러나 동북아시아 언어들에 대한 알타이

---

5) William Jones, "The Third Anniversary Discourse, on the Hindus, delivered 2n of February, 1786", *The Work of Sir William Jones* 1, London: Robinson, 1799, 26.

6) Bruce Lincoln, *Theorizing Myth: Narrative, Ideology, and Scholarship*, 김윤성·최화선·홍윤희 옮김, 『신화 이론화하기』, 이학사, 2009, 164-165.

7) 김주미, 「한국어의 북방기원설 담론」, 『한민족문화연구』 27, 한민족문화학회,

어족 가설은 여전히 대중적인 상식 속에 자리 잡고 있다.

문제는 19세기 상황에서 이러한 어족 분류가 민족 계통에 대한 담론으로 널리 받아들여졌다는 것이다. 이 당시 민족은 언어와 문화를 공유하는 단위로 인식되었으므로, 역사비교언어학적으로 재구성된 어족의 존재는 동일 계통 언어를 사용하는 민족들의 공통 조상이 존재하였다는 증거로 이해되었다. 이와 같은 가설은 원 인도유럽어PIE, Proto Indo-Europian를 사용한 고대 아리아족이 북인도, 페르시아, 그리스, 유럽 등을 정복하였다는 학문적 신화를 통해 널리 알려졌다.

언어학과 밀접하게 결합되어 있었던 초창기 비교종교학 또한 이 도식을 받아들였다. "종교학의 아버지" 프리드리히 막스 밀러Friedrich Max Müller는 민족을 만드는 것은 언어와 종교지만, 종교가 언어보다도 더욱 중요한 요인이라고 보았다. 그러나 그는 고대의 언어와 종교가 연결되어 있었다고 보았기 때문에 언어학적인 분류를 그대로 받아들였다. 따라서 종교는 언어와 마찬가지로 아리아 계통Arian, 셈 계통Semitic, 그리고 투란 계통Turanian의 세 범주로 구분될 수 있었다. 투란의 범위는 중국, 만주, 퉁구스, 몽골, 타타르, 튀르크, 핀, 라프, 사모예드 등 대단히 넓게 제시되어 있으며, 밀러 스스로도 이들 사이에는 아리아 계통이나 셈 계통에서 볼 수 있는 통일성을 발견하기 어렵다고 인정하고 있다. 이는 사실상 잉여범주다. 그러나 밀러는 원原 투란의 종교가 하늘天(텡그리) 숭배, 자연의 여러 가지 힘에 대한 신앙, 특히 조상신의 존재와 불사에 대한 믿음을 가지고 있었음이 분명하다고 주장하고 있다.8)

우랄알타이, 그리고 투란이라는 언어학적, 종교학적 분류는 같은

2008, 12-16.

8) Friedrich Max Müller, *Introduction to the Science of Religion*, 강구산 옮김, 『종교학입문』, 동문선, 1995, 87-132.

시기 널리 받아들여지게 된 인종 담론과 쉽게 결합할 수 있었다. 천신을 숭배하고 아리아어나 셈어를 말하지 않는 우랄알타이 혹은 투란인들은 '황인종' 또는 '몽골로이드'이라는 인종 분류와 대략적으로 일치했기 때문이다. 서구에서 '황색성'은 위험한 아시아인이라는 혐오와 위험의 표지로 상징화되어 갔지만, 같은 시기 중국과 일본에서는 유럽인과 구분되는 자의식의 표지로서 전유되었다.[9]

민족의 계통에 대한 이론을 구성하는 주된 근거는 언어학과 인종 담론이었지만, 실제로 가장 유행한 것은 고대의 원민족이 각지에 퍼져 나가게 된 민족이동에 대한 서사였다. 언어나 문화의 확산, 전파는 교역, 통혼, 이주 등 다양한 경로를 통해 이루어진다. 그러나 근대의 학문적, 대중적 담론에서 일반적으로 받아들여졌던 것은 강력한 무력을 가진 집단에 의한 정복의 신화였다. 일례로 프리드리히 니체는『도덕의 계보』Zur Genealogie der Moral(1888)에서 아리아인으로 대표되는 고대의 고귀한 전사이자 정복자 종족을 "금발의 야수Blonde Bestie"라고 불렀다. 그들은 셈족을 비롯한 각지의 선-아리아 종족을 정복하지만, 결국은 도덕적 교정을 통해 "길들여졌다."[10]

고대사에 대한 이런 인식은 동북아시아에 대해서도 즉각 적용되었다. 1880년 라쿠페리A. T. de Lacouperie는 고대 중국의 황제黃帝가 바빌론에서 온 바크Bak족의 지도자였다는 주장을 내놓았다. 즉, 황제 신화는 서아시아에서 도래한 정복민족이 토착 민족을 몰아내고 나라를 세운 사건을 반영하는 이야기라는 것이다. 이 가설은 19세기 말 20세기 초의 중국 지식인들에게 유력하게 거론되었다. 양계초梁啓超, 장태염章太炎, 장지유蔣智由, 유사배劉師培 등과 같은 인물들은 적어도 1900년대

---

9) Michael Keevak, *Becoming Yellow: A Short Story of Racial Thinking*, 이효석 옮김, 『황인종의 탄생』, 현암사, 2016, 205-233.
10) Bruce Lincoln, 『신화 이론화하기』, 177-181.

252   2부   동북아 내셔널리즘의 변화

초까지 진지하게 이 설을 받아들였다.[11]

또한 유럽의 아리안주의는 일본에서 몇 가지 기이한 형태로 수용되었다. 다구치 우키치田口卯吉는 "국어에서 본 인종의 초대国語上より観察したる人種の初代"라는 강연(1901)에서 이른바 일본민족 아리안인종설을 제시했다. 그는 투르크, 헝가리, 티벳, 일본, 조선 등의 언어가 산스크리트어에 가깝기 때문에 "우리들 쪽이 아리안 인종의 본가 혈통"이라고 주장하였다. 나아가 다구치는 일본인의 본류는 정복민족이자 아리아인인 '천손인종天孫人種'이며, 현대 일본인이 황인종처럼 "보이는 것"은 토착민인 에미시蝦夷나 하야토隼人와의 혼혈이 일어났기 때문이라고 보았다. 기무라 다카타로木村鷹太郎 또한 아리아인이 동쪽으로 이동하여 일본인이 되었다고 주장하였는데, 그의 경우에는 그리스신화와 기기신화, 그리스어와 일본어의 유사성이 주된 근거였다.[12] 후대의 기마민족국가설을 연상하게 하는 이와 같은 주장들은 당시의 탈아론脫亞論적 분위기를 드러냄과 동시에 아리아인의 우월성에 대한 이데올로기가 깊이 내면화되어 있었던 상황 또한 엿볼 수 있게 한다.

3. 적대적 타자로서의 '지나'

근대 서구의 범민족주의가 동북아시아에 제공한 것은 민족에는 언어학, 신화학적으로 분류할 수 있는 계통이 있으며, 고대의 민족 이동이 오늘날과 같은 분포를 만들었다는 아이디어였다. 이것은 얼핏 보기에는 일국적 차원의 내셔널리즘과 충돌하는 것처럼 보였지만, 민족의

---

11) 김선자, 『만들어진 민족주의 황제신화』, 책세상, 2007, 165-170.
12) 小熊英二, 『単一民族神話の起源-〈日本人〉の自画像の系譜』 조현설 옮김, 『일본 단일민족신화의 기원』, 소명출판, 2003, 233-236.

기원을 추적하는 서사로서는 대단히 매력적이었다.

중국과 일본의 지식인들이 주로 주목한 것은 고대 민족의 이동과 정복활동이 초기 국가를 설립해 현재의 주류 민족을 이루었다는 측면 이었다. 일본의 경우 그것은 아이누, 류큐 등 국내의 '이민족'과 근대 국가로서의 일본 사이의 관계를 설정하는 데 있어서 유용한 이데올로 기였다. 중국의 경우 이 사상이 유행한 것이 반청反淸운동과 배만排滿 민족주의가 절정에 달했던 시기였다는 맥락이 고려되어야 한다. 이들 은 각각 야마토 민족과 한족을 역사의 주체로 설정하였다. 이 주류 민 족들은 "보다 위대하고 창조적이며 유서 깊은" 범민족 계통(바빌론, 아리아인)에 속해 있었기 때문에 토착민족들보다 "우월"했다. 일국적 내셔널리즘의 필수적인 조건인 '국토와의 결합'은 그들의 정복과 정 착 이후에 장기간에 걸쳐 이루어진 것으로 여겨졌다.

한편 식민지화와 함께 근대를 맞은 한국인의 입장에서 토착민족에 대한 정복민족의 승리란 그다지 매력적인 서사가 아니었다. 그것은 당 대의 현실로서 이루어지는 이민족에 의한 정복을 정당화할 위험마저 있는 이야기였다. 그러나 민족의 계통과 이동에 대한 이론 자체는 상 당히 이른 시기에 알려져 있었다. 1907~8년 사이 『태극학보』에 연재 된 「세계문명사」에서는 인류를 아리아, 함, 셈, 투란의 네 인종으로 나 누며 한국, 중국, 일본이 투란 인종에 속한다는 설을 소개하고 있다. 여기서의 투란 인종에는 막스 뮐러의 구분을 따라 당시 우랄, 알타이 어족에 속하는 것으로 여겨진 여러 민족들, 즉, 퉁구스, 몽골, 튀르크 등에 더하여 서쪽으로는 핀족과 바스크족까지 포함된다.[13]

'투란'이라는 범주의 독특한 점은 18세기에 이미 중국티베트어족

---

13) 椒海生, 「世界文明史」, 『太極學報』 20, 1908. 5. 24. 10-13. 이 기사는 번역된 것이라고만 되어 있을 뿐 원전을 밝히고 있지 않지만, 1898년에 제국백과전서 帝国百科全書의 1권으로 발간된 타카야마 린지로高山林次郎의 저서 일부를 번역한 것으로 확인된다. 高山林次郎, 『世界文明史』, 東京: 博文館, 1898.

이라는 용어가 알려져 있었음에도 불구하고 중국의 민족을 우랄알타이어족에 속하는 민족들과 구분하지 않았다는 것이다. 그러나 20세기 초 시점에 이는 이미 낡은 이론이었다. 식민지시대에 이르면 한국어는 일본어, 만주어 등과 함께 알타이어족에 속하며 중국어와는 별개의 계통이라는 지식이 널리 알려져 있었던 것으로 보인다. 이후 한국과 일본의 문헌에서 투란 범주는 거의 거론되지 않는 반면, 우랄알타이어족은 1920년대의 언론기사에도 빈번하게 언급되기 때문이다. 투란 범주와 우랄알타이어족 범주 사이의 차이는 명확하다. 그것은 중국의 포함 여부였다.

중국과 일본 사이의 문명론적 대조는 메이지시기 지식인들의 주된 담론 가운데 하나였다. 후쿠자와 유키치福澤諭吉는 이렇게 말했다. "지나인은 사상이 빈곤하지만 일본인은 사상이 풍부하다. 지나인은 하는 일이 별로 없지만 일본인은 일을 많이 한다 [……] 지나는 황제 정부를 오늘에 이르기까지 계속 이어오고 있지만 일본은 무사권력이 왕조를 견제해 왔다. 즉 지나는 일원적 정치였지만, 일본은 이원적이다."14)

중국에 대한 대립의식이 청일전쟁을 거치며 더욱 강화되는 동안, 일본과 한국의 동조론同祖論에는 점차 무게가 실려 갔다. 고대 일본 민족이 한반도에서 도래했다는 주장은 에도시대 고증학에 이미 등장하였으며, 지볼트Siebold 부자, 에드워드 모스Edward Sylvester Morse 등 유럽 학자들과 도리이 류조鳥居龍蔵, 기타 사다키치喜田貞吉 등의 학자들에 의해 정교화되었다. 정치 영역에서는 정한론자들에 대해 학문적 연구와는 반대 방향의 '이동'이 주장되었다. 고대 신화에 의하면 오히려 일본에서 한반도 방향으로의 이동과 정복이 이루어졌다는 것이었다.15) 어

---

14) 福澤諭吉, 『文明論之概略』. 번역은 다음을 따랐다. 桂島宣弘, 『自他認識の思想史 日本ナショナリズムの生成と東アジア』, 김정근·김태훈·심희찬 옮김, 『동아시아 자타인식의 사상사』 논형, 2009, 132-133.]
15) 세키네 히데유키, 『일본인의 형성과 한반도 도래인』, 경인문화사, 2020, 56-63.

느 쪽이든 고대 한반도와 일본열도의 거주민들은 같은 계열이다. 그러나 여기에 중국인은 포함되지 않았다.

식민지 조선의 지식인들에게도 이런 인식이 수용된 정황은 분명해 보인다. 신채호는 『조선상고사』(1931)에서 아시아의 민족을 다음과 같이 분류하고 있다.

> 고대 아시아 동부의 종족이 ①우랄 어족 ②지나 어족의 두 갈래로 나누어졌는데, 한족漢族·묘족苗族·요족瑤族 등은 후자에 속한 것이고, 조선족·흉노족 등은 전자에 속한 것이다. 조선족이 분화分化하여 조선·선비·여진·몽고·퉁구스 등 종족이 되고, 흉노족이 이동하고 분산하여 돌궐突厥·흉아리匈牙利·토이기土耳其·분란芬蘭 족이 되었다. 지금 몽고·만주·토이기·조선의 네 종족 사이에 왕왕 같은 말과 물건 이름이 있음은 몽고大元 제국 시대에 피차의 관계가 많아서 받은 영향도 있으려니와, 고사를 참고하면 조선이나 흉노 사이에도 관명官名·지명地名·인명人名의 같은 것이 많으니, 상고上㕛에 있어서 한 어족이었던 분명한 증명이다.[16]

신채호는 한족, 묘족, 요족을 포함하는 "지나 어족"을 여타의 동아시아 민족들인 "우랄(알타이) 어족"과 구분하고 있다. 그의 독자적인 발상은 우랄알타이어족의 하위분류다. 그는 조선족과 흉노족을 이 어족에 속하는 원민족으로 설정하고 있다. 이에 따르면 조선, 선비, 여진, 몽골, 퉁구스 등은 모두 고대의 조선 민족이 '분화'한 결과다. 신채호는 이 원민족이 파미르 고원 및 몽골 등지에서 발원했으며, 그 주류가 광명光明을 좇아 동쪽으로 와서 불함산不咸山 근처에 정착한 것이 현재 조선인의 기원이라고 주장하였다.[17] 당시의 언어학적인 상식을 가져오면서도 조선족을 고대의 원민족 가운데 하나로 격상시키고, 동시에 중국이 그 원초적 시대로부터 이질적인 타자였음을 드러내고 있다.

---

16) 신채호, 『朝鮮上古史』, 동서문화사, 1977, 64.
17) 신채호, 『朝鮮上古史』, 65.

이와 같은 인식은 물론 그보다 몇 해 전에 발표된 문제적 텍스트인 최남선의 「불함문화론」(1927)과 많은 전제를 공유하고 있다. 최남선이 말하는 불함 문화는 광명 신앙이라는 종교적 특성과 불함산이라는 지리적 중심을 신채호의 조선족 범주와 공유하고 있으나, 그 범위는 훨씬 넓고 모호하다. 불함 문화의 발원지는 카스피해, 흑해 등 서아시아 지역이지만, 어째서인지 그 "전형적인" 전통은 조선과 그 인근 지역인 일본과 중국 동부에 보존되어 있다. 그뿐만 아니라 불함 문화의 광명 신앙인 "붉 사상"은 그 범위를 초월해 그리스, 인도, 페르시아, 그리스도교에도 영향을 주었다고 주장되고 있다.[18]

놀라운 점은 이 극단적으로 광범위한 범민족론에서 중국은 예외적인 지역으로 취급되고 있다는 사실이다. 최남선에 의하면 불함계 문화는 민족적, 문화적으로 거대한 "용광로"와 같은 지나를 구성하고 있는 다양한 거주민 가운데 하나, 즉 동이東夷의 것이다. 중국의 하늘 숭배, 천자天子 신앙, 태산泰山에 대한 중시, 신선도神仙道 등은 모두 중국 동부와 외부에 있었던 동이의 불함 문화로부터 주어진 것이다. 결국 "불함 문화에서 지나는 하나의 방계傍系라기보다는, 차라리 오랜 세월 이전에 흘러들어 왔던 하나의 다른 흐름인 것이다. 지금은 이미 옹색하게 되고 물이 말라버린 여흔餘痕일 따름인데, 고금을 통하여 붉은의 맥락이 이어져 있는 것은 실로 동북아시아 및 그 이웃 지역이다."[19] 그러나 '동이'가 아닌 '지나인'이 어떤 사람들이었는지, 그들과 동이의 관계는 어떤 것이었는지는 이 단계에서 그다지 명확하게 드러나지 않는다.

이 난점에 대한 돌파구를 마련해 준 이론은 의외로 중국의 지식인에게서 나왔다. 부사년傅斯年은 『이하동서설夷夏東西說』(1933)에서 고대

---

18) 최남선, 전성곤 옮김, 「불함문화론」, 『불함문화론·살만교차기』, 경인문화사, 2013, 57-67.

19) 최남선, 「불함문화론」, 83. 강조는 인용자.

중국사를 서방의 하夏와 동방의 이夷 사이의 대립과 투쟁의 역사로 재구성하였다. 그는 이夷를 단일한 민족집단이 아니라 좁게는 회수淮水와 제수濟水의 하류 일대, 넓게는 발해 연안과 요동, 조선 등에 분포한 다양한 집단들에 대한 통칭으로 취급하였다.[20] 그에 의하면 한족과 이민족의 투쟁은 동한東漢 이후 북방과 남방의 대립으로부터 시작되는 것이며, 동과 서의 대립이란 진한대의 대일통大一統, 즉 중국민족의 형성 이전에 일어난 사건이다. 그러나 최남선으로부터 현대의 민족주의자들에 이르기까지 많은 한국의 지식인들은 고대 중국의 동방에 있었던 이夷를 현대 한민족의 조상으로 이해하게 되었다.

최남선에게는 대단히 고무적이게도, 부사년이 이夷 문화의 지표로 제시한 것은 고문헌에 널리 보이는 박亳, 薄, 博이라는 지명이었다.[21] 이것이야말로 최남선이 '붉'이라고 읽힐 수 있는 전세계의 지명들을 탐색하면서 추구했던 불함 문화의 흔적이었다. 최남선이 부사년에게서 받은 자극은 그의 만주건국대학 강의록인 『만몽문화』(1941)에서 명확하게 드러난다.

> 퉁구스계 중의 종족으로서는 예맥이라 불리고 한국에서는 부여라 불린 일파가 있는데 후에 남쪽으로 뻗어 고구려, 백제 등 반도계의 제국을 세웠다. 이들은 북방 민족 중에서도 일찍부터 고도한 문화를 가진 종족이고, 민족성도 매우 세련되어 독특한 풍격을 갖고 있었다.
>
> 나는 이 민족의 소속에 대해 옛 설에 만족할 수 없는 점도 있으나 그것은 접어 두고 근래 중국 학자들 사이에 예맥과 은상殷商의 문화적 유사성을 더듬어 마침내 종족적 연계성을 찾으려고 하는 노력이 나타나고 있다는 점에 주목하고 싶다(부사년傅斯年, 『동북사강東北史綱』 제1권 제1장 참조). 이것은 다분히 만주의 새로운 정세에 대한 학문적 반발에 연유한 것으로 볼 수 있으나, 학문적으로 새로운 시야를 열었다는 것은 무시해서는 안 될 것이다.[22] (괄호 속 인용은 원문을 따름.)

---

20) 傅斯年, 「夷夏東西說」 [정재서 역주, 『이하동서설』, 우리역사연구재단, 2011, 155].
21) 傅斯年, 『이하동서설』, 101-115.
22) 최남선, 전성곤 옮김, 『만몽문화』, 경인문화사, 2013, 44-45.

최남선은 부사년의 주장이 만주사변(1931) 이후의 정치적 상황에 영향을 받아 도출된 것이라 의심하고 있으나, 그 아이디어 자체에 대해서는 동조하고 있다. 엄밀히 말해 일본제국의 대륙진출과 만주국의 건국에 직접적인 영향을 받은 것은 부사년의 이하동서설보다는 만선滿鮮, 만몽滿蒙 등의 범주였다. 이것이야말로 "지나의 한漢민족"과 구분되는 여타 민족들을 중심으로 동북아시아의 역사를 구성하려는 시도였기 때문이다.23) 고대의 동서 대립에 대한 부사년의 관점은 최남선의 『고사통』(1943)에 이르러 기존의 불함 문화론과 최종적인 종합을 이룬다. 그는 태양 숭배를 하며 스스로 "붉은"이라고 불렀던 백민白民이라는 원민족을 설정하여, 이들로부터 예, 맥, 부여, 한, 옥저 등의 민족 집단이 출현했다고 주장하였다. 이들 가운데 중국 지역에 정착한 것이 바로 이夷 또는 동이東夷다. 최남선은 순舜 임금과 백이伯夷, 숙제叔齊 등의 인물들, 그리고 상商 나라와 구이九夷의 범주에 드는 여러 정치체들을 모두 '백민'의 후예로 분류하였다.24)

이 시점에서는 20세기 후반 이후에 유행한 '동이족東夷族'이라는 표현이 직접적으로 드러나지 않는다는 점에 주목하자. 부사년도 최남선도 동이를 단일한 민족집단으로 다루지는 않았다. 부사년에게 하夏와 이夷란 고대 중국인들이 통일된 정체성을 갖기 이전에 분포해 있었던, 다양하지만 크게 두 부류로 나눌 수 있는 복수의 집단들이었다. 후기 최남선에게 동이는 원민족인 '백민' 가운데 중국 동부에 정착한 한 지류였다. 그것은 어떤 의미에서도 한국, 일본, 만주, 몽골 등을 모두 포괄하는 단일한 집단이 아니었다.

---

23) 박찬흥, 「滿鮮史觀에서의 한국고대사 인식 연구」, 『한국사학보』 29, 고려사학회, 2007, 15-18. 최남선 또한 다음과 같이 말한 바 있다. "만주와 몽고를 붙여서 하나의 숙어처럼 사용하는 것은 극히 최근의 일이다. 러일 전쟁을 전후하여 국제 정치적인 입장에서 쓰기 시작한 것으로 생각된다." 최남선, 『만몽문화』, 2.
24) 최남선, 류시현 옮김, 『고사통』, 경인문화사, 2013, 5-12.

또 한 가지 중요하게 지적해야 할 점은 '동이'의 반대항인 '화하華夏'가 이 시기 한漢족 민족주의를 재구성하는 데 있어 중심적인 표상이 되었다는 사실이다. 황제가 바빌론에서 도래한 정복자였다는 서사는 인기를 잃었지만, 한족의 조상인 황제가 이민족을 상징하는 치우蚩尤를 제거하고 민족의 기원을 열었다는 인식은 남았다. 1937년 황제릉에 제를 올린 국민당의 제문에는 다음과 같은 구절이 포함되어 있었다. "추악한 치우가 난을 일으키니 그를 주살하시어 화와 이의 구분을 지었네."25) 단, 청말 민국초의 경우에는 하=한족, 이=만주족이라는 단순한 도식이 가능했으나, 이후의 건국 과정에서는 원민족인 화하족이 어떻게 고대의 동이와 초楚, 나아가 현존하는 여러 소수민족집단을 융합해 나갔는지에 대한 서사가 더욱 중요해졌다. 동이에 대한 범민족주의적 서사가 원민족(투란인, 우랄알타이어족, 조선족, 백민 등)의 분화에 초점을 맞추고 있었다면, 화하 담론은 정확히 반대의 방향, 즉 원민족인 화하가 어떻게 주변의 이민족들을 흡수하여 현대의 중화민족을 구성하게 되었는지에 집중하였던 것이다.26)

민족의 융합이란 식민지 경영을 고려해야 할 일본에게도 중요한 이슈였다. 그러나 여기에서도 중국은 융합의 대상인 조선, 만주, 류큐 등과는 다른 민족적 타자로 취급되었다. 일례로 조선 병합 당시 다케코시 요사부로竹越與三郎 등은 중국의 한족은 일본과는 "다른 인종"이기 때문에 대륙으로의 진출을 멈추고 일본민족의 고향인 남방으로 확장해야 한다는 주장을 내놓았다. 철학자 와츠지 테츠로和辻哲郎 또한 일본인을 정복민족인 "남종南種"과 퉁구스계인 "북종北種"이 혼합하여 이루어진 것이라고 하면서도 한족을 남, 북종 어디에도 포함시키지 않았

---

25) 김선자, 『만들어진 민족주의 황제신화』, 173.

26) 공봉진, 「고대 중국의 "화하족"과 "동이족" 기억 만들기」, 『사회과학연구』 22-1, 국민대학교 사회과학연구소, 2009, 101-108.

다. 니체주의자이기도 했던 그는 고대 일본을 '선악의 피안'으로 묘사하면서 이를 중국과는 대비되는 특성이라 주장한다. 즉, "지나인은 유태인보다도 더 유태인적이며 그에 반해 일본인은 그리스인보다도 더 그리스인적이다."[27]

앞서 우리는 동북아시아의 범민족주의가 역사비교언어학과 인종담론의 결합, 특히 서구의 아리안주의와의 유비를 통해 수용되었을 것이라는 가설을 제기하였다. 이 은유에서 아리아인에 해당하는 동북아시아의 원민족은 한국, 일본의 공통 조상이며 그 원류는 북방 혹은 남방에서 이주한 정복자들이다. 한편 지나, 즉 중국은 서부 유라시아에서의 셈족-유대인에 해당하는 적대적 타자가 된다. 브루스 링컨Bruce Lincoln은 아리아인 개념에 기반을 둔 범민족주의적 이데올로기의 중요한 특징으로 바로 이 지점을 지적한 바 있다.

> (...) 이 담론에서 자주 나타나지만 늘 그렇지는 않은 특징은 자기 민족의 신화, 언어, 신체를 다른 민족들의 신화, 언어, 신체와 대조하는 경향이다. 생각할 수 있는 만큼의 모든 '타자'가 스스로를 '아리아족'으로 여긴 이들에게 이용당했을 것이다. 그러나 어쨌든 가장 자주 선택된, 그래서 결국 칭송이라곤 거의 받을 수 없었던 민족은 바로 '셈족'이었다.[28]

나는 나치의 홀로코스트와 일본제국의 난징대학살이 같은 동기 때문에 일어났다고 주장하려는 것이 아니다. 그러나 범민족주의가 민족국가 구성이나 식민지배 이데올로기 등에 제대로 활용되기 위해서는 범민족에 포함되지 않는 타자의 설정이 대단히 효과적이라는 사실은 중요하다. 2차대전이 한창인 시기에 최남선이 서술한 고대사에 의하면, "백민"의 나라인 조선은 "더부살이"를 하던 중국인들의 도둑질 때

---

27) 小熊英二, 『일본 단일민족신화의 기원』, 153-154, 389-390, 398-404.
28) Bruce Lincoln, 『신화 이론화하기』, 136.

문에 멸망한다. 그리고 조선은 "모든 민족의 힘을 합하여" 중국인이 세운 낙랑을 쫓아낸다.[29] 그것은 적대적 타자의 설정을 통해 아시아 전역을 포괄하는 거대한 범민족의 일원이 되려 했던 식민지인의 자기 이미지이기도 했다.

4. 동이족과 기마민족

중국을 제외한 북방, 동방, 그리고 때로는 남방까지 포괄하는 고대의 원민족에 대한 믿음, 그리고 그들이 활발한 이동성을 가진 정복 민족이었을 것이라는 가정 등은 2차대전 이후의 동북아시아 내셔널리즘에서 몇 가지 새로운 이론적 흐름을 만들어내었다. 그것은 동이족 담론과 기마민족론이었다. 동이족 담론이란 전근대의 문헌, 그리고 20세기 초까지 제한적인 의미로 다루어지던 '동이'라는 범주가 동북아시아의 원민족을 가리키는 민족적인 실체로 언급되기 시작하였음을 묘사하기 위해서 설정한 개념이다. 한편 에가미 나미오江上波夫의 학설로 잘 알려진 기마민족론은 오늘날 본래의 고고학적, 역사적 맥락에서 상당 부분 벗어난 대중적, 신화적 담론으로 여전히 유행하고 있다.

이들 담론의 전개 과정을 다루기에 앞서 익히 알려진 두 가지 사례를 통해 오늘날 이 서사들이 어떤 방식으로 소비되고 있는지를 간략하게 스케치하도록 하겠다. 동이족, 기마민족 등의 키워드를 이용한 쇼비니즘적 유사역사학의 사례는 대단히 널리 발견되며, 이는 인터넷의 확산과 함께 활발히 유통되고 있으나, 여기에서는 제도권 학계에 속한 학자들에 의한 논의로 한정하겠다. 먼저 이기동은 2007년의 인터뷰에서 유학은 "동이사상"이며 "인仁은 우리 민족을 가리키는 동이東夷

---

29) 최남선, 『고사통』, 12-15.

의 이夷"와 같다고 주장하였다.30) 이 주장은 그의 2008년 논문에서 더욱 구체적으로 표명되었다. 그는 "중국의 동북공정이나 일본의 역사 왜곡 등으로 인해 흔들리기 쉬운 우리의 역사와 정체성을 확고히" 해야 한다고 전제한 후, 다음과 같은 "이하동서설"을 제시한다.

> 하夏 나라는 고대 동북아시아 대륙의 서부에 살고 있었던 민족이 세운 나라이고 은殷나라는 동부에 살고 있었던 이른바 동이족이 세운 나라였다. 그리고 주周나라는 다시 서부족이 세운 나라였다. **동부족과 서부족은 완전히 다른 민족**이었기 때문에 하·은·주 세 나라의 역사와 문화를 한 계통으로 보는 것에는 무리가 따른다.31)

이것은 일견 고대사에 대한 부사년의 도식을 반복하고 있는 것처럼 보이지만, 몇 가지 중대한 차이가 있다. 첫째, 앞서 언급하였듯 부사년은 이런 방식으로 동이족을 단일한 민족적 실체라 하지는 않았다. 그것은 구이九夷 등으로 표현된 다양한 부족을 통칭하는 개념이었다. 둘째, 부사년은 은상殷商이 이夷와 밀접한 관계를 맺고 있었으나 그 왕조 자체가 동이에 의해 세워졌다고 하지는 않았다. 부사년에 의하면 "이른바 우虞, 하夏, 상商, 주周의 4대에 걸쳐" 이족의 왕조는 없다. 셋째, 부사년이 묘사한 동서의 대립은 민족적인 것이라기보다는 지리적인 것이었다. 이를테면 "진秦이 6국을 통합한 것은 서가 동을 이긴 것이요, 초楚와 한漢이 진秦을 멸망시킨 것은 동이 서를 이긴 것이요, (...) 조조曹操가 원소袁紹에 대립한 것은 서가 동을 이긴 것이다."32)

나아가 이기동은 "고대 이족夷族들 중 상당수가 현재 중국인으로 편입되었기 때문에 이족의 전통을 순수하게 지키고 있는 나라는 한국

---

30) 「중국, 5천년전 동이족 역사도 앗아갔다」, 『한겨레』 2007. 2. 1.

31) 이기동, 「인仁문화의 원류와 동이東夷와의 관계」, 『유교사상연구』 32, 한국유교학회, 2008, 39. 강조는 인용자.

32) 傅斯年, 『이하동서설』, 155, 181-182, 238.

뿐"이라고 주장한다. 그 주석에서는 그가 말하는 동이족의 범민족론적 범위를 확인할 수 있다. "물론 일본이나 몽골도 이족이라 볼 수 있을 것이지만, 동북아시아지역으로 국한해서 보면 고대 동북아지역에 살았던 이족의 후손은 한국인뿐"이라는 것이다. 이 논문에서 가장 논란이 되는 부분은 아마도 공자가 "혈통적으로 동이족의 후예"이며, 그가 "한반도 서북부 구월산 일대에 있었던 동이족의 나라"인 군자국君子國에 가서 살고 싶어했다는 구절일 것이다.33) 군자국은 『산해경』山海經에 등장하는 실존 여부가 불분명한 나라들 가운데 하나다.

다른 하나의 사례는 "고조선 문명"에 대한 신용하의 글들이다. 이 영역은 그의 방대한 연구 가운데에서도 가장 저평가받는 한편, 대중적으로는 최근에 이르러 가장 잘 알려진 분야일 것이다.34) 특히 최근 논란이 된 연재물 "유럽으로 간 고조선 문명"은 고조선을 이루고 있던 기마민족 일부가 서쪽으로 가서 유럽 여러 민족의 기원이 되었다는 주장을 펴고 있다. 이 글에서는 훈족, 아바르족, 바스크족, 에스토니아인, 불가리아인, 마자르족 등이 모두 고조선 문명의 후예로 지목되었다.35) 물론 이와 같은 주장이 역사학적으로는 도저히 성립될 수 없는 가정들 위에 서 있기는 하지만, 범민족주의의 지성사를 다루는 맥락에서는 진지하게 검토될 가치가 있다.

고대의 민족이동에 대한 신용하의 체계는 동북아시아 범민족주의의 여러 구성 요소들을 기이하게 비틀어 놓은 형태를 하고 있다. 일례로 그는 한, 맥, 예 등 최남선, 신채호 등이 고대 조선족의 후신으로 취급한 부족들을 고조선 "연맹"의 참여자들로 묘사한다. 즉, 이 세 부

---

33) 이기동, 「인仁문화의 원류와 동이東夷와의 관계」, 48-49, 56-57.
34) 신용하, 『고조선 국가형성의 사회사』, 지식산업사, 2010; 『고조선문명의 사회사』, 지식산업사, 2018.
35) 이 글은 『중앙SUNDAY』에 2020년 10월 17일부터 2021년 4월 3일까지 총 7회 연재되었다.

족이 연합하여 현대 한국인의 "원민족"인 고조선 민족을 형성하였다는 것이다. 한편 고조선의 멸망 이후 동아시아 일대에 "민족대이동"이 일어나는데, 그 가운데 한반도 방면에 정착한 이들이 바로 한국의 "전근대민족"이다.[36] 아직 학술논문의 형태로는 발표되지 않은 유럽으로의 이동은 바로 여기에서 이어진다. 신용하의 전략은 중세 초기 유럽을 공격한 기마민족들을 해체된 고조선의 후예로 간주하는 것이다. 이것은 고대의 원민족들이 유럽, 인도, 동북아시아 등지로 이동해 국가를 세웠다는 19세기 이래의 서사를 반복하는 한편, 그 '시기'와 '방향'을 조정한 결과다.

이기동과 신용하의 주장은 20세기 초까지 주류 학문의 지위에 있었던 동북아시아 범민족론에 '동이족'과 '기마민족'이라는 두 가지 요소를 추가하면서 성립되었다. 먼저 "동이'족'"이라는 조어가 한국의 학술논문에 처음으로 등장한 것은 1962년에 제출된 김상기의 박사논문인 「고대 한중민족교섭사의 연구」다. 이 논문은 고대 중국 서북방에 있던 동이족의 일부는 산동반도, 일부는 만주와 한반도로 이동하였으므로 산동반도의 동이족은 한국 민족과 같은 계통이라는 점을 논증하고 있다.[37] 바꾸어 말하면, 당시까지도 한국인을 '동이족의 후예'라 하는 인식은 결코 일반적이지 않았다는 것이다.

이후 동이족이라는 표현은 김정학의 『한국민족형성사』(1964)에도 등장하지만, 이것은 어디까지나 산동반도와 중국 동북부의 이족들에 대한 기술이며, 한국과의 연관성은 신화의 유사성과 고인돌의 분포 등을 통해 제한적으로만 제시되고 있다.[38] 천관우 역시 1974년에 기자箕

---

36) 신용하, 「한국 "원민족" 형성과 "전근대민족" 형성」, 『사회와 역사』 88, 한국사회사학회, 2010,

37) 김상기, 「古代 韓中民族交涉史의 研究」, 서울대학교 박사학위논문, 1962.

38) 김정학, 「韓國民族形成史」, 『韓國文化史大系 1: 民族·國家史』, 고려대학교 민족문화연구원, 1964,

子, 은殷 등과 동이 사이의 상호 관계를 검토하였지만 대단히 신중한 입장이었으며 '동이족'이라는 조어 또한 사용하지 않았다.[39]

　　한국인을 동이족과 단정적으로 동일시한 가장 이른 시기의 문헌은 1970년대 안호상의 글들이다.[40] 흥미롭게도 그는 이기동과 마찬가지로 공자가 동이족의 후예이며, 유교는 동이족의 사상이었다는 주장을 하고 있다.[41] 1978년의 논문에서 그는 동이족의 범주를 좀 더 구체적으로 제시하고 있다.

> 조선인 숙신肅愼의 위치가 동아의 동·북녘이므로, 여기에 사는 사람들을 통틀어 동북민東北民이라 동방민東方民이라, 혹은 동북이東北夷라 동이東夷라, 혹은 단순히 "이夷"라고 하였다. 다시 바꿔 말하면, 이라면 동이요, 동이라면 동북이요, 동북이라면 동북민으로서 곧 조선사람(배달사람)이요, 숙신 사람이라는 것이다.[42]

　　1930년대의 한국, 중국 학자들과 비교해 보더라도 놀랄 만큼 조악한 이 정의가 오늘날 일상 언어에서까지 널리 이용되고 있는 동이족 개념의 기초라는 사실은 놀랍다. 같은 시기 이보다 진지한 학문적 논의에서의 동이족 인식에 대해서는 국사편찬위원회의 『한국사』의 일부로 1977년에 최초 간행된 김정학의 글이 시사하는 바가 크다. 그는 동이족이란 알타이족에 속한 민족이며 채집경제시대에 머물고 있었던

---

39) 천관우, 「箕子攷」, 『동방학지』 15, 연세대학교 국학연구원, 1974, 25-35.

40) 안호상, 『배달·동이겨레의 한옛 역사: 배달·동이겨레는 동아문화의 창조자』, 배달문화연구원, 1971.

41) 안호상, 「배달·동이겨레 (檀·東夷族)는 儒敎의 創設者」, 『廣場』 34, 세계평화교수협의회, 1976.

42) 안호상, 「東夷族인 東亞種族의 본고장과 高·百·新 3國의 中國統治地域」, 『윤리연구』 7, 한국국민윤리학회, 1978, 253. 아울러 이 글에서는 훗날의 유사역사학에서 널리 주장하는 고구려, 백제, 신라 삼국이 중국대륙을 지배했었다는 설이 등장한다. 261-264.

만주와 한반도의 고아시아인Plaeo-Asiatics을 정복, 구축하고 이 지역에 농경문화와 청동기문화를 전파했다고 주장하였다.[43]

한편 도리고에 겐자부로鳥越憲三郎는 중국 문헌에 등장하는 동이東夷란 알타이어를 사용하는 북방계 민족이 아니라 중국 윈난성云南省에서 비롯한 벼농사 민족인 왜족倭族이라는 주장을 내놓았다. 이들이야말로 한반도의 삼한三韓과 중국 동부의 동이東夷 및 동남 해안의 월越 등의 정체이며, 나아가 일본열도로 건너가 야요이弥生 시대 일본민족을 형성하였다는 것이다.[44] 그러나 이것은 도리고에의 독창적인 설은 아니다. 전전戰前에 이미 기타 사다키치喜田貞吉가 천손족天孫族 도래 이전 일본의 선주민인 하야토족이 중국 남부에서 산동, 요동, 한반도를 거쳐 규슈에 도래하였다고 주장하였다. 그리고 기마민족설로 유명한 에가미 나미오 또한 기마민족 도래 이전의 왜인이 중국 중남부에서 일본으로 이동해 왔다고 보았다. 세키네 히데유키는 기타와 에가미가 모두 이 왜인과 한반도 남부의 한인을 동종 혹은 유사 문화권으로 파악하고 있었다는 점을 지적하였다.[45] 도리고에의 설에서 독특한 점은 중국 문헌에 등장하는 동이를 바로 이 한=왜와 동일시하였다는 것이다.

한편 에가미의 학설에 대해서는 이미 많은 검토와 비평이 이루어진 바 있으므로 여기에서는 기마민족국가설 자체를 상세하게 다루는 것보다는 그 이론이 한국에서 받아들여진 방식에 초점을 맞추도록 하겠다.[46] 이 학설은 1970년대에 이미 한국 언론에까지 소개되고 있었

---

43) 김정학, 「中國文獻에 나타난 東夷族」, 『한국사』 23, 국사편찬위원회, 1984, 156-165.

44) 鳥越憲三郎, 『古代朝鮮と倭族 神話解読と現地踏査』, 東京: 中公新書, 1992, 10-16. 도리고에의 학설 전반에 대해서는 다음 논문을 참조. 세키네 히데유키, 「도리고에 겐자부로의 일본민족 기원론」, 『일본문화연구』 46, 동아시아일본학회, 2013.

45) 세키네 히데유키. 「에가미 나미오江上波夫와 기타 사다키치喜田貞吉의 일본민족 기원론 -한민족韓民族의 민족이동을 중심으로-」, 『동북아문화연구』 27, 동북아시아문화학회, 2011, 611-614.

46) 에가미의 기마민족설 전반에 대해서는 다음을 참조. 岡正雄·江上波夫·八幡一

으며, 노태돈, 김정배, 천관우 등에 의해서 비판적인 논평이 이루어졌다.[47] 학계에서의 반응은 일반적으로 부정적이었다. 주로 문제가 된 것은 고고학적 증거가 부족하다는 점, 그리고 악명 높은 임나일본부설을 전제로 하고 있다는 점 등이었다.

그러나 대중적 논의에서는 전혀 다른 반응이 이어졌다. 기마민족국가인 고구려의 진취적인 기상을 이어받자는 언설이 꾸준히 나타나는가 하면, 1990년에는 "한민족의 뿌리를 찾기 위해" 몽골을 답사하는 기획이 대기업의 지원을 받아 이루어지기도 하였다.[48] 1994년에 김대중 아태재단이사장은 여러 차례 "기마민족의 후예다운 개혁의지를 되살리자"는 연설을 했다.[49] 같은 시기 비디오 아티스트 백남준은 "기마

郞·石田英一郎, 『日本民族の起源』, 東京: 平凡社, 1958; 江上波夫, 『騎馬民族国家』, 東京: 中公新書, 1992[1967]. 이론의 형성 배경과 평가에 대해서는 다음을 참조. 세키네 히데유키, 『일본인의 형성과 한반도 도래인』, 407-452; 小熊英二, 『일본 단일민족신화의 기원』, 451-456; 김채수, 「에가미 나미오江上波夫의 기마민족정복설의 출현 배경에 관한 고찰」, 『동북아문화연구』 21, 동북아시아문화학회, 2009; 조정민·강인욱, 「GHQ와 江上波夫의 騎馬民族說」, 『동북아시아문화학회 국제학술대회 발표자료집』, 동북아시아문화학회, 2009. 10.

47) 「日學界서擧論 韓民族이 日"大和文化"의元祖」, 『경향신문』 1972. 4. 1.; 「기마民族征服說 日史學界 큰 論難」, 『동아일보』 1972. 4. 10.; 노태돈, 「기마민족일본열도정복설에 대하여」, 『한국학보』 2-4, 일지사, 1976; 김정배, 「한국에 있어서의 기마민족문제」, 『역사학보』 75·76, 역사학회, 1977; 천관우, 「한국사에서 본 기마민족설」, 동북아세아연구회 편, 『일본문화의 원류로서의 비교한국문화』, 삼성출판사, 1980.

48) 조선일보사가 해태그룹의 후원을 받아 연재한 "한민족 뿌리찾기 몽골 학술기행"이라는 기획이다. 답사와 집필에는 민속학자 김광언, 종교학자 최길성, 고고학자 김병모 등이 참여하였다. 김병모는 연재 칼럼 가운데 하나에서 "우리 한민족은 북방기마민족의 후예들이고, 그들의 조상이 청동기 시대에 단검을 휘두르며 말발굽소리 요란하게 이 땅으로 이주해왔다."는 설을 당시에 널리 알려진 상식으로 소개하고 있다. 「초원의 積石墓群…신라王族 무덤 연상」, 『조선일보』 1990. 8. 22.

49) 「"일부학생 과격주의 통일논의 해처" 金大中씨 개혁성회복 주장」, 『동아일보

민족" 연작을 발표하였다. 이 작품들은 말 동상을 타고 있는 인간 형상의 TV들이었다. 1998년 방한한 기 소르망Guy Sorman은 한 강연에서 백남준의 말을 인용하여 "일본은 어업민족, 중국은 농업민족이라면 한국은 기마민족이다. 그만큼 모험심이 강한 민족"이라고 말했다.50)

결국 기마민족 담론은 대중적 내셔널리즘 속에서 학문적 논의의 맥락을 이탈한 상태로 끊임없이 회자되었다. 한민족이 기마민족의 후예라는 인식은 그 출처인 에가미의 학설이 망각된 이후에도 한국인의 인식 속으로 내면화되었다. 아울러 '동이족'은 문헌상의 모호함을 털어내고 대륙을 달리던 전투적인 기마민족으로 구체화되었다. 그러나 이것은 사실상 20세기 초 유럽을 인종주의적 악몽으로 몰아넣었던 아리안주의의 재현이다. 동이족-기마민족인 원민족을 주인공으로 구성된 고대사 이미지에서 중국은 "우리 동이족 조상의 옛 영토를 차지한" 적들이며, 일본은 "우리 기마민족 조상들에게 정복당한" 열등한 족속이 된다. 이것은 이웃 국가의 시민들에 대한 비하와 혐오를 조장한다는 측면에서 단순한 일국적 내셔널리즘보다 명백히 위험한 사고방식이다.

5. 맺음말

동북아시아 내셔널리즘에서의 범민족주의는 근대 초 서구 아리안주의의 수용 내지는 모방으로서 출현하였다. 비교언어학적이며 인종주의적인 가정들, 고대 원민족의 이동과 정복에 대한 서사들, 그리고 원민족에 포함되지 않는 타자에 대한 적대감 등이 아리안주의로부터

1994. 6. 4; 「南北문제등 언급자제」, 『경향신문』 1994. 7. 20.
50) 「한국문화외교? 글쎄요…」, 『조선일보』 1998. 6. 29.

이식되었다. 20세기 후반에야 본격적으로 출현한, 민족적 실체로서의 동이족 개념과 고대국가 형성 이론으로서의 기마민족 담론은 이 신화에 구체성과 지속 가능한 생명력을 부여했다.

오늘날 동북아시아 국가들 가운데에서 이 형태의 담론이 꾸준히 힘을 발휘하고 있는 것은 한국이다. 중국의 경우, 국내의 여러 민족을 "하나의 중국" 아래로 "대일통"하려고 하는 정책적 노력이 확장적인 범민족주의를 차단하고 있다. 이제 묘족苗族, 이족夷族 등의 조상으로 간주되는 치우는 중화삼조中華三祖의 하나로서 염제, 황제와 함께 기념의 대상이 되었다.[51] 일본의 전후 내셔널리즘에서는 보수적 단일민족론이 주류가 되면서 기마민족도래설과 같은 범민족주의적 담론이 상당 부분 영향력을 상실하게 되었다.[52] 이제 극우 세력의 폭력은 외부보다는 주로 단일민족국가인 일본을 "오염"시키는 국가 내부의 타자들을 향하고 있다.

방대한 영토를 차지했던 원민족을 상상하는 한국적 쇼비니즘은 이런 주변국의 내셔널리즘'들'과 충돌할 때 더 큰 문제를 불러일으킨다. 조선족을 중국의 소수민족으로 취급하며 한복이나 김치가 자문화의 일부라고 말하는 중국의 인식은 한국인들에게 이해되기 어렵다. 일본의 혐한嫌韓 세력은 천황가도, 가라테도, 사무라이도 한국에서 기원했다고 하는 한국 민족주의자들의 주장에 분노와 조롱을 보낸다.

이 주제에 대해서는 많은 과제가 남아 있다. 이 글에서 언급된 텍스트들 가운데 상당수는 하나하나가 독립된 연구 과제로 다루어질 가치가 있다. 많은 역사적 접근이 그렇듯, 이 연구의 실천적인 목적은 우리가 믿고 있는 많은 이데올로기들이 늘 존재해 왔던 것도 아니고, 사

---

51) 김인희, 「중국의 삼조문화론三祖文化論 제창과 중화삼조당中華三祖堂 건립 목적」, 『중국학논총』 46, 고려대학교 중국학연구소, 2014, 19-24.
52) 小熊英二, 『일본 단일민족신화의 기원』, 457-462.

실 그다지 오래된 것도 아니라는 것을 밝히는 데 있다. 내셔널리즘이 야기하는 문제들은 궁극적으로는 내셔널리즘의 역사적 해체를 통해서만 해소될 수 있다.

참고문헌

공봉진, 「고대 중국의 "화하족"과 "동이족" 기억 만들기」, 『사회과학연구』 22-1, 국민대학교 사회과학연구소, 2009

김상기, 「古代 韓中民族交涉史의 研究」, 서울대학교 박사학위논문, 1962

김선자, 『만들어진 민족주의 황제신화』, 책세상, 2007

김인희, 「중국의 삼조문화론(三祖文化論) 제창과 중화삼조당(中華三祖堂) 건립 목적」, 『중국학논총』 46, 고려대학교 중국학연구소, 2014

김정배, 「韓國에 있어서의 騎馬民族問題」, 『역사학보』 75·76, 역사학회, 1977

김정학, 「中國文獻에 나타난 東夷族」, 『한국사』 23, 국사편찬위원회, 1984

김정학, 「韓國民族形成史」, 『韓國文化史大系 1: 民族·國家史』, 고려대학교 민족문화연구원, 1964

김주미, 「한국어의 북방기원설 담론」, 『한민족문화연구』 27, 한민족문화학회, 2008

김채수, 「에가미 나미오(江上波夫)의 기마민족정복설의 출현 배경에 관한 고찰」, 『동북아문화연구』 21, 동북아시아문화학회, 2009

노태돈, 「〈騎馬民族 日本列島征服設〉에 대하여」, 『한국학보』 2-4, 일지사, 1976

박찬홍, 「滿鮮史觀에서의 한국고대사 인식 연구」, 『한국사학보』 29, 고려사학회, 2007

세키네 히데유키, 「에가미 나미오(江上波夫)와 기타 사다키치(喜田貞吉)의 일본민족 기원론 -한민족(韓民族)의 민족이동을 중심으로-」, 『동북아문화연구』 27, 동북아시아문화학회, 2011

세키네 히데유키, 「도리고에 겐자부로의 일본민족 기원론」, 『일본문화연구』 46, 동아시아일본학회, 2013

세키네 히데유키, 『일본인의 형성과 한반도 도래인』, 경인문화사, 2020

신용하, 「한국 "원민족" 형성과 "전근대민족" 형성」, 『사회와 역사』 88, 한국사회사학회, 2010

신용하, 『고조선 국가형성의 사회사』, 지식산업사, 2010

신용하, 『고조선문명의 사회사』, 지식산업사, 2018

신채호, 『朝鮮上古史』, 동서문화사, 1977

안호상, 『배달·동이겨레의 한옛 역사: 배달·동이겨레는 동아문화의 창조자』, 배달문화연구원, 1971

안호상, 「배달·동이겨레 (檀·東夷族)는 儒敎의 創設者」, 『廣場』 34, 세계평화교수협의회, 1976

안호상, 「東夷族인 東亞種族의 본고장과 高·百·新 3國의 中國統治地域」, 『윤리연구』 7, 한국국민윤리학회, 1978

이기동, 「인(仁)문화의 원류와 동이(東夷)와의 관계」, 『유교사상연구』 32, 한국유교학회, 2008

조정민·강인욱, 「GHQ와 江上波夫의 騎馬民族說」, 『동북아시아문화학회 국제학술대회 발표자료집』, 동북아시아문화학회, 2009. 10

천관우, 「箕子攷」, 『동방학지』 15, 연세대학교 국학연구원, 1974

천관우, 「한국사에서 본 기마민족설」, 동북아세아연구회 편, 『일본문화의 원류로서의 비교한국문화』, 삼성출판사, 1980

椒海生, 「世界文明史」, 『太極學報』 20, 1908. 5. 24

최남선, 류시현 옮김, 『고사통』, 경인문화사, 2013a

최남선, 전성곤 옮김, 『만몽문화』, 경인문화사, 2013b

최남선, 전성곤 옮김, 『불함문화론·살만교차기』, 경인문화사, 2013c

江上波夫, 『騎馬民族国家』, 東京: 中公新書, 1992[1967]

岡正雄·江上波夫·八幡一郎·石田英一郎, 『日本民族の起源』, 東京: 平凡社, 1958

桂島宣弘, 『自他認識の思想史 日本ナショナリズムの生成と東アジア』 김정근, 김태훈, 심희찬 옮김, 『동아시아 자타인식의 사상사』 논형, 2009

高山林次郎, 『世界文明史』, 東京: 博文館, 1898

傅斯年, 「夷夏東西說」 [정재서 역주, 『이하동서설』, 우리역사연구재단, 2011.]

小熊英二, 『単一民族神話の起源-〈日本人〉の自画像の系譜』, 조현설 옮김, 『일본 단일민족신화의 기원』, 소명출판, 2003

鳥越憲三郎, 『古代朝鮮と倭族 神話解読と現地踏査』, 東京: 中公新書, 1992

Jones, William, "The Third Anniversary Discourse, on the Hindus, delivered 2n of February, 1786", *The Work of Sir William Jones* 1, London: Robinson, 1799

Keevak, Michael, *Becoming Yellow: A Short Story of Racial Thinking*, 이효석 옮김, 『황인종의 탄생』, 현암사, 2016

Landau, Jacob M., *Pan-Turkism: From Irredentism to Cooperation*, Bloomington: Indiana University Press, 1995

Lincoln, Bruce, *Holy Terror*, 김윤성 옮김, 『거룩한 테러』, 돌베개, 2005

Lincoln, Bruce, *Theorizing Myth: Narrative, Ideology, and Scholarship*, 김윤성·최화선·홍윤희 옮김, 『신화 이론화하기』, 이학사, 2009

Müller, Friedrich Max, *Introduction to the Science of Religion*, 강구산 옮김, 『종교학입문』, 동문선, 1995

Pavlenko, Olga, "Pan-Slavism and Its Models". *Novaia i noveishaia istoriia* 5, 2016

Smith, Anthony D., Nationalism: *Theory, Ideology, History*, 강철구 옮김, 『민족주의란 무엇인가』, 용의숲, 2012

Smith, Anthony D., *Ethno-symbolism and Nationalism*, 김인중 옮김, 『족류 상징주의와 민족주의』, 아카넷, 2016

Smith, Anthony D., *The Ethnic Origins of Nations*, 이재석 옮김, 『민족의 인종적 기원』, 그린비, 2018

Thorpe, Julie, *Pan-Germanism and the Austrofascist State*, 1933-38, Manchester: Manchester University Press, 2011.

「기마民族征服說 日史學界 큰 論難」, 『동아일보』 1972. 4. 10.
「南北문제등 언급자제」, 『경향신문』 1994. 7. 20.
「"일부학생 과격주의 통일논의 해쳐" 金大中씨 개혁성회복 주장」, 『동아일보』 1994. 6. 4.

「日學界서擧論 韓民族이 日"大和文化"의元祖」,『경향신문』1972. 4. 1.

「중국, 5천년전 동이족 역사도 앗아갔다」,『한겨레』2007. 2. 1.

「초원의 積石墓群…신라王族 무덤 연상」,『조선일보』1990. 8. 22.

「한국문화외교? 글쎄요…」,『조선일보』1998. 6. 29.

동북아다이멘션 연구총서 7

동북아의 내셔널리즘의 형성과 변화

초판 인쇄 | 2022년 2월 14일
초판 발행 | 2022년 2월 25일

엮 은 이 원광대학교 한중관계연구원 동북아시아인문사회연구소
발 행 인 한정희
발 행 처 경인문화사
감   수 김정현 유지아 한승훈 한담
교   정 손유나
편   집 이다빈
출판번호 406-1973-000003호
주   소 파주시 회동길 445-1 경인빌딩 B동 4층
전   화 031-955-9300 팩 스 031-955-9310
홈페이지 www.kyunginp.co.kr
이 메 일 kyungin@kyunginp.co.kr

ISBN 987-89-499-6616-8
ISBN 978-89-499-4821-8 (세트)
값 23,000원